로크미디어가
유혹하는
재미있는 세상
ROK
MEDIA
로크미디어

南宮魔帝

남궁마제

남궁마제 13

2022년 11월 7일 초판 1쇄 인쇄
2022년 11월 10일 초판 1쇄 발행

지은이 문운도
발행인 김정수 강준규

기획 이기헌 왕소현 박경무 강민구 조익현
책임편집 백승미
마케팅지원 이원선

발행처 (주)로크미디어
출판등록 2003년 3월 24일
주소 서울시 마포구 마포대로 45 일진빌딩 6층
Tel (02)3273-5135 **Fax** (02)3273-5134
홈페이지 rokmedia.com **E-mail** rokmedia@empas.com

값 9,000원

ISBN 979-11-354-8063-8 (13권)
ISBN 979-11-354-7200-8 04810 (세트)

南宮魔帝
문운도 신무협 장편소설
13
남궁마제
ROK
MEDIA
로크미디어

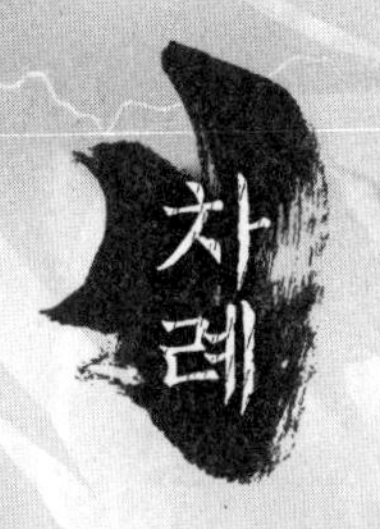
차
례

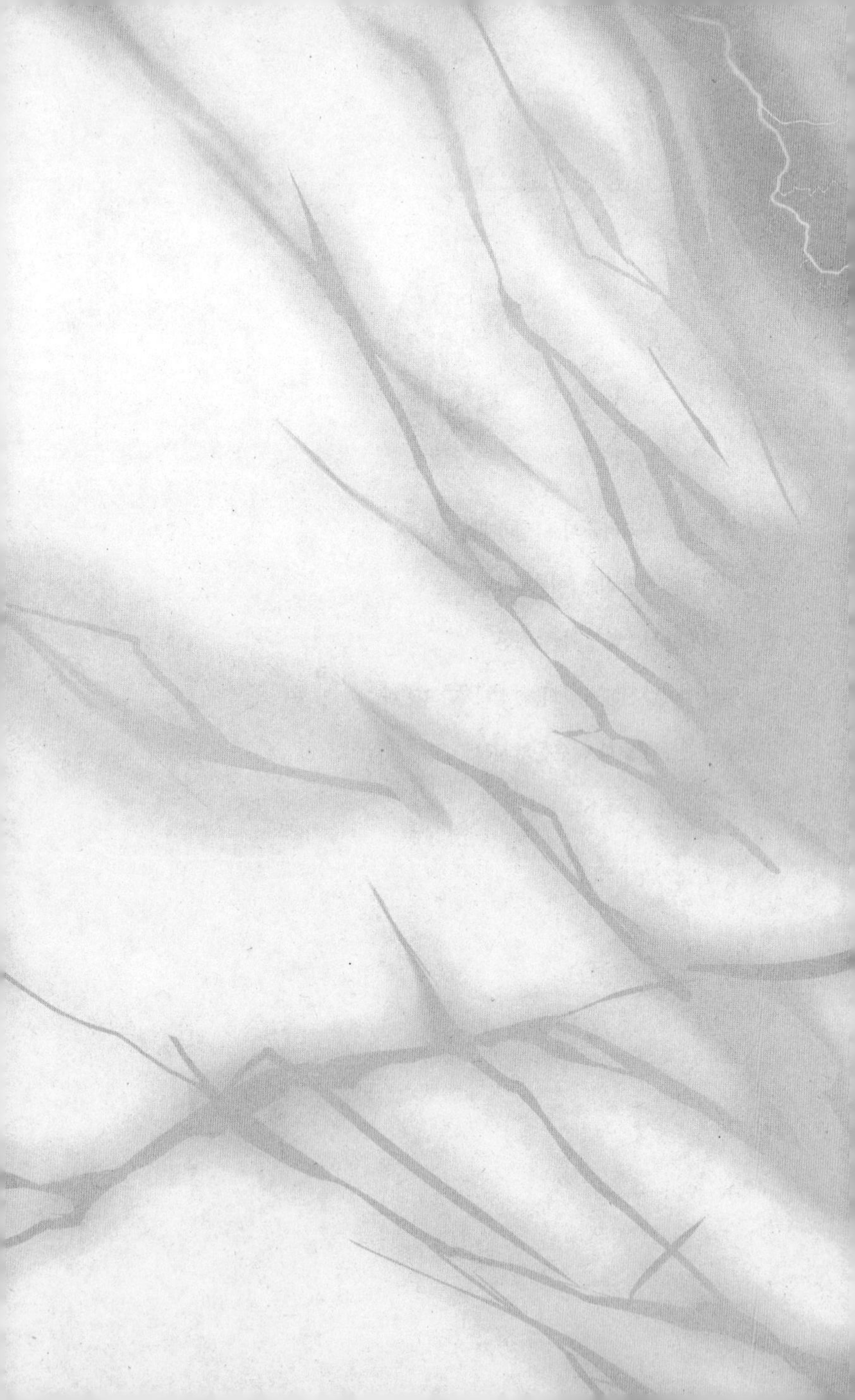

떨칠 진振 시끄러울 화譁 : 혈마제의 각성

중원에서 떨어진 촌구석.

그러나 파군과 장기군은 제국의 군사들을 먹여 살리는 주요한 곡창지대 중 하나였다.

가뭄 걱정 없이 큰 강 유역의 기름진 땅에 내내 따뜻한 날씨를 가진 반면 주변 전체가 험준한 산맥이 발굽처럼 둘러싸고 거친 협곡이 이어진 천혜의 요새라, 중요성에 비해 신 제국과 밀접한 위치임에도 불구하고 크게 위기를 느끼지 않던 곳이었다.

파군을 공략하기 위해서는 검각이라 불리는 절벽 잔도를 지나 삼협의 위험한 물길을 거슬러야 하는데, 많은 병사들을 이끌고 가는 것도 힘들지만 군량과 물자를 보급하는 것도 여간 힘든 일이 아니기 때문이다. 하여 이번에 신 제국이 파군을 노리고 쳐들어온 것은 실로 의외의 일이 아닐 수 없었다.

파군의 전장은 파군에서도 남쪽 구상현의 관문에 있었다.

"아유, 이놈의 날씨. 끈적거려 죽겠구먼."

"난 가랑이 사이에 땀띠가 나서 죽겠어."

가뭄 걱정 없이 내내 따뜻하다는 말은 달리하면 덥고 습하다는 의미였다.

천혜의 요새라는 말 또한 달리 해석하면 교통이 막혀서 대부분을 자급자족해야 한다는 의미였고.

하여 본래 파군을 지키는 병사들을 제외하고 중앙에서 온 표기군들은 낯선 환경에 불만이 쌓여 가고 있었다.

"어? 저기."

"저건, 성도의 병사 아니야?"

"맞는데, 무슨 일이지?"

관문 성벽에 있던 표기군 병사들이 의아한 얼굴을 한 가운데, 성도의 깃발을 등에 꽂은 병사가 관문의 코앞까지 말을 달려왔다.

"강-황! 황도에서 온 전갈이오!"

"황도?"

성도의 병사가 약속된 암호와 함께 용건을 소리치자, 성문에 있던 표기군 병사들이 급하게 관문을 열었다.

그때, 성벽에 있던 병사 하나가 고개를 갸웃거렸다.

"저거, 북회군 복장 아니야?"

"어? 그러고 보니 그렇네."

성벽에 있던 병사들이 성도 방향에서 달려온 병사의 복장을 알아보고 고개를 갸웃거렸다.

파발을 보내도 성도까지밖에 닿지 않는 이곳의 사정상 중요한 서찰을 사람이 직접 운반하는 건 당연한 일이었지만, 이미 표기군이 원정을 와 있는 곳에 북회군 병사가 오는 것은 당연한 일이 아니었다.

잘 보니 갑주와 휘장이 있는 북회군의 장수였다.

"황궁에서 온 전갈이오. 황태자 전하를 뵈어야 하오."

"이쪽으로 오시오."

북회군 장수의 말에 표기군 비장 정지영이 얼떨떨한 얼굴로 그를 황태자에게 안내했다.

황태자에게 전해진 것은 황도의 명령서가 아닌 호양공주의 서신이었다.

전하, 황궁 지척에 계시던 전하께서 먼 파군에 가 있다니 여전히 믿어지지 않습니다. 파군은 덥고 습한 곳이라 전하의 옥체가 상하진 않았는지 걱정입니다.

파군에 있는 황태자에 대한 걱정과 안부를 묻는 것으로 시작된 서신.

반가운 황도 소식에 기쁜 마음으로 서신을 펼쳤던 황태자는, 서신을 읽어 내려갈수록 점점 표정이 일그러졌다.

서신은 허미인과 관련된 대략적인 황도의 소식과 함께 혈성(血星)에 관한 이야기가 담겨 있었다.

대충 허미인이 역적 무리와 내통하다가 발각되어 멸문지화를 당했고, 그 허미인이 죽으면서 역적 무리가 찾는 '혈성'이 황태자라고 말했다는 내용이었다.

……감히 무도하게도 역적들이 찾던 혈성이 죽은 폐서인의 핏줄이라 말하였다 합니다. 이에 조정 신료들과 무도한 무리가 감히 전하의 혈통을 들먹이며 의심을 조장하고 용심마저 흔들리고 있으니, 이를 어찌하옵니까. 궁지에 몰린 폐서인이 뱉은 말 한마디에 전하께서 의심을 받고 있으니, 이 고모는 원통하고 억울하여 가슴을 칩니다.

호양공주의 전서는 사실과 달랐다.

혈성에 관한 일은 조정에 알려지지 않았을뿐더러, 호양공주 본인도 원귀빈에게 들은 것이 전부였다. 게다가 그 내용

조차 원귀빈의 입맛에 맞춰 각색한 것이었으니.

콰—앙!

"말도 안 돼!"

황태자가 사나운 얼굴로 탁자를 내리쳤다.

황궁에서 유일하게 자신에게 정을 주고 뒷배가 되어 준 호양공주의 서신이라, 황태자는 전서의 내용을 한 치의 의심도 없이 받아들이며 불같이 분노했다.

"허미인이 죽어 가면서 날 모함한 것이 분명합니다! 물귀신처럼 날 끌어내려 제 아들을 살리려 한 것이 분명해요!"

황태자는 황도의 조정이 허미인의 헛소리에 휘둘리고 있다고 철석같이 믿었다.

특히 '혈통을 들먹이며 의심을 조장하고 용심이 흔들리고 있다.'는 말에, 깊이 사고할 새도 없이 펄쩍펄쩍 날뛰었다.

불안한 혈통과 황제의 불신.

서신의 내용이 온통 황태자의 약점만 골라 건드리고 있었기 때문이다.

"폐하께서 이같이 저급한 모함에 휘둘릴 정도로 저를 싫어하시는 줄은 몰랐습니다. 투기에 미쳐 후궁이나 독살하던 여자의 말을 믿고 어떻게, 어떻게 이 제국의 황태자인 나를 의심할 수가 있단 말입니까!"

억울하고 원통한 마음에 황태자의 눈이 붉게 달아올랐다.

그에 호양공주의 서신을 다시 읽어 보던 표서량이 한숨을 쉬었다.

“전하, 마음을 가라앉히고 다시 생각해 보시지요. 호양공주마마는 폐하로부터 황궁 출입을 삼가당한 후로 황궁의 소식을 자세히 알지 못합니다. 게다가 평소 감정이 격하고 전하의 일에는 성급하게 나서는 경향이 있으니, 이 일 또한 황도에 사람을 보내 자세히 알아보는 것이 좋을 듯합니다.”

표서량이 차분하게 황태자를 달랬다.

하지만 황태자는 쉬이 흥분을 가라앉히지 못했다.

“서신을 보십시오. 벌써 용심이 흔들리고 있다 하지 않습니까! 지금 허씨 가문마저 축출되었다면 조정에는 원귀빈의 사람과 하남 조씨의 사람으로 가득할 겁니다. 그들이 폐하께 뱉어 낼 말이야 뻔하지 않습니까! 그들이 늘 하던, 내 혈통! 내 친모! 게다가 이제는 혈성까지! 허어!”

황태자의 말에 표서량도 심각한 얼굴을 했다.

황태자의 말이 아주 틀린 것은 아니기 때문이다.

허씨 가문이 몰락하고 그 일파가 발언권을 잃었다면, 황태자의 말처럼 조정에는 하남 조씨 측 신료들과 원귀빈 쪽 사람들뿐이었다.

늘 폐서인 표씨의 만행과 그 불안한 혈통을 이유로 황태자를 흔들어 대던 이들 말이다. 하지만 황태자의 말이 맞다면 더더욱 흥분해서 좋을 것이 없었다.

표서량이 더 단호한 말투로 황태자를 자제시켰다.

"호양공주마마의 서신을 불신하는 것은 아니지만, 다분히 마마의 주관이 들어간 서신에 감정적으로 반응하는 것은 좋지 않습니다."

"고모님의 주관만이 아닙니다. 서신의 말미를 보십시오! 폐하께서 이황자와 북회군을 이곳으로 보낸다고 합니다!"

황태자의 말에 표서량의 눈썹이 들썩였다. 그는 최대한 다급하지 않은 손짓으로 서신을 마저 읽어 내렸다.

폐하께서 파군 전장에 이황자와 북회군을 원군을 보낸다고 합니다. 계속해서 승전보를 울리고 있는 전장에 원군이라니요, 이게 무슨 뜻이겠습니까? 아무래도 폐하께서 이황자와 북회대장군의 아들, 원자기를 보내 사실을 확인하시려는 것이 아니겠습니까. 태자 전하와 역적들이 연결되었을 리 없으나, 호시탐탐 태자의 자리를 노리는 그들로 하여금 태자를 끌어내릴 꼬투리만 찾으려는 것은 아닌지 이 고모는 몹시 불안하고 걱정이 됩니다.

원군.

'이황자와 북회군이라…….'

표서량의 얼굴이 심각하게 굳었다.

표서량은 일전에 그를 무시하던 이황자와 그에게 경고의 눈빛을 보내던 태사 조위례의 얼굴을 떠올렸다.

'이 일도 조 태사, 그 늙은 구렁이가 꾸민 짓인가!'

하남 조씨가 나서서 꾸민 일이라면 이야기가 달랐다.

게다가 북회군, 원귀빈과 삼황자 일파가 협력했다면…….

표서량의 눈빛이 무섭게 가라앉았다.

이번에는 정말 위험할 수 있겠다는 생각이 든 것이다.

"전하, 심기를 굳건하게 하소서. 늘 그렇듯 전하를 흔들려는 저들의 수작일 뿐입니다. 전장은 승전을 계속하고 있고 큰 위기가 없으니, 제가 군량미와 보급을 이유로 원군을 돌려보낼 방법을 찾겠습니다."

표서량은 불안한 속내를 감추고 황태자를 진정시켰다.

"외숙만 믿겠습니다. 저를 걱정해 주고 위해 주는 것은 호양 고모님과 외숙밖에 없군요."

황태자가 눈물마저 글썽이며 말했다.

황제가 저를 의심하여 이황자와 북회군을 보냈다는 사실이 가슴에 사무치는지, 황태자는 제 곁에 남아 있는 유일한 사람이라 믿는 호양공주와 표서량에게 더욱더 의지하는 듯했다.

"저는 좀 쉬어야겠습니다."

"공주마마께오서 수면초를 전해 왔습니다. 그것을 태우고 한잠 푹 주무십시오."

황태자가 힘없는 모습으로 막사를 나가고, 표서량이 걱정스러운 눈으로 그 뒷모습을 지켜보았다.

자신의 처소로 돌아온 황태자가 침상에 몸을 뉘었다.

황태자의 처소는 일반 병사들이 보기에 융단이 겹겹이 깔린 호화 막사였지만, 황태자의 입장에서는 변변한 전각 하나 없는 관문에서 겨우 쪽잠이나 청할 수 있는 불편한 곳일 뿐이었다.

"내가 누구를 위해 이 고생을 감수하고 있는데……!"

황태자의 얼굴에 설움이 복받쳤다.

"전하."

"한숨 잘 것이다. 고모님이 보내 주신 수면초가 있으니 그걸 피워 놓고 물러가라!"

전장을 따라온 궁인에게 울음을 참는 모습을 보일 순 없었기에, 황태자는 옆으로 몸을 돌려 얼굴을 가렸다.

신 제국 신건궁.

전쟁이 시작되고 매일 파발과 전서가 오가는 중에, 혼현마제가 기다리고 기다리던 전서가 도착했다. 사패천으로 간 수오가 보낸 전서와 황도에서 독부가 보낸 전서였다.

두 개의 전서가 공교롭게도 동시에 도착했다.

혼현마제는 먼저 수오의 전서부터 확인했다.

어쩌면 그에게 가장 중요한 내용이 있을지 모르기 때문이다.

한수림 생존 확실. 아직 눈으로 확인하지 못했으나, 처소를 오가는 사람들 확인.

'의선문으로 갔다가 사패천으로 도로 돌아간 한수림이, 살았어?'

혼현마제의 눈동자가 떨렸다.

한수림이 살았다면, 그와 같은 독에 당한 천수현인도 살아있을 가능성이 높았다. 만약 한수림이 의식을 차렸다면, 천수현인 제갈길현 또한 깨어났을지도 몰랐다.

혼현마제는 수오에게 '한시라도 빨리 한수림이 의식을 찾았는지 확인하라.'는 명령을 적어 까마귀를 날려 보냈다.

그리고 조금 가벼운 마음으로 펼친 두 번째 전서.

독부의 전서를 확인한 혼현마제의 눈이 찢어질 듯 커졌다.

발각. 허씨 가문 몰살. 혈성은 폐서인 표씨의 혈통이라는 정보. 육황자가 깨어났다는 소문은 확인 불가.

꾸-깃.

혼현마제가 저도 모르게 독부의 전서를 손에 움켜쥐었다.

'육황자가 깨어났다니!'

혼현마제의 눈동자가 빠르게 움직였다.

독부의 독에 의해 사경을 헤매다 죽었어야 할 한수림이 의

선문에 갔다가 사패천으로 돌아왔다.

만약 한수림이 죽었다면, 사패천주의 성격상 황도의 일에서 하오문이 정의맹과 협력하도록 내버려 둘 리 없었다.

한수림은 살아 있다, 최소한 더 나빠지지 않은 상태로.

거기에 아무리 강도를 조절했다곤 하지만 독부의 독에 당했던 육황자의 생존 소식.

'의선문, 한수림, 육황자…… 정의맹과 관련해서 독부의 독에 쓰러진 이들에 대한 소식이 조용하다. 과도할 정도로 잠잠해. 마치 의도적으로 숨긴 것처럼…… 만약 독부의 독을 해독한 거라면? 한수림이 완쾌되어 사패천으로 돌아갔고, 육황자도 소문처럼 의식을 찾은 것이 맞다면?'

최악의 상황을 가정하고 나면 남은 것은 하나였다.

"누군가 독부의 독을 해독했다면, 제갈길현도 깨어났을 거다!"

혼현마제의 눈에서 살기가 번뜩였다.

'제갈길현은 중요하지 않다. 중요한 건, 놈이 가진 내 진짜 역천비록이지. 만약 놈이 깨어나서 그걸 해석하려 한다면 어디를 갈까…….'

혼현마제의 눈빛이 서늘하게 가라앉았다.

그리고 곧 냉정한 얼굴로 교성흑오대원을 손짓했다.

"황도로 가. 월하회 놈들의 움직임을 쫓아라."

"존명."

혼현마제의 명에 교성흑오대원들이 순식간에 움직이기 시작했다.

"역천비록을 해석할 수 없도록 사방으로 퍼뜨린 것이 이렇게 되돌아오는군. 일이 이렇게 되었으니 어쩔 수 없지. 독부도 혈성의 실마리를 찾았고 역천마제의 의심을 사지 않으려면 이쯤에서 혈성을 불러들여야겠어."

혼현마제가 눈을 빛내며 붓을 들었다.

그리고 독부에게 보낼 전서를 쓰기 시작했다.

한편.

"또다시……."

신건궁에서 교성흑오대원들이 움직이는 것을 보며 검마제가 눈매를 가늘게 좁혔다.

그때, 검마제의 곁으로 누군가 다가왔다.

그의 허락 없이 일초지적에 다가올 수 있는 유일한 사람.

"주군."

"허허허, 뭘 그렇게 보고 있느냐?"

"교성흑오대가 움직이는 것을 보고 있었습니다."

한 치의 거짓 없는 답변.

역천마제는 흐뭇한 얼굴로 검마제를 보았다.

"한 제국과의 전쟁으로 혼현이 또 바쁜 모양이군."

"예. 그런데……."

"왜? 무슨 문제라도 있느냐?"

"아, 아닙니다."

"……마음에 걸리는 것이 있는 모양이구나."

말끝을 흐리는 것은 검마제답지 않은 일이었다.

자식처럼 키운 제자이자 수하.

역천마제는 뭔가 석연치 않아 하는 검마제의 속을 꿰뚫어 보았다.

"말해 보거라."

"그게, 혼현의 행태가 이상합니다."

역천마제의 명에 검마제가 순순히 속내를 털어놓았다.

"일전에 환마제를 연성하려다 실패하고 빠져나오는 길에 혼현이 주군의 제물에 손을 댔습니다. 그는 출혈만 낼 정도로 베었다고 했지만, 제가 보기엔 죽일 작정으로 손을 쓴 것이 분명해 보였습니다."

"허허허, 그걸 마음에 두고 있었구나."

"주군의 제물을……."

"필요 없는 것이었다."

"예?"

"내게 제물이 중요하지 않다는 걸, 혼현도 알았던 게지."

"그렇군요."

그 정도 설명만으로도 충분했던 건지, 검마제가 순순히 고개를 끄덕였다.

“내게는 더 이상 필요하지 않구나. 육신의 강함도, 육신에 남아 있는 시간도.”

“아! 감축드립니다, 주군.”

육체의 시간마저 아득히 초월했다는 역천마제의 말에, 검마제가 감격하며 인사를 올렸다. 혼현마제의 일은 더 이상 그의 머릿속에 남아 있지 않은 듯했다.

그 모습을 보며 역천마제가 흐뭇하게 웃어 보였다.

‘환마제는 운명을 완성하고 갔으니, 이제 남은 운명들도 순조롭게 흘러가면 되겠구나.’

역천마제는 여유로운 얼굴로 파군이 아닌 한 제국의 황도 쪽으로 향하는 교성흑오대의 기운을 읽었다.

‘혼현이 다급하게 움직이는 것을 보면, 조금만 더 기다리면 되겠어. 허허허.’

끝도 없이 깊은 눈이 하늘을 꿰뚫을 듯 응시했다.

다그닥, 다그닥.

“관문을 열라-! 폐하의 명을 받아 온 원군이다.”

진화와 적호단, 북회군 병사 이천 명이 구상현 관문 앞에

섰다. 관문 위에는 황태자와 표서량이 진화와 일행을 내려다 보고 있었다.

"……."

어떤 움직임도, 표정도 없이 진화와 황태자의 눈이 마주쳤다. 당황한 것은 북회군의 사마 원자기였다.

원자기가 불쾌한 얼굴로 다시 소리쳤다.

"무엇 하는가! 폐하의 명을 받아 이황자 전하와 북회군이 도착했으니, 당장 문을 열라-!"

북회군 사마인 원자기의 외침에도 꿈쩍하지 않는 관문.

원자기가 성벽 위에 있는 황태자와 표서량을 노려보았다.

"이런 쓰불."

원자기의 옆에서 짧게 욕지거리가 들리고, 누군가 앞으로 움직이려는 순간.

마치 그들을 놀리듯 관문이 움직이기 시작했다.

"저 쌍놈의 새끼들이 누굴 놀리나."

"아- 저 조막만 한 새끼, 손가락 하나면 척추를 다져 줄 수 있겠구먼."

이건 환청이다, 이건 환청이다.

"들키면 곤란하니 몰래 하세요."

'이황자까지!'

원자기는 귓가에서 느껴지는 뜨끈한 콧김과 함께 차마 듣기도 무엄한 말들을, 최선을 다해 못 들은 척 군을 이끌었다.

이황자와 그의 군대가 관문 안으로 들어오자, 성벽에 있던 황태자와 좌장군 표서량이 천천히 내려왔다.

"……."

숨소리조차 조심스러울 정도로 고요한 분위기.

성벽에 선 병사들조차 아닌 척 모든 신경을 황태자와 이황자에게 두었다.

승전을 거듭하고 있는 전장에 요청도 하지 않은 원군이라, 경험 많은 병사들은 황태자가 중앙 조정의 신임을 잃은 것이라 쉽게 추측할 수 있었다.

하물며 그 상대가 황제의 총애를 받고 있는 이황자라니.

'황태자의 속이 뒤집어지겠군.'

'폐하의 마음에서 태자 전하는 완전히 떴나 봐.'

'이거 이러면 태자 전하가 좀 위험한 것 아니야?'

팽팽한 긴장감 속에서 병사들의 눈이 말에서 내리지 않은 진화와 계단을 내려오지 않은 황태자를 번갈아 향했다.

눈알이 굴러가는 것도 소리가 들렸다면 수만 명의 소리가 들렸을 것이다.

과연 누가 먼저 와서 기다릴 것인가.

황태자와 이황자의 치열한 기 싸움에 모두가 촉각을 곤두세우는 그때,

착, 탓.

이황자가 먼저 말에서 내렸다.

발을 내리를 소리가 이렇게 클 수도 있나 싶을 정도로 모두가 그 소리를 들었다.

황제의 총애를 받고 있으니 여유를 부린 것인가.

황태자도 그런 생각을 한 것인지 진화를 보는 눈빛이 매서웠다. 그런데 이어진 이황자의 행동이 모두의 예상을 벗어났다.

"어?"

황태자를 기다릴 줄 알았던 이황자가 그쪽은 쳐다보지도 않은 채, 무림인들과 함께 이동하려 한 것이다.

"화, 황자님!"

북회군 장수 중 하나가 다급하게 이황자를 불렀다.

이황자는 매우 귀찮은 얼굴을 하고 북회군 장수를 돌아보았다. 군사들 모두 이황자의 의도를 알 수 없어 혼란스러운 얼굴을 했다.

횡-하니 비어진 공터.

미리 전갈을 보냈으니 막사 정도는 지어 두었을 것이라는 기대 따위는 하지도 않았다.

진화는 적호단, 특히 긴 여정에 힘들었을 남궁진혜를 위해

어서 막사를 지어 휴식을 주고 싶었다. 그래서 관문에 들어오자마자 곧바로 그들을 위해 비워 둔 것만 같은 공터로 향했다. 그런데 북회군 사마 원자기가 매우 다급한 목소리로 진화를 불러 세웠다.

"왜 그러지?"

진화가 의아한 듯 묻자, 원자기가 한숨을 푹 쉬며 다가왔다.

"기 싸움에서 이기는 것도 중요하지만, 일단은 먼저 있던 지휘관에게 정식 명령서를 전해야 합니다."

귓가에 속삭이듯 말하는 원자기의 말에 진화가 눈을 크게 떴다.

"그런 것도 있었나?"

"황태자께서 먼저 표정을 드러내셨으니 황자님께서 첫 번째 기 싸움에 이기신 겁니다. 그러니 정식 절차는 밟아 주시지요."

진화는 원자기가 말하는 기 싸움이나 황태자의 표정에 대해선 전혀 알 수 없었지만, 일단 정식 절차는 거쳐야 한다니 다시 몸을 돌렸다.

"뭐야? 왜 다시 가는 거야?"

"절차라잖아요."

"별 씨…… 읍. 읍!"

적호단주의 입을 일 조 조장이 막는 소리와 함께 적호단도 다시 진화의 뒤를 따랐다. 진화가 앞으로 오자, 발을 맞춘 듯 황태자도 진화의 앞으로 왔다.

원자기의 말처럼 황태자는 잔뜩 구겨진 얼굴로 진화를 노려보고 있었다.

"본 태자가 원군을 요청한 적도 없는데, 원치 않은 손님이 왔군."

황태자가 불편한 심사를 숨기지 않고 드러냈다. 하지만 황태자의 표정이나 불편한 심사 따위, 진화가 고려할 대상은 아니었다.

"여기 명령서. 이 시간부로 파군 전장의 지휘권은 내가 갖는다."

원자기가 목갑에 고이 모셔 놓은 황제의 명령서를 진화의 손에 건네주고, 진화는 당연한 듯 그것을 황태자의 앞으로 내밀었다.

처음 황태자를 보고도 몸을 돌린 것부터 황태자의 말에 대꾸도 하지 않는 태도까지 누가 보아도 명백하게 황태자를 무시하고 있는 것이었다.

'한유창 놈도 제멋대로였지만 이황자는 정말……!'

원자기는 이제 고개를 들어 황태자의 얼굴을 확인하기도 무서웠다.

"……누구 마음대로?"

황태자가 이를 갈듯 말하며 진화를 노려보았다. 그러자 진화가 황태자의 앞에 내민 명령서를 흔들어 보였다.

"황제 폐하?"

진화가 황태자를 향해 입꼬리를 말았다. 그리고 황태자에게 성큼 다가가 그의 손에 황제의 명령서를 쥐여 주었다.

"괜한 곳에 힘을 빼려 하는군. 어차피 이 명령서가 있는 한, 네가 할 수 있는 일은 없다."

"너어……!"

진화가 나지막하게 하는 말에 황태자가 발끈하려는 순간.

꾸욱.

황태자의 손에 명령서를 쥐여 준 진화의 손에 힘이 들어갔다.

"읏!"

생소한 고통에 황태자가 저도 모르게 신음을 뱉는 것과 동시에 진화와 눈이 마주였다.

무저갱처럼 깊고 검은 눈동자에 새파란 번개가 번쩍였다.

황태자의 눈에 두려움이 떠오르고, 그제서야 진화가 그의 손을 놓았다.

"너어…… 두고 보자!"

황태자가 진화를 노려보다 삼류 악당이나 할 소리를 뱉어 놓고 쌩-하니 몸을 돌렸다.

그 모습에 진화는 그저 헛웃음이 났다.

"누가 할 소리인지 모르겠군."

진화야말로 이곳에 황태자를 두고 보기 위해 온 것이었다.

진화는 잔뜩 독이 오른 황태자의 뒷모습을 힐끗 보고는 여

유롭게 몸을 돌렸다. 해사하게 웃으며 돌아서는 진화를 보며 원자기의 얼굴이 울상이 되었다.

'일부러 그런 것이 분명해!'

원자기가 짧지 않은 여정 동안 이황자를 보고 겪으며 깨달은 것은, 이황자는 여우 같은 곰이라는 것이었다.

그가 본 이황자는 모든 것을 꿰뚫을 정도로 눈치가 빠른데, 당최 눈치를 볼 생각이 없었다.

꿀 없이는 움직이지 않는 곰처럼 원하는 것이 없다면 황태자를 보고도 못 본 척할 위인이라, 원자기는 진화가 일부러 황태자를 자극한 것이라 확신했다.

"하아……."

원자기가 이미를 집으며 한숨을 쉬었다.

당장 신 제국군이라는 적 앞에 두고 표기군과 힘을 합해 싸워야 하는 북회군 사마의 입장에서, 잔뜩 날이 선 표기대장군 표서량의 눈빛에 원자기는 앞날이 깜깜해지는 것을 느꼈다.

엄연히 중앙군이기는 하지만 황제 직속의 황룡군을 제외하면 사례군이나 표기군, 북회군, 흑호군 모두 각 대장군부 휘하에서 소속감을 가지게 된다.

대장군이 죽지 않는 이상은 끝까지 상관으로 모시며 생사를 함께하는 것이 보통이라, 비장들 중에는 개인적으로 대장군을 주군으로 모시거나 대장군부의 사병 출신인 병사들도 다수였다.

그들은 때때로 황제의 명보다 주군의 명을 우선했다.

지금처럼 황도와 멀리 떨어진 전장에서 주군의 심기가 완전히 뒤틀린 상황에서는 더욱더.

둥둥둥둥--!

적의 공격을 알리는 북소리가 관문 전체에 퍼졌다.

막사를 짓던 북회군은 물론 진화와 적호단도 급하게 성벽으로 갔다. 그런데 표기군의 움직임이 어쩐지 이상했다.

성벽에 선 그들이 누군가를 기다리는 듯 행동이 굼떴던 것이다.

아니나 다를까. 성벽에 서서 몰려드는 신 제국군을 보는 진화의 옆으로 황태자가 비릿한 웃음을 띠며 다가왔다.

"지휘권을 가져간다고 했던가? 어디 한번 해 보게."

즐거워 보이는 황태자의 표정에서 그가 무슨 생각을 하는지 훤히 보였다. 아마도 처음 전쟁을 겪는 진화가 당황해서 어찌할 바를 모르고, 저는 그런 진화를 모두가 지켜보는 앞에서 비웃어 주는 그런 상상을 하고 있을 터였다.

하지만 황태자가 먼저 전쟁터를 경험했다는 이유로 자신감을 가졌다면 큰 오산이었다.

진화가 덤덤한 얼굴로 황태자를 질책했다.

"적이 왔는데 발이 느리군. 표기군 전체의 반응이 북회군보다 느렸다. 표기군의 태만한 움직임에 대한 질책은 전투가 끝난 뒤에 하지."

진화의 말에 의기양양하던 황태자의 얼굴이 무참하게 일그러졌다. 하지만 진화의 눈은 이미 황태자를 무시하고 그의 뒤에서 표서량을 향했다.

"전장에서 이따위 짓으로 지휘관을 곤란하게 하는 법을 누구에게 배웠는지 알 만하니, 그것에 대한 것도 다녀와서 질책하겠다."

진화가 뻣뻣하게 굳은 표서량을 무시하고 지나쳤다.

"북회군은 일렬에 서서 성벽을 넘는 자들을 죽여라."

"충!"

진화의 명령에 원자기가 우렁차게 답했다. 그와 동시에 북회군이 표기군을 뒤로 보내고 그 자리를 빼앗았다.

표서량에 의해 꿈지럭거리다 아직 자리를 잡지 않았던 표기군이 속수무책으로 성벽의 일렬에서 밀려났다.

"적호단은 날아드는 화살을 막고 기어오르는 놈들을 죽인다……고 명해 주시겠습니까?"

진화가 명령을 내려…… 줄 것을 적호단주에게 부탁했다.

사실상 진화의 명령을 받들게 된 적호단주는 이렇게 티 나는 눈치 보는 '척'이 더 화가 났다.

"젠장, 그냥 명령을 내려! 누굴 놀리는 것도 아니고."

"아, 그러면 그냥 명령으로 하겠습니다."

"이……허여멀건 죽 같은 새끼."

적호단주의 불평을 진화가 기다렸다는 듯 받아들이자, 적호단주가 진화의 웃는 얼굴을 향해 욕을 뱉었다.

"쓰불! 황자 놈이 밥값 하란다! 기어오르는 새끼들 다 죽이고, 날아오는 화살에 맞는 놈은 내 손에 눈탱이 처맞는다!"

"추―웅!"

적호단주의 명에 적호단원들이 웃음을 참으며 북회군들 사이로 섰다. 표기군이 돕지 않는다고 해서 당황하거나 두려워하는 이들은 아무도 없었다.

장안의 절반이 볼모로 잡힌 것도 아니고, 보이지 않는 함정이 있거나 골치 아픈 술법을 막아야 하는 것도 아니니. 그동안 진화와 적호단이 겪어 온 전쟁터에 비하자면, 단순하게 적을 막고 죽이면 되는 전투는 거리낄 것이 없었다.

퍼--억!

콰지지직-!

"크어어억!"

머리 위에 방패를 들고 사다리를 올라오던 신 제국 병사가 방패째로 머리가 박살 나며 뒤에 있던 병사와 함께 아래로 떨어졌다.

그다음에 있던 병사는 성벽 아래로 얼굴을 내밀고 있는 아름다운 여인과 눈을 마주치자 차마 사다리 위로 오르지 못했다.

"뭐 하는가? 안 오나?"

씨익 웃으며 보이는 송곳니와 피가 흥건한 주먹을 보곤, 병사는 저도 모르게 사다리 아래를 내려다보았다.

저 주먹에 맞는 것과 이대로 사다리에서 떨어지는 것, 둘 중 어느 쪽이 더 살 가능성이 큰지 재어 보는 듯했다.

밑에서 밀고 들어오는 아군으로 인해 병사의 고민은 그렇게 크지 않았다.

"우아아아악-!"

병사가 눈을 질끈 감고 사다리에서 뛰어내렸다.

"어? 저놈? ……발에 쥐가 났나?"

나하연이 고개를 갸웃거렸다. 하지만 이내 그다음으로 사다리를 오르는 병사를 향해 반갑게 손짓했다.

"올라와, 올라와."

"……미친년."

피 칠갑을 하고 오는 족족 상대의 대가리를 깨는데, 적들이 잘도 올라오겠다.

당혜군이 신경질적으로 나하연에게 날아드는 창과 화살을 쳐 냈다. 처음보다 창과 화살이 늘었다.

나하연에게 겁을 먹은 적군이 자꾸 사다리는 안 올라오고 화살과 창만 날려 댔기 때문이다.

'그래도 저기보단 낫나.'

당혜군의 눈이 성벽 한쪽을 향했다

퍼—어억! 퍽! 퍽!

아군을 밟고 성벽을 오른 적의 장수가 적호단주의 파갑추에 난타당했다. 이름 그대로 갑옷을 깨트리며 안쪽을 진탕으로 만드는 팽가의 무공은 군문에서도 유명했다.

"크헉! 컥!"

피를 토하며 물러서던 적의 장수가 두려움 가득한 얼굴로 사방을 살폈다.

그야말로 적진.

사방을 둘러보아도 저와 함께 성벽을 뛰어올랐던 비장들 중 살아 있는 이들이 없었다.

"쿠아아악-! 커……헉!"

마지막으로 살아 있던 동료가 비명과 함께 제 발밑으로 날아와 피를 토하고 죽었다. 다급하게 주변을 둘러본들 도망갈 곳은 성벽 밑으로 뛰어내리는 수밖에 없었다.

'그래도 잘하면…….'

신 제국 장수는 고통스러운 몸을 억지로 일으키며 두 눈으로는 성벽을 막고 있는 한 제국 병사들의 빈틈을 찾았다.

마침 날아드는 바위를 피하는 이들이 보였다.

'저기!'

홀로 살아남은 신 제국 장수가 다음을 기약하며 바위가 날

아드는 성벽 쪽으로 몸을 날렸다.

퍼------억!

“끄아아아악!”

등 뒤로 느껴지는 정신이 아찔해질 정도의 충격.

뼈가 으스러진 듯했다. 신 제국 장수는 앞으로 쓰러지는 몸을 주체하지 못하고 그대로 쓰러졌다.

“컥! 커헉!”

숨도 쉬어지지 않는 고통.

흐릿한 시야로 거대하고 아름다운 그림자가 보였다.

그가 인생에서 마지막으로 본 것이었다.

“뭐야?”

바위를 깨려다가 신 제국 장수를 깨 버린 남궁진혜가 황당한 듯 죽은 장수를 내려다보았다.

뒤에서 적이라고 말하고 속으로 화풀이감이라고 생각하는 상대를 잃은 적호단주가 남궁진혜에게 콧김을 뿜고 있었다.

“야, 너, 저리로 가!”

“아, 왜요? 가려면 단주가 가요!”

“큰 건 여기로 온단 말이야!”

“나도 큰 거 기다려요!”

적호단주는 제게 바락바락 대드는 남궁진혜의 모습에 화가 치솟았지만, 등 뒤로 느껴지는 서늘한 시선에 불끈 쥐었던 주먹을 풀었다.

남궁진혜와 치고받고 싸운다면 양패구상이나, 등 뒤의 서늘한 시선에는 필패였기 때문이다.

"제길……!"

적호단주와 남궁진혜가 있는 곳은 관문 중에서도 유독 성벽이 낮아서 표기군 병사들이 가장 꺼려 하는 구역이라, 적들도 그것을 알고 바위나 대창을 날리고 적장들도 심심찮게 성벽을 넘어왔다. 적호단주와 남궁진혜는 그들이 있는 노다지를 포기할 수 없었다.

압도적이고 일방적인 우세.

진화와 북회군이 당황하는 모습을 보려 했던 황태자와 표서량은, 분하다 못해 당황스러운 표정으로 전장에서 밀려나 자리만 지키고 있어야 했다.

"흐음, 한발 늦었네."

아군이 죽고 있는 모습을 보며 태연하게 하품이나 늘어놓는 여인.

저런 여인에게 전장의 지휘권을 넘기라니!

신 제국 상장군 이현수는 중앙에서 주어진 명령서를 쥐고 부들부들 떨고 있었다.

하지만 분한 것은 분한 것이고, 상장군으로서 적의 성벽에서 죽어 가고 있는 병사들을 구해야 했다.

"……후퇴를……."

상장군의 목소리에 여인이 힐끗 시선을 돌렸다.

"아, 맞다. 아직 있었지?"

제 존재를 완전히 잊고 있었다는 듯한 말투.

상장군이 어금니를 악 물었다.

"후퇴해. 저렇게 죽으면 아깝잖아."

"……충."

여인의 명에 상장군이 낮게 답하며 막사를 나갔다.

그래, 병사들의 목숨이라도 아낄 줄 아니 다행이다. 그렇게 생각하며 상장군은 부당한 명령서를 받아들였다.

잠시 후, 후퇴를 알리는 북소리가 울렸다.

둥둥둥 둥둥둥 둥둥둥—!

썰물처럼 빠져나오는 병사들을 보며 상장군 이현수의 눈이 붉게 달아올랐다. 이번에도 병사들이, 아까운 목숨들이 중앙의 말도 안 되는 명령에 의미 없이 죽었다.

바로 옆에서 그들의 신음과 비명을 듣고 있는 상장군의 가슴도 죽어 가고 있었다. 하지만 새롭게 신 제국군의 지휘권을 가지게 된 여인, 독부는 그러한 것에는 관심이 없었다.

"어떻게 이렇게 기다렸다는 듯 각성법을 내놓았지? 설마 혼현은 혈마제가 누군지 처음부터 알고 있었던 건가?"

자연스럽게 머릿속으로 떠오르는 의심.

혼현마제가 모두를 속이고 있었다.

역천마제마저도.

대체 왜……?

독부가 혼현마제의 전서를 보며 눈빛을 반짝였다. 하지만 이내 가벼운 웃음으로 머릿속에 든 의심을 날려 버렸다.

"혼현, 당신이 무슨 생각인지 모르겠지만, 당신이 원하는 거라면 난 아무래도 괜찮아. 후후후."

독부가 요염하게 웃으며 혼현마제의 전서를 품에 넣었다.

쨍그랑—!

타앗! 쾅! 쿵!

"으아악——!"

황태자가 소리를 질렀다. 도망치듯 막사로 돌아와 탁자를 내리치고 물건을 깨부수는 것으로는 분이 풀리지 않았다.

"아아악! 젠장! 젠장!"

쾅! 쾅!

황태자가 남은 분을 토하듯 손이 부서져라 탁자를 내리쳤다. 자신의 고함과 이 난리가 막사 밖에까지 새어 나갈 것이 뻔했지만, 자존심에 상처를 입은 황태자는 그런 것을 고려할 여유가 없었다.
한 치의 망설임 없이 군사들을 움직이던 이황자의 모습.
그런 이황자의 명을 어떤 의심도 없이 따르던 병사들.
압도적인 기세로 적을 물리치던 강한 무인들.
모두 황태자가 전장에 나오면서 꿈꾸던 모습이었다.
그랬다.
이황자는 늘 그렇게 제가 가지고 싶은 것들을 당연한 듯 가졌다.
황제의 총애도, 현숙한 어미와 든든한 외가, 깨끗한 혈통 마저도!
황태자는 치솟는 질투심과 들끓는 열등감을 어떻게든 발산하지 않고는 견딜 수 없을 것 같았다.
"으아아아아악--!"
한참 막사의 물건을 떨어뜨리고 던지고 부순 뒤.
"하아. 하아……."
황태자가 지친 듯 숨을 몰아쉬었다.
그때, 황태자의 등 뒤에서 익숙한 목소리가 들렸다.
"다 하셨습니까?"
"……외숙."
"태자 전하답지 않은 행동입니다. 하지만 때로는 이렇게 감정을 풀어내야 할 때도 있지요."
표서량이 이해한다는 듯 황태자의 어깨를 두드렸다.

규칙적으로 어깨를 두드리는 묵직함에 황태자의 흥분이 사그라들었다.

"내일 또 공격이 올 것입니다. 그때 우리도 잘 해낼 수 있다는 걸 보여 주면 됩니다."

"어떻게 말입니까?"

"늘 하던 대로요. 이전까지도 계속해서 이겨 오지 않았습니까."

"하지만……!"

황태자가 표서량의 말을 반박하려 했다.

이제까지 그들도 계속 승전을 이어 가긴 했지만, 진화와 그의 군이 보여 준 것처럼 압도적이었던 적은 없었기 때문이다.

하지만 표서량의 생각은 다른 듯, 표서량이 황태자의 어깨에 올린 손에 힘을 주며 그의 반박을 막았다.

"이제까지 위험하고 희생이 예상되는 구역은 파군 주둔군에게 몰았습니다. 표기군은 그동안 딱 싸우기 좋을 정도로 몸을 데웠단 말입니다. 하던 대로만 하면 됩니다. 마침 오늘의 일로 표기군 병사들의 호승심이 끓어오른 듯하니. 이 외숙이 표기군의 진면목을 보여 드리지요."

"외숙만 믿겠습니다."

표서량의 자신감 넘치는 단언에 황태자가 굳은 얼굴로 고개를 끄덕였다. 여전히 불안한 모습이었지만 표서량을 향한 신뢰만큼은 굳건했다.

신 제국 진영.

진영의 분위기가 침잠했다.

패배도 패배지만, 연이은 패배에도 불구하고 아무런 변화가 없는 전투 전략이 병사들의 사기를 꺾었다.

진영 내에는 중앙에서 어떤 의도로 병사들을 개죽음으로 몰고 있다는 이야기가 가득 퍼져 있었다.

그런 와중에 새로 온 지휘관의 명령은 또다시 관문 성벽으로 돌진하라는 것이었다.

"또…… 말입니까?"

상장군 이현수가 실망스럽다 못해 황당하다는 듯 물었다. 하지만 그 앞의 독부는 상장군의 반응엔 아무 관심이 없었다.

"이곳과 이곳. 내가 짚어 주는 곳으로 각각 이천 명은 보내야 해."

"……."

이게 뭘까.

상장군 이현수는 잠시 정신이 멍했다.

'새로 지휘관이 온다고 했을 때, 내가 뭘 생각했더라…….'

비록 지휘권을 빼앗기게 되었지만, 어차피 유명무실한 지휘권이었다.

중앙에서는 지휘관을 무시하고 공격 감행 시간과 때를 지정해서 무의미한 돌진만을 시켰고, 상장군 이현수는 이것만이라도 그만두게 해 줬으면 하고 빌었다.

그래서 중앙에서 새로 지휘관을 보낸다기에 뭔가 변화가 있겠다는 기대도 했었다.

그런데…… 변화는 없었다.

새 지휘관이라고 나타난 여자는 전장에 전혀 어울리지 않는 긴 손톱 장식으로 관문 성벽 몇 군데를 지적해 주었을 뿐, 무의미한 돌진은 전혀 변하지 않았다.

"안 됩니다."

"응? 뭐라고?"

"이렇게는 안 됩니다! 이런 식으로는 병사들만 개죽음을 당할 뿐이란 말입니다!"

상장군이 소리쳤다.

그제야 독부가 의외라는 듯 상장군을 보았다.

"……흐응."

그뿐이었다.

흥미롭다는 듯 콧소리 한번 낸 것이, 독부가 제게 소리를 지르며 항명한 군인을 향해 보인 반응의 전부였다.

"네가 직접 가."

"……예?"

"병사들 목숨이 그렇게 아까우면 네가 직접 가라고."

"……."

황당해하는 상장군을 향해 독부가 생긋 웃어 보였다.

방금 유일하게 군 전체를 지휘하던 장군을 최전선으로 보내는 명령을 내렸다고는 믿을 수 없을 만큼 요염한 미소라 더 현실감이 없었다.

진시(辰時)와 술시(戌時).

마침 아침 해가 산을 다 올라온 시간과 해가 산을 다 넘어간 시간.

신 제국 군대는 매번 이 시간마다 성벽을 공격했다.

오늘은 진시에 공격을 준비했다.

"정말 가실 겁니까?"

"그렇네."

상장군 이현수는 기어이 돌격대와 함께 섰다.

"장군님, 앞길도 창창한 양반이 왜 죽을 자리를 찾아가신다는 겁니까! 그 여자에게 말해서 거부하려면 얼마든지 하실 수 있지 않습니까! 지금이라도 당장 가십시오! 병사들을 위해서라도 가십시오! 장군께서 없으면 누가 제때에 후퇴를 시켜 줄 수 있단 말입니까!"

부관이 설득을 하다 못해 화가 난 듯 상장군 이현수를 재촉했다. 하지만 상장군 이현수의 결심은 단호했다.

"그 여자 때문이 아니야! 나 때문일세! 중앙 조정은 희망이 없네! 그런데 내 어떻게 병사들을 사지에 보내고 홀로 저

곳에 남아 있겠는가!"

"그, 그래도 사셔야지요!"

아, 아무래도 정말로 희망은 없는가 보다.

상장군의 말에 그것을 느낀 부관은 잠시 말문이 막혔지만, 이내 붉어진 눈시울로 상장군의 팔을 잡았다.

툭.

상장군 이현수가 제 팔을 잡은 부관의 손을 잡았다.

"같이 살 수 있다면 좋겠지만, 그게 안 되면 같이 죽기라도 할 것이네."

상장군 이현수가 부관의 마음을 안다는 듯 그의 손등을 토닥였다.

부관의 눈에서 눈물이 후두두 떨어졌다. 하지만 그들에게는 눈물을 나눌 시간조차 주어지지 않았다.

둥둥둥둥둥―!

야속하게도 공격을 알리는 북소리가 전장에 울렸다.

매일 규칙적인 때에 들어오는 공격.

"병신인지, 미친놈들인지."

언제 뒤통수를 칠지 모르니 긴장을 풀 순 없지만 그렇다고 마냥 성벽에서 대기하고 있기도 뭣 한 상황이라. 뭐가 뭔지

알 수 없다는 것이 병사들을 불편하게 만들었다.

"헷갈리게 만드는 게 전략이면, 병신 같지만 성공한 전략인데요."

"성공했다라…… 하긴."

남궁진혜의 말에 적호단주가 슬쩍 주변을 둘러보며 고개를 끄덕였다.

병사들 사이에 긴장감이 흐르면서도 알게 모르게 헤이해진 기강이 느껴졌기 때문이다.

목숨이 달린 전투에서 가장 위험한 것이 바로 불안과 불확실성이었다.

"흐음, 지금이 결코 유리한 상황도 아닌데 단독으로 싸우겠다고 우긴단 말이지?"

막사를 보는 적호단주의 눈빛이 가늘게 변했다.

지금 막사 안에는 북회군 사마 원자기와 원자기의 손에 이끌려 마지못해 진화가 들어가 있었다.

갑자기 북회군을 배제하고 전투를 하겠다는 말도 안 되는 주장을 펼치는 황태자를 말리기 위해서였다.

"역시 수상하지 않습니까?"

"네가 보기엔 어떠냐? 황태자 놈이 혈성이라서 저러는 것 같아?"

"저야 잘 모르죠. 이런 건 단주님 전문 아닙니까?"

"쎄-해."

"헉! 쎄해요?"

적호단주의 말에 남궁진혜가 깜짝 놀라 물었다.

귀천성과 관련해서 적호단주 팽치의 쎄-한 느낌은 정의맹에서 모르는 사람이 없을 정도로 유명했다.

정확도가 천기를 읽는 도사 수준이었기 때문이다.

"쎄-해. 그런데 그쪽이 쎄-한 게 아니란 말이야?"

"엥? 그게 무슨 말입니까?"

"아무튼 느낌이 좋지 않아."

적호단주가 날카로운 눈으로 막사를 보며 말했다.

그때 황태자의 막사에선 진화와 원자기가 씩씩거리며 나오고 있었다.

아니, 씩씩대는 사람은 원자기 하나였다.

"아니, 이황자님도 그렇습니다! 거기서 '그러든가.' 해 버리시면 어떻게 합니까! 죽어 갈 병사들 생각은 요만큼도 안 하십니까? 표기군도 제국군인데, 정말 섭섭합니다!"

원자기는 일이 마음대로 되지 않은 모양인지 막사를 나오면서까지 진화에게 잔소리를 쏟아붓고 있었다.

"저놈도 처음 봤을 때와는 참 달라."

"그러게요. 그냥 냉랭하고 싸가지없는 장군 새끼인 줄 알았는데…… 저 새끼가 겁대가리를 상실한 모양입니다. 감히 우리 진화한테 목소리를 키워?"

우두둑.

남궁진혜가 목을 움직이자 섬뜩한 소리가 들렸다.
"야—아! 이 여우 주둥이같이 생긴 새끼야! 우리 진화 귀에서 피나면 네가 책임질 거야?"
남궁진혜가 버럭 소리를 지르며 진화에게 달려갔다.
"……."
적호단주는 사색이 되어 도망치는 원자기를 보며 고개를 저었다.
처음에는 남궁진혜의 말처럼 오만하고 진화에게 적대적인 조정의 정치인 같았는데, 이제 보니 전투를 좋아하고 병사들을 아끼는 면도 있었다. 지난번의 일로 속내를 숨기는 건지는 몰라도, 진화에게 적대적인 면도 보이지 않았다.
"눈치가 빠른 놈이군. 이번에야말로 안 보이는 데서 척추를 접어 버리려고 했더니. 쩝."
적호단주가 아주 약간 아쉬운 눈길로 원자기의 뒷모습을 보았다.
마침 남궁진혜와 진화가 적호단주에게 다가왔다.
"너는 그 굵은 팔뚝으로…… 우리 황자 새끼 목 졸려 죽겠다. 황자 새끼님, 너는 그렇게 목이 졸려서 뭐가 좋다고 실실거려?"
"체!"
적호단주의 지적에 남궁진혜가 못마땅한 듯 진화의 목을 감고 있던 팔을 풀고 진화는 기분 좋게 웃어 보였다.

그 모습에 적호단주의 한숨이 늘었다.

"그래서 어쩌기로 했어?"

"아, 기어이 자기들끼리 싸워야겠다기에 그러라고 했어요."

"그래도 되겠어?"

"전투에 나서서 싸울 때 피를 보면 기질이 어떻게 변하는지 확인해 보려고요."

유순하게 하는 말속에 서늘한 날이 느껴졌다.

그래, 이런 녀석이었지.

진화가 이렇게 만만치 않은 녀석이었기에 큰 반발 없이 적호단의 지휘를 맡긴 것이었다.

적호단주는 알겠다는 듯 진화의 머리를 거칠게 쓰다듬고 적호단에 휴식을 알리러 갔다.

혹시 모를 일을 대비해서 대기는 하고 있어야겠지만, 적의 전력을 생각하면 특별히 위험한 일 같은 건 없을 듯했다.

둥둥둥둥둥——.

양쪽 모두 단단히 준비하고 기다리다가 듣는 북소리.

"놈들이 온다! 우리의 힘을 보여 주자!"

"으아아아——!"

표서량과 비장들의 외침에 병사들이 기합으로 답했다.

북소리가 커지고 까맣게 적들의 모습이 보이자, 성벽의 긴장감이 올라갔다.

후열에서 대기하고 있던 북회군과 적호단도 이때만큼은 잔뜩 긴장한 채 밖을 보았다.

잠시 후.

이전과 마찬가지로 신 제국 병사들이 밖에서 바위나 대창을 날리는 동시에 성벽에 사다리를 놓고 올라왔다.

챙! 챙챙!

"크아아아-!"

"비켜!"

다른 때와 달리 성벽 일렬에는 파군 주둔군이 아닌 표기군 정예들이 섰다.

하지만 전투는 황태자나 표서량의 예상과 달리 쉽지 않았다.

"저, 저놈들이 왜 저래?"

"갑자기 왜……!"

곳곳에서 당황스럽고 놀란 목소리가 들렸다.

성벽 일렬에 표기군 정예가 선 것처럼 신 제국도 정예군이 몰려온 것인가 싶을 정도로, 신 제국 병사들의 기세가 맹렬했기 때문이다.

"막아! 빈틈을 보이지 마라!"

진화와 북회군에게 실력을 보여 주기 위해 나선 전투였다.

그래서 곳곳이 무너질 때마다 표기군 비장들이 바빠졌다.

"너희들도 어서 가! 가서 막아!"

황태자가 다급하게 저를 호위하고 있던 비장들에게 소리쳤다.

"전투가 더 중요하다! 절반만 있으면 된다! 어서, 명령이다!"

황태자를 호위하기 위해 남은 비장이 여섯 명이나 되었기에, 황태자의 명령에 눈치를 보던 세 명의 비장이 전투 속으로 뛰어들었다.

챙—! 챙챙——!

"막아라! 단 한 놈도 놓쳐선 안 된다!"

"죽여라! 끝장을 보자!"

성벽을 사수하려는 이들.

그리고 어떻게든 성벽을 뚫으려는 이들.

팽팽한 전투 속에서 신 제국의 장수들이 사다리에 있던 아군을 밟고 성벽으로 뛰어올랐다.

"죽어 보자—!"

"추—웅!"

신 제국 장수들이 기세등등하게 표기군 비장들을 향해 달려들었다.

채————앵!

파팟—! 퍼—억!

검을 부딪치고 필요하면 박치기도 불사했다.

코에서 터진 피가 이 사이로 흘렀지만, 죽기를 각오한 마당에 조금 찝찝하고 조금 비릿한 것이 뭐 그리 대수랴.

퍼---억!

쉐에에엑!

얼굴을 맞아 눈을 감은 사이, 섬뜩한 감각이 갑주를 뚫고 지났다.

뭔가 속에서 빠져나가는 느낌에 놀라 눈을 뜨자 갑주 사이로 흥건하게 흐르는 피와 내장이 눈에 들었다.

"크윽……!"

표기군 비장이 하나, 둘 쓰러졌다.

신 제국 장수 하나에 표기군 비장 둘, 셋이 붙던 것에서 순식간에 일대일로 균형이 맞춰졌다.

성벽을 종횡무진 뛰어다니며 수하들을 돕는 신 제국 상장군 이현수의 활약 덕분이었다.

상장군의 시야에 비장들에게 보호를 받고 있는 누군가가 들어왔다.

"네놈이 황태자렷다-!"

"전하를 보호한다!"

"막아라-!"

표기대장군 표서량은 병사들 틈에 둘러싸여 움직이지 못했고, 본래 호위를 서던 비장들은 한창 싸우는 중이었다.

황태자의 얼굴이 하얗게 질리고, 셋 남은 호위 비장들이 상장군 이현수의 앞을 가로막았다.

챙! 챙챙!

황태자가 위험했다.

후열에서 나서지 말라는 엄명을 받고 대기 중이던 북회군과 적호단도 그 광경을 보았다.

"황자님!"

원자기가 다급하게 진화를 불렀다.

정치적으로야 삼황자와 인척 관계라 황태자와 적대적인 위치에 있다지만, 적의 손에 제국의 황태자를 상하게 둘 수는 없었다.

"잠시만."

진화가 냉랭한 얼굴로 황태자 쪽을 보며 원자기를 말렸다.

"황자니임!"

원자기가 진화를 재촉했다.

진화는 여전히 냉랭한 얼굴로 손을 들어 원자기를 말렸다.

그 와중에도 진화의 시선은 황태자가 있는 곳에서 떠나지 않고 있었다.

그리고 어느 순간.

황태자를 보던 진화의 눈빛이 번뜩였다.

"황자님-! 더는 안 됩니다!"

마침 신 제국 상장군이 비장 둘을 쓰러뜨렸다.

상장군의 검이 황태자를 향하고, 황태자가 비명을 지르며 넘어졌다.

그와 동시에 원자기가 당장이라도 검을 빼고 달려 나가려 했다.

하지만 그보다 빨리.

파지지지직—파팟!

황태자를 향해 날아가는 신 제국 상장군의 검으로 푸른 번개가 꽂혔다.

"전부 사로잡도록 하죠."

"추-웅!"

진화의 몸이 순식간에 성벽을 오르고, 뒤에 있던 적호단도 순식간에 성벽으로 올랐다.

온몸이 저린 생경한 고통까지도 이를 악물고 이겨 낸 상장군이 황태자를 데리고 도망하려는 비장의 앞에 검을 내리쳤다.

채—앵!

"어딜! 목을 내놓고 가라--!"

목숨.

수백, 수천 병사들의 목숨을 살리고 싶은 마음으로 황태자를 향해 든 검이었다.

저자를 인질로 잡는다면 혹시……!

혹시나 하는 기대를 품고 다시 검을 드는 순간, 시퍼런 칼날이 상장군 이현수의 목에 와 닿았다.

파지지직.

그의 검과 온몸을 관통했던 푸른 번개가 검 끝에서 번뜩이고 있었다.

"이쯤에서 항복해라."

서늘한 목소리가 상장군 이현수의 정신을 깨웠다.

덤덤한 시선이 가리키는 곳을 따라 보자, 자신을 따라왔던 부장들이 적호단원들에게 잡혀 있었다.

"아아……!"

수하들이 잡혔다는 절망보다 아직 수하들이 살아 있다는 안도감이 먼저 찾아왔다.

챙그랑.

상장군 이현수가 손에서 검을 놓았다.

그의 수하들도 그를 따라 검을 놓고, 순순히 적호단원들의 손에 잡혔다.

그때, 표서량의 고함이 끼어들었다.

"이때다! 놈들을 죽여라-!"

표서량의 말에 표기군 병사들이 잔인하게 성벽을 오른 병사들을 죽였다.

"크아아악!"

"아악!"

상장군이 잡힌 광경을 보고 넋을 놓고 있던 이들이 속수무책으로 죽임을 당했다.

"아!"

상장군 이현수가 그 모습을 보고 벌떡 일어서려 했다.

하지만 뭔가에 짓눌려 꼼짝을 할 수 없었다.

놀란 상장군이 고개를 들자, 이 세상의 사람이 아닌 듯한 인물이 눈살을 찌푸리고 있었다.

쉐에에에엑---!

퍼-엉!

진화의 검기가 표서량이 있는 발밑에 닿았다.

“이, 이게 무슨 짓입니까!”

“이미 적장을 제압했다. 그대는 내 기대에 미치지 못했고.”

화가 나서 돌아보았던 표서량은 진화의 뒤로 비장의 부축을 받고 선 황태자를 보고 그제야 정신을 차렸다.

표서량이 분한 기색을 숨기지 못했지만, 냉랭하게 저를 내려다보는 진화와 주변 적호단원들의 시선에 어쩔 수 없이 뒤로 물러서야 했다.

진화의 눈이 신 제국 병사들에게 향했다.

“장수가 잡혔다. 물러서라.”

하늘에서 떨어지는 명과 같은 지엄함에, 신 제국 병사들이 주춤주춤 검을 내렸다.

그때 마침 후퇴를 알리는 북소리가 울렸다.

둥둥둥. 둥둥둥. 둥둥둥.

또 한 차례, 폭풍 같은 전투가 끝이 났다.

신 제국군이 때가 되어 빠져나가는 썰물처럼 관문에서 물러났다.

"누구, 누구 마음대로! 누구 마음대로 전투를 끝내느냐!"

황태자가 뒤늦게 흥분하며 소리쳤다.

"잡아! 놈들을 죽여라! 놈들을 도망치게 두지 말란 말이다!"

황태자가 그를 돌보던 비장과 표기군에 명을 내렸다.

그러나 누가 보아도 상태가 좋지 않은 그의 명을 따르는 이는 아무도 없었다.

이미 표서량이 진화의 명에 물러나면서, 이 관문의 지휘권이 누구에게 있는지 확실해졌기에 더더욱 그러했다.

"나는 지지 않았다! 어서 가! 가서 죽이라고!"

퍼-억!

"가! 가서 죽여! 어서! 명령이다! 황태자의 명이다!"

퍼억!

잔뜩 흥분한 황태자가 명을 따르지 않는 이들에게 주먹질까지 하며 행패를 부렸지만, 표기군 비장들은 그것을 꿋꿋하게 버티며 꿈쩍도 하지 않았다.

"이것들이 지금 황태자의 명을 거역하는 것이냐! 역적이다! 내 명을 거역하는 건……!"

파지지지직-!

"으아아악!"

푸른 번개가 황태자의 등에 꽂히고, 황태자가 비명에 쓰러졌다.

"……!"

비장들은 물론이고 모두가 놀란 눈으로 진화를 보았다.

파지직!

남아 있는 번개가 사라지고 황태자도 조용해졌다.

아니, 모두가 조용해졌다.

모두가 황태자의 추태를 지켜보았고, 쓰러진 황태자의 몸에서 푸른 번개가 번뜩였다가 사라지는 것을 보았다.

황태자에게 번개를 꽂다니, 이건…….

"안으로 데려가."

"……추, 충!"

이걸 역모라고 해야 하나, 지휘관의 권리 행사라 해야 하나.

너무 아무렇지 않은 진화의 태도에 표기군 비장들이 기절한 황태자를 업어 나르면서도 고개를 갸웃거렸다.

"저자들은 적호단에서 데려가시죠."

"추웅."

진화가 사로잡은 신 제국의 장수들을 가리키며 말했다.

북회군 사마 원자기가 순간 발끈하려 했지만, 팽가 형제의 우람한 팔뚝을 보며 입술을 꾸욱 다물었다.

"아까도 말했듯 이번 전투는 몹시 실망스럽군. 위치적 우세를 지키지 못했을뿐더러 황태자를 위험하게 했으니, 표기장군 표서량은 막사에서 근신하고 있으라."

"……충."

진화의 명에 표서량이 잔뜩 굳은 얼굴로 물러섰다.

"북회군 사마는 사상자를 살피고 전장을 정리하라."

"충."

원자기는 이제 진화의 명을 받는 모습이 무척 자연스러워졌다.

모든 사람들이 제 역할대로 흩어지고, 남은 진화의 곁으로 적호단주가 다가왔다.

"너도 봤냐?"

"예."

진화의 눈빛과 더불어 적호단주의 얼굴이 차갑게 굳었다.

"어쩔 거냐?"

"일단, 저것부터 조치를 취해야 할 듯합니다."

진화가 황태자의 막사를 가리키자, 적호단주도 날카로운 눈빛으로 황태자의 막사를 노려보았다.

일다경쯤 지났을까.

남들이 보기엔 황태자를 번개로 지져 놓은 것 같지만, 진화의 입장에선 뇌로 가는 기운에 아주 약간 충격을 준 것뿐이었다.

일다경이면 깨어나고도 남을 시간이라, 진화가 황태자의 막사를 찾았다. 하지만 진화의 예상과 달리 황태자는 아직

일어나지 않고 있었다.

'깨울까?'

진화의 손끝에 슬쩍 뇌기가 모였다.

그때, 잠이 든 듯 누워 있던 황태자가 신음을 내었다.

"끄으, 으윽……."

"……."

진화는 황태자가 갑자기 얼굴을 찌푸리고 신음하며 땀까지 흘리는 모습에 당황한 듯 그 모습을 가만히 보고만 있었다.

그리고 쭈뼛쭈뼛 의자를 끌어와 황태자가 깨길 기다렸다.

"으아아! 안 돼요! 제발! ……제발 어머니……."

소리치고 애원하고.

진화가 어머니를 떠올릴 때의 얼굴과는 확연히 달랐다.

그렇게 황태자가 깨어나기 기다리길 잠깐.

"끄응. ……헉!"

놀란 신음과 함께 황태자가 두 눈을 번쩍 떴다.

눈앞에 있는 진화를 발견하고 두 눈이 더 커졌다.

"너! 네가 왜!"

"이제 일어났나?"

"네가 왜 여기에 있는 거냐!"

황태자가 침상에서 벌떡 일어나 앉으며 진화를 향해 소리쳤다.

매번 자신을 내려다보던 진화와 처음으로 얼굴을 마주한

황태자는, 이 순간조차 아무렇지 않게 아름답기만 한 얼굴을 보자 분노가 치밀었다.

"왜? 고소한가? 내 꼴을 비웃으러 왔어?"

"딱히 한가하다고 싫은 일을 찾아서 하는 편은 아닌데."

"네놈은 늘 그래! 아무것도 원하지 않은 낯짝으로 내 모든 것을 위협해! 지금도! 입으로는 아니라고 하면서 내 자리를 위협하러 나타났지 않나!"

"……별로."

황태자는 시종일관 분노를 뿜어내며 진화를 노려보았지만, 솔직히 말해 진화는 그런 황태자의 감정에 휘말릴 생각이 없었다.

자신에게 적대감을 뿜어내는 이를 상대하는 건 진화에게 꽤 익숙한 일이었다.

이번에도 진화는 황태자의 감정과 상관없이 제 볼일을 보고 나갈 것이라 생각했다.

하지만 황태자와의 대화는 진화가 생각하는 대로 흘러가지 않았다.

"별로?"

진화의 심드렁한 대답이 황태자를 자극한 듯.

"네겐 뭐가 그렇게 별로인 것이냐? 천하의 주인 자리, 만인이 원하는 번쩍이는 용상조차 네겐 별로인 것이냐? 네 몸속의 용혈은? 고귀한 천자의 피는!"

서늘하게 가라앉았던 황태자가 단번에 폭발했다.

그는 속에 있던 모든 것을 풀어 낼 기세로 진화에게 소리쳤다.

“아무나! 누구나 앉을 수 없는 용상이다! 오직 천자의 피를 이어받은 이만이 앉을 수 있는 용상이다! 평생! 평생 그 자리를 바라보았다! 내 몸속에는 용혈이 흐르니까! 난 천자의 자식이니까! 그런데 그따위 여자의 피가 무엇이기에 내 모든 것을 흔든단 말이더냐-!”

황태자가 붉어진 눈으로 눈물을 흘리며 쌓인 울분을 토해냈다.

물론 그런 건 진화의 관심이 아니었다.

탁.

진화가 고개를 숙인 황태자의 얼굴을 억지로 잡았다.

“너, 알고 있었나?”

진화의 눈이 황태자의 속을 꿰뚫을 듯 강렬하게 노려보았다.

“허! 그럼 내가 모를 줄 알았나? 뭐? 혈성? 네가 내 몸속에 그 여자의 피가 남았는지 확인하러 왔다는 거? 아니면 폐하께서 기어코 나를 의심했다는 거?”

“…….”

황태자가 진화를 비웃으며 하는 말에 진화의 눈빛이 가라앉았다. 다행히 황태자는 귀천성과 혈성의 관계에 대해서는 알지 못했다.

그저 혈성을 찾는다는 황도의 소식을 들었을 뿐인 것이다.

'……다행히?'

순간 진화는 황태자가 귀천성과 연결되지 않았다는 것을 자신이 다행이라 생각한 것이 마음에 걸렸다.

하지만 지금은 그게 중요한 것이 아니었다.

"황성의 소식을 들었군. 누가 알려 줬지?"

"흥, 그럼 그 커다란 황성에 내 편 하나 없을 줄 알았나?"

추궁하는 듯한 진화의 물음에 황태자가 비웃음으로 답했다. 지금 그가 진화에게 우위를 가질 수 있는 게 그것뿐이라니, 황태자의 웃음은 곧 분노로 바뀌었다.

"내 피 속에 그 여자의 것이 있다고? 천만에! 나는 용자다! 천자의 자식이다! 혈성 따위에 용혈이 질 리 없잖아!"

황태자가 단호한 눈빛으로 진화의 눈을 마주보며 말했다.

나는 혈성 따위가 아니다.

나는 황제의 피를 이은 천자의 자식이다.

절대로 흔들리지 않을 것 같은 믿음과 의지.

처음으로 황태자에게서 그 자리에 걸맞은 위엄이라는 것이 느껴진 순간이었다.

"……이 향은 언제부터 피운 거냐?"

황태자의 말에 아무런 대꾸도 없이 그를 보던 진화가 갑자기 막사 안에 가득 퍼진 향초에 대해 물었다.

엉뚱한 질문 같았지만, 황태자는 오히려 반갑다는 듯 진화의 질문을 받았다.

“원귀빈의 수작 말이냐?”

“알고 있었나?”

“내가 황궁에서 아무 배경 없이 홀로 황태자 자리에서 버틴 세월이 얼마인데, 고작 그런 수작 따위에 당할까. 진즉부터 수면향과 해독제를 같이 피우고 있었다.”

황태자는 무지한 동생에게 음흉하고 살벌한 황실의 이면을 보여 주며 심술궂은 표정을 지었다. 하지만 늘 그러했듯, 그의 동생은 황태자의 생각과 달랐다.

“그래서 이 독기, 환각초는 누구의 것이지?”

“……뭐? 환각초?”

진화의 질문에 황태자의 눈이 커졌다.

자리에서 벌떡 일어난 황태자가 침대 한편에 있던 향로를 맨손을 잡았다.

타-앙!

“큿!”

뜨거운 향로를 맨손으로 잡은 결과야 뻔했다. 향로에서 쏟아진 재와 타다 만 약초들이 바닥으로 흩어졌다.

진화가 천천히 그 속에서 각기 다른 향초를 구분했다.

하나, 둘, 셋…… 그리고 넷.

“수면향과 해독제. 그리고?”

"호양…… 고모님이 보내 주신 향초와 내가 평소 쓰던 것이다."

처음으로 황태자의 눈빛이 흔들렸다.

혈성에 대해 말을 할 때에도 흔들리지 않던 그가 흔들리기 시작했다.

"어느 쪽이 호양공주가 보낸 거지?"

"이쪽. 하, 하지만 아니다! 고모님은 아닐 것이다!"

황태자가 진화를 향해 고개를 저었다.

매달릴 것이 없어 제게 간절하게 매달리는 눈빛에 진화 또한 고개를 저었다.

"그래. 그쪽은 아니군. 평소 쓰는 향초를 권한 사람은 누구지?"

진화의 물음에 황태자의 눈이 더 세차게 흔들렸다.

반대로 진화의 눈은 차갑게 가라앉았다.

"그자는 황도에서 혈성을 찾으러 왔다는 걸 알고 있나?"

진화의 물음에 돌아오는 대답은 없었다.

하지만 진화에게도 대답은 필요하지 않았다.

황도 저자.

저잣거리의 불이 환하면 환할수록 그 뒤의 그림자는 짙어

지기 마련이라, 화려한 불빛 아래 광경에 시선을 빼앗긴 사람들은 뒷골목으로 숨어드는 이들에게 관심을 주지 않았다.

그래서 사람들은 황도에서 가장 크고 화려한 월영루 뒤편에 그보다 더 큰 월하회의 객잔이 있을 거라 상상조차 하지 못했다.

"푸른 달이 뜨는 그믐이라. 빌어먹을, 요즘에 누가 약속을 이렇게 애매하게 정한대?"

"허허허, 운치 있고 좋지 않은가?"

"네놈이었냐?"

"허허허허."

굳게 닫힌 문이 살짝 열리면서 안에서 유쾌하게 떠드는 소리가 잠깐 새어 나왔다.

겉으로 보이겐 감쪽같이 낡은 문이었지만 손으로 밀자 한 철 이백 근의 묵직함이 고스란히 전해졌다.

"흐음."

잠시 흠칫했던 인영이 그대로 한 손으로 문을 밀고 들어갔다.

스르르르릉.

스르릉-스릉!

뭔가 복잡하게 움직이는 소리와 함께 문이 점점 더 무거워졌다.

"흐으음!"

뭐, 이런 거지 같은…… 어쩌고 하는 소리와 함께, 문을 열고 들어가던 인영이 한 손에 기운을 일으켰다.

그제야 문이 밀리며 활짝 열렸다.

“킬킬킬! 내 뭐랬나, 저놈은 오기가 나서라도 한 손으로 열고 들어올 거라고 했지?”

“흐흐흐, 내놔.”

“젠장! 구혈이 이놈, 너는 다 늙어서도 성질머리가 왜 그 모양이냐!”

“저러니 젊은 마누라가 제자 놈이랑 바람이 나지!”

“뭐-야! 어떤 씨방구가 뚫린 입이라고 지껄였냐!”

입구에서 기다리고 있는 반가운 얼굴들에 반색하기 무섭게, 그냥 지나칠 수 없는 말을 들은 사패천주가 버럭 소리를 질렀다.

“허허허, 저놈은 그래도 아들내미 하나는 건졌잖아.”

“진짜 아들인지도 모르잖아.”

“벌써 아주 되바라진 것이 저놈 자식 맞아.”

“이 빌어먹을 노망난 것들! 그만 지껄이지 못해?”

세상 어느 누가 사패천주 한구혈의 앞에서 그의 치부를 이렇게 적나라하게 들출 수 있단 말인가.

오직 그들이기에, 서로 목숨을 나눈 사이이기에 어떤 것도 부끄럽지 않게 농담으로 나눌 수 있는 것이었다.

“거의 이십 년 만인가?”

“그렇지. 역천마제와 광마제를 죽일 모의를 하고 헤어진 것이 끝이었으니까.”

“……자리가 많이 비었군.”

이십 년 만에 다시 열린 십이좌회.

사패천주와 그의 치부를 서슴없이 건드린 옥허신검 청연, 천수현인 제갈길현, 내기를 열었던 현학문주 청벽선생 운송, 돈을 딴 야희성녀와 돈을 잃은 대장군 하후충과 제왕검 남궁강까지.

한 사람 한 사람의 명성이 천하를 울리고도 남을 칠 인이 한자리에 모였다.

“빈자리는 선승뿐인가?”

“총 다섯 자리가 비었지.”

“됐어, 세지 마! 어차피 소용도 없었던 거!”

현학문주의 정확한 지적에 옥허신검 청연이 투덜거렸다.

애초에 십이좌회는 귀천성을 막기 위해 필요한 열두 자리에 그에 맞는 인물들을 골라 만들어진 것이었다. 그런데 결국 십이좌회로도 역천마제를 죽이지 못했으니, 숫자가 다 무슨 소용이겠는가.

자리에 앉은 칠 인이 침중한 눈빛으로 빈자리를 보았다.

“빈자리에 채워 넣을 사람들은 봐 두었나?”

“다른 사람은 모르겠고 한 놈은 확실하지.”

사패천주의 말에 제갈길현과 야희성녀의 눈이 제왕검에게

향했다.

회의가 시작되고 천수현인 제갈길현이 다짜고짜 본인의 용무부터 꺼냈다.

"가지고 온 거 내놔 봐."

천수현인의 말에 사패천주가 심술맞게 입술을 실룩거렸다.

그러곤 품에 있던 비록을 꺼내 제왕검에게 주었다.

툭.

제왕검은 그것을 받아 다시 천수현인에게 내주었다.

"아, 왜 그걸 그리 주나?"

"허어, 참, 애들도 아니고! 어차피 해석을 하려면 제갈 놈의 손에 줘야 할 것, 성질 좀 그만 부려!"

발끈하려는 사패천주를 옥허신검 청연이 버럭 하며 자리에 앉혔다.

사패천주를 향해 얄밉게 웃던 제갈길현도 옥허신검의 매서운 눈초리에 입을 다물었다.

"누구의 것인가?"

제갈길현이 사패천주가 준 역천비록을 살피기 무섭게 옥허신검이 물었다.

하지만 제갈길현은 아무 대답 없이 빠르게 눈을 굴려 비록만 읽었다.

심상치 않은 제갈길현의 태도에 모두가 제갈길현을 주목했다.

잠시 후, 한참 비록을 읽어 내리던 제갈길현이 매서운 눈을 하고 고개를 들었다.

"이런 망할! 이걸 이제 내놓으면 어쩌자는 게야!"

제갈길현이 사패천주를 노려보며 소리쳤다.

"뭔데 그러나?"

"혈마제의 비록이다, 이 멍청한 놈아!"

적호단이 누굴 찾으러 전장에 갔는지 아는 제갈길현은, 혈마제의 비록을 들고 입을 꾹 다물고 있던 사패천주에게 '멍청이'라는 말 외에 달리 할 말이 없었다.

"뭐 멍청한 놈?"

사패천주가 입술을 실룩이며 발끈했지만, 그보다 먼저 제갈길현이 북풍한설보다 차고 매서운 기세를 뿜었다.

"왜, 내가 틀린 말했나? 대가리에 똥만 차서, 그저 좀 있어 보이면 그게 뭔지도 모르고 아가리에 밀어 넣고 보는 거지 같은 근성 좀 버리라 했지? 적호단은 이것 때문에 전장으로 뛰어들었는데, 이제 뭔지도 모르고 입 꾹 처 다물고 있어? 이 빌어 처맞을 놈아!"

제갈길현의 말에 사패천주는 아차 싶었지만, 점점 심해지는 제갈길현의 욕지거리에 슬슬 열이 오르고 있었다.

세월이 흘렀다고 모든 사람들이 저절로 현명하고 정숙해

지지 않는다.

세월이 간다고 해서 저절로 완벽해지는 사람도 없었다.

누구보다 똑똑한 제갈길현은 식구들을 제대로 챙기지 못했고, 사파지존 한구혈은 여전히 피가 뜨겁고 투쟁밖에 모르는 사람이라 세상을 살필 겨를이 없었다.

"내가 왜 네 말을 들어야 하냐! 거지? 내가 대가리에 똥이 찼으면 넌 아가리에 똥만 물었냐?"

"뭐야? 이 개호랑거지 같은 사파 새끼가 힘 좀 세다고 어울려 주니까!"

"뭐! 이 멸치꼬랑지 같은 샌님 놈아!"

콰―앙!

내일모레 일흔을 바라보는 이들이라곤 믿을 수 없을 정도로 유치한 인신공격에 질려 갈 즈음, 가만히 듣고 있던 제왕검이 탁자를 내리쳤다.

"둘 다 닥쳐. 지금 누가 거기가 있는지 잊었나? 해결책 내놔. 내 손주들 털끝이라도 다치면 니들 두 놈 대가리, 아가리, 똥구녕까지 전부 따 버릴 테니까."

제왕검 남궁강이 콧김을 뿜으며 제갈길현을 재촉했다.

세월이 제갈길현에게 배려심을, 사패천주에게 현명함을 주지 않은 것처럼, 제왕검 남궁강에게도 인내심을 주지 않았다.

천수현인 제갈길현이 혈마제의 역천비록을 읽었다.

“병인년 무진월 을해일 축시. 운명의 중첩으로 엮이지 않은 변수일세.”

그러자 현학문주 청벽선생 운송이 그날의 천문을 말했다.

“만월이 구름에 가리고, 북성이 가장 밝은 날이군. 용호상박, 혈성을 띤 호랑이가 승천하는 용의 목덜미를 문 날이야.”

현학문주의 말에 옥허신검이 물었다.

“위험한 것인가?”

“만인을 잡아먹은 혈호일세.”

현학문주가 굳은 얼굴로 단언했다.

호랑이가 배가 부른 후에도 만인을 채울 때까지 살생을 했다면, 그건 사냥이 아니라 놀이였던 것이다.

맹수가 생존이 아닌 쾌락을 위해 살생을 시작했다면, 그건 맹수가 아니라 요물이 된 것이다.

혈호는 신령인 용에게도 덤비는 겁 없는 요물이었다.

그때, 천수현인 제갈길현이 다시 역천비록을 읽었다.

“마르지 않는 갈증. 만 명의 피를 마신 순간 채워지지 않는 갈증에 눈뜰 것이다.”

아직 역천비록을 제대로 해석한 것은 아니었다.

하지만 천수현인의 말을 듣는 순간, 모두의 얼굴이 굳었다.

"……그들이 있는 곳이 전장이라고?"

옥허신검이 기가 찬다는 듯 물었다.

"혼현마제 놈이 처음부터 알고 노렸겠지."

"적호단은요? 위험한 것은 아닌가요?"

"아직은 아닐 걸세. 군세는 한 제국이 우세하다고 들었으니까. 신 제국이 연전연패하는 것을 그대로 두고 보는 것을 보면, 혼현마제도 혈성을 깨우는 것 외에 승전에는 관심이 없는 모양이야."

적호단을 걱정하는 야희성녀의 물음에 천수현인 제갈길현이 고개를 저었다.

독마제가 전장으로 갔을 거라 예상되긴 하지만 그곳에 있는 전력이 독마제 하나에 벌벌 떨어야 할 정도로 약하지 않았다.

그때, 잠자코 있던 제왕검이 입을 열었다.

"혈성이 이미 깨어났다면? 혈마제가 이미 깨어난 것이라면 어찌 되겠는가?"

제왕검의 물음에 모두의 시선이 천수현인에게 향했다.

모든 것은 아직 깨어나지 않은 혈성을 전제로 한 것이라, 천수현인도 선뜻 답을 내놓지 못했다.

다만 한 가지.

"독마제와 혈마제뿐이라면…… 그래도 쉽지 않을 것이네."

천수현인은 진중하게 답한다고 했지만, 그의 입꼬리가 삐뚜름하게 올라가 있었다.

심술맞은 얼굴을 한 천수현인의 모습에 제왕검은 오히려 안심한 듯 고개를 끄덕였다.

천수현인의 예상대로, 독부는 지도를 보며 쉽지 않다는 듯 미간을 찌푸리고 있었다.

"죽이는 것뿐이라면 방법은 간단한데, 참 귀찮게 되었어."

저번 공격에서 생각보다 많은 피해가 없었다.

아니, 상장군을 비롯한 많은 장수들이 포로로 잡히며 신 제국군에는 큰 전력 손실과 사기 저하가 있었지만, 그건 독부와 상관없는 일이었다.

독부는 그저 흘렸어야 할 피를 제대로 흘리고 오지 못한 것이 아쉬울 뿐이었다.

"북회군과 표기군이 전부 성벽에 있어?"

"그렇지 않습니다. 지금은 표기군이 뒤로 물러난 상황입니다."

독부의 질문에 함께 있던 신 제국 부장 하나가 답했다.

그는 독부의 혼잣말을 들으면서 내용을 모두 이해한 것은 아니었지만 단 하나, 그녀가 이 전쟁에서 승리 외에 다른 목적이 있다는 것은 알아차릴 수 있었다.

수십 번의 무의미한 전투에서 동료와 수하 들을 잃었던 부장으로서는 속이 뒤집어지고도 남을 일이었다.

게다가 존경하는 상장군마저 독부의 명에 적의 포로로 잡혔으니.

'저딴 년 때문에……!'

부장의 눈빛에선 그 불만이 고스란히 새어 나왔다.

독부는 그런 부장의 눈빛을 아는지 모르는지 지도에만 집중하고 있었다.

"여기랑, 여기. 이번에는 이쪽으로 가야겠어."

"이유가 있습니까?"

"……뭐?"

예상과 다른 답변이 돌아오고서야 독부가 고개를 들어 부장의 얼굴을 보았다.

눈빛에서 느껴지는 반감과 불만, 그리고 그것들의 밑바닥에 살기마저 꿈틀거리는 것을 보며 독부가 헛웃음을 지었다.

"허! 후후후, 이건 뭐지?"

독부가 재밌다는 듯 입꼬리를 말았다.

그리고 먹잇감을 앞에 둔 독사처럼 몸을 바로 세웠다.

"무엇이 그렇게 우스운지는 모르겠으나, 제대로 된 작전을 말해 주십시오. 더 이상 무의미하게 병력을 희생시킬 순 없습니다."

뭔가 단단히 각오를 한 듯 부장의 표정은 결연하기까지 했다.

달그락.

독부가 습관적으로 손톱을 부딪치며 부장에게 다가갔다.

콧속으로 향내가 훅 하고 들어왔다.

부장으로선 생전 처음 보는 아름다운 여인이었다.

색기 어린 눈매와 날렵하고 요염한 입술, 옷으로도 가려지지 않는 여성스러운 몸매와 한 걸음 내딛는 것마저 유혹적인 자태까지.

하지만 여느 유곽에서 만났다면 반가웠을까, 전장에서는 결코 반길 수 없는 여인이었다.

부장은 제게 다가오는 독부를 그저 시선만 슬쩍 내리깔아 보았다.

"무의미? 후후후."

독부는 마치 부장을 유혹하듯 교태스러운 몸짓으로 그에게 다가갔다.

긴 손톱 장식으로 부장의 목을 간질이고, 부장의 귀에 숨이 닿을 정도로 가까이 얼굴을 붙이고 속삭였다.

"그런 건 너희 같은 벌레들이 판단할 일이 아니야."

"무슨…… 컥!"

독부 은요의 독설에 반발하려던 부장이 목을 붙잡고 휘청거렸다.

"커헉! 컥!"

목을 시작으로 검게 죽은 핏줄들이 불거지고, 부장이 숨을 쉴 수 없는 듯 컥컥거리다가 바닥으로 쓰러졌다.

거미줄처럼 검은 핏줄이 부장의 얼굴까지 타 올라왔고, 부장은 믿을 수 없다는 듯 독부를 보았다.

"너희 같은 벌레들은 죽어서야 의미가 생기거든. 그걸 너희가 알 리 없지. 너희는 벌써 죽어 버린 후일 테니까. 호호호호호!"

독부의 웃음소리가 끝나기도 전에 검은 거미줄이 부장의 눈마저 검게 물들이고, 부장은 독부를 향해 고개를 든 상태로 죽었다.

"밖에-!"

독부가 신경질적으로 막사 밖을 향해 외쳤다.

그러자 막사를 지키던 병사가 뛰어 들어왔다.

"헉!"

병사는 바닥에 쓰러진 부장의 시체를 보며 경악했다.

그런 병사를 향해 독부가 요염하게 웃으며 명을 내렸다.

"다른 부장을 불러올래? 얼른."

"추, 추, 추웅."

독부의 명에 사색이 된 병사가 도망치듯 막사를 뛰어나갔다.

"호호! 호호호호호!"

병사의 모습을 보며 독부는 뭐가 그렇게 우스운지 깔깔대며 웃었다.

둥둥둥둥둥둥---!

술시(戌時).

해가 넘어가 산이 붉게 물든 시간이 되자 어김없이 공격을 알리는 북소리가 울렸다.

술시에는 까맣게 밀려드는 신 제국 병사들의 모습의 제대로 보이지 않아 진시보다 더 병사들의 두려움이 컸다.

하지만 그건 신 제국 병사들도 마찬가지였다.

성벽 위에 서 있는 병사들의 모습이 잘 보이지 않으니, 언제 어디서 칼과 창이 날아들지 모르는 곳을 향해 기어 올라가야 하는 그들 또한 두려움이 클 수밖에 없었다.

"진군하라! 성벽을 공략하라!"

"……제, 젠장!"

병사들의 등 뒤에서 말을 탄 부장들이 소리치며 그들을 재촉했다.

하지만 두려움에 얼어붙은 병사들이 누구도 달릴 생각을 않자, 부장 하나가 큰 월도를 휘둘렀다.

쉐에에엑-!

"크아아악!"

뒤에서 주춤거리던 병사가 피를 흘리며 쓰러지자, 주변에 있던 이들이 기겁하며 앞으로 도망갔다.

"이놈들! 움직이지 않는 놈은 내 월도에 죽을 것이다! 어서 움직여라-!"

쉐에에엑-!

허공을 가르는 거대한 월도에 겁을 먹은 병사들이 앞으로 달리기 시작했다.

"으아아아아---!"

"아아악!"

앞으로 가도 죽고 움직이지 않아도 죽는다.

진퇴양난의 상황에서 죽으러 가는 병사들의 공격이 제대로 될 리 없었으나, 독부의 명을 받은 신 제국군 부장들은 그저 병사들을 재촉하기에 바빴다.

그때.

파지지지직-!

카—앙!

하늘에서 떨어진 푸른 번개가 부장의 월도에 내리꽂혔다.

거대한 월도가 불꽃과 함께 터져 나가고, 월도를 쥐고 있던 부장도 튕겨나듯 말에서 떨어졌다.

바닥에 쓰러진 부장은 전신이 까맣게 타서 연기를 뿜고 있었다.

"이, 이……."

"처, 천벌! 천벌이다-!"

일반 백성들에게 번개는 하늘의 무기라, 번개를 맞고 죽은 부장의 모습은 까맣게 타 죽은 것 이상으로 병사들에게 공포심을 자아냈다.

놀란 병사들이 소리를 질렀다.

"뭣들 하느냐! 동요하지 마라! 적의 공격일 뿐이다-!"

신 제국 부장들이 병사들을 통제하려 했지만 공포로 인한 병사들의 동요는 쉽게 가라앉지 않았다.

게다가.

쉐에에엑--!

타타탁. 탁.

"컥!"

하늘에서 날아든 대침에 미간과 인중, 목이 꿰뚫린 신 제국 부장이 말에서 떨어졌다.

놀란 신 제국 부장들이 사태를 파악하려 했을 때, 관문의 성벽에서 미끄러지듯 무언가가 그들을 향해 달려드는 것이 보였다.

그건 순식간에 그들의 코앞까지 다가왔다.

"무, 무슨!"

"죽어라---!"

신 제국의 병사들은 누구도 대검을 들고 달려드는 남궁진혜의 앞을 가로막지 못했다.

파-팟!

성벽을 타고 그대로 내달린 남궁진혜는 말과 함께 신 제국 부장의 몸통을 반으로 갈라 버렸다.

피가 분수처럼 솟구쳐 오르고.

"으으, 으으으……."

피를 뒤집어 쓴 남궁진혜에게 신 제국 병사들이 겁을 먹는 건 당연한 일이었다.

병사들이 어찌할 바를 모르고 주춤주춤 그녀를 둘러쌀 때, 그들의 앞으로 다시 번개가 떨어졌다.

파파파파팟-!

번개가 땅을 헤집으며 병사들과 부장들이 있던 곳 사이를 더 크게 벌렸다.

"물러서라."

고요한 목소리가 전장 전체에 울려 퍼졌다.

신 제국 병사들이 주변을 돌아보자, 그들을 위협하며 전장으로 몰던 부장들이 모두 죽임을 당했다.

이제 그들의 뒤에는 붉은 옷을 입은 한 제국 무인들이 있었다.

'단지 피를 보아서 혈성이 발동되는 거라면, 혈성이 깨어났어도 벌써 깨어났겠지.'

진화가 신 제국 병사들을 둘러보았다.

수천 명의 병사들이 잔뜩 겁에 질려 진화의 눈을 제대로 마주치지 못하고 있었다.

'다른 조건이 있는 게 분명하다. 아직 조건이 충족된 것이 아니라면, 아예 조건이 충족될 여지를 주지 않는 것도 좋겠지.'

진화가 내공을 일으켜 신 제국 병사들을 향해 소리쳤다.

"항복하라! 역도들의 조정은 너희들 생사에 아무런 관심이 없다!"

머리 위에서 울리는 듯한 단단하고 위엄 넘치는 목소리에 신 제국 병사들이 크게 놀랐다.

"한의 백성이자 황제 폐하의 백성들은 역도들에게 휘말려 무의미한 죽음을 택하지 마라-!"

놀람은 어느새 경외심으로 바뀌고, 신 제국 병사들이 하나, 둘, 무기를 내려놓기 시작했다.

"항복하라! 항복한다면 모두 한의 백성으로 받아들일 것이다!"

진화의 외침과 함께 신 제국 병사들이 그 자리에 무기를 내려놓고 무릎을 꿇었다.

이유도 없이 매일같이 사지로 나가는 지옥.

섬뜩한 칼날과 비릿한 혈향 속에 몸을 내놓아야 하는 지옥을 바라는 이들은 아무도 없었다.

하나, 둘.

무기를 내려놓고 무릎을 꿇는 병사들이 늘어 가며, 이내 전장에 있던 수천 명의 병사들이 진화의 앞에 무릎을 꿇었다.

경이로운 광경에 적호단원들마저 넋을 잃었다.

그때.

스르르르르릉--!

갑자기 파군을 지키던 관문의 문이 열렸다.

약속되지 않았던 일이라 진화와 적호단원들의 눈이 커졌다.

관문의 앞에서 뿌연 먼지구름과 함께 말을 탄 표기군이 신 제국 병사들을 무참히 짓밟으며 달려 나왔다.

"으아아악---!"

신 제국 병사들이 기겁을 하며 몸을 피하고, 그들의 눈이 진화와 표기군을 번갈아 볼 때.

파지지지지직-----!

푸른 번개가 신 제국 진형으로 달려가고 있는 표기군을 향해 내리꽂혔다.

본격적인 전투가 시작되기 전, 표서량도 막사에서 나왔다.

늘 그렇듯 적들이 공격할 낌새를 보이고.

이번에는 이황자와 무림인들이 뭔가 새로운 전략을 펼치는 듯했다.

근신 중인 자신은 전혀 알지 못하는 전략.

하지만 그 속에서 이질적인 북회군의 움직임이 표서량의 눈에 들어왔다.

성벽을 방어한다기엔 어색한 움직임.

이상할 정도로 긴장감이 맴도는 분위기.

표기장군 표서량의 눈동자가 부지런히 움직였다.

지난번 일로 진화에게 근신을 받으며, 표기군 또한 후열로 배제될 것이라 예상하긴 했었다.

하지만 아무리 보아도 북회군의 낌새가 이상했다.

표기군을 후열로 밀어내고 성벽을 지켜야 할 이들이, 성벽을 빙 둘러 마치 표기군을 포위하는 듯하지 않은가.

이상함을 감지한 표서량의 눈빛이 사납게 돌변했다.

그때, 북회군 사이를 비집고 황태자가 모습을 드러냈다.

"움직이지 마십시오."

황태자가 전에 없던 굳은 얼굴로 표서량을 향해 말했다.

"표기군과 함께 잠시 대기하십시오."

"전하, 신이 말씀드리기 송구하오나 어째 표기군을 죄인 취급 하시는 듯합니다. 그런 것이옵니까?"

표서량이 황태자를 노려보며 물었다.

표서량과 눈이 마주친 황태자의 얼굴이 크게 일그러졌다.

"그냥! 움직이지 마십시오. 움직이지 마세요, 외숙."

마치 우는 듯 애원하는 듯 말하는 황태자의 모습에, 표서량이 눈을 크게 떴다.

그리고 크게 웃음을 터뜨렸다.

"하하하하하! 하하하하하! ……어떻게 알았지?"

"외숙……."

"그 어린 범 새끼의 눈치가 빨랐군."

"외숙!"

갑자기 돌변한 표서량의 모습에 황태자가 크게 소리를 질렀다.

그리고 그것이 마치 신호인 양.

차—앙! 챙! 챙! 챙

북회군의 창날과 장수들의 검이 일제히 표서량과 표기군을 향했다.

"하하하, 그렇지요. 폐서인의 핏줄은 황태자 전하만이 아니지요. 아니, 처음부터 내 핏줄이 그 아이와 전하께 이어진 것이지."

표서량이 황태자를 향해 비릿한 웃음을 지어 보였다.

떨칠 진振 바뀔 화譁 : 어부지리

진화가 황태자를 찾아간 날.

“평소 쓰는 향초를 권한 사람은 누구지?”

진화의 물음에 황태자는 이미 흔들렸고 진화는 확신했다.

어미를 잃고 불안해하는 어린 황태자에게 향초를 권할 사람. 그건 어린 황태자가 유일하게 믿고 의지할 혈육밖에 없었다.

폐서인 표서은의 핏줄이라는 말에 모두가 황태자를 생각했다. 하지만 폐서인의 혈육은 정확히 두 사람이 남아 있었다.

황태자 한유강과 표기대장군 표서량.

조정에서는 진화에게 황태자 한유강에게 혈성이 이어졌는지 알아보길 원했지만, 진화와 정의맹의 목표는 혈성 그 자체였다.

그래서 관문에 온 첫날,

"괜한 곳에 힘을 빼려 하는군. 어차피 이 명령서가 있는 한, 네가 할 수 있는 일은 없다."

황태자의 손에 명령서를 쥐여 주며, 진화는 황태자의 손을 잡았다.

무인이었다면 절대로 누구에게든 함부로 손을 주지 않았을 것이다. 그러나 황태자는 진화에게 순순히 손을 내주었을 뿐 아니라 진화가 기운을 흘리는 것조차 알아채지 못했다.

당연히 몸에는 손톱만 한 단전도 없었다.

'단전도 없는 혈성이라니. 그게 가능한가?'

그때부터 황태자에 대한 의심이 표서량으로 향했다.

"아, 아니야. 그럴 리 없다!"

황태자는 무척 혼란스러운 듯 진화의 말을 부정했다.

하지만 진화가 콕 집어서 '표서량'이라 말하지 않았음에도 황태자가 부정한다는 것부터, 그가 표서량을 의심한다는 증거였다.

"표기군의 단독 전투, 네 배짱으로 할 수 있는 일이 아니

었지. 누가 먼저 그 이야기를 꺼냈지? 매번 네게 선을 넘길 종용하는 자는?"

진화의 말에 황태자는 고개를 번쩍 들었다.

"내일 또 공격이 올 것입니다. 그때 우리도 잘 해낼 수 있다는 걸 보여 주면 됩니다."

전날, 표서량이 한 말이었다.

질투심과 열등감에 미쳐 날뛰는 황태자에게 달콤하게 던져 놓던 말.

지금 와서 생각하니, 황태자는 그때의 자신이 얼마나 조종하기에 쉬운 상태였는지 알 것 같았다.

아니, 자신은 매 순간 그랬다.

중요한 결정을 해야 하는 순간마다 지독한 악몽과 불안에 시달렸고, 그런 불안정한 자신의 곁에는 표서량이 있었다.

위로와 조언.

황태자는 표서량이 불안정하고 우유부단한 자신을 바른길로 인도하고 있다고 믿어 왔다.

"적의 공격에도 불구하고 표서량은 널 구하러 오지 않았지. 이상하지 않아? 적장과 그 부장들이 뛰어넘어 왔는데, 혈랑신창이라는 대장군 표서량이 고작 병사들 사이를 빠져나오지 못하다니."

성벽을 넘어온 장수들, 하물며 황태자가 위험한 상황에서 표서량은 황태자를 '귀찮아'하고 있었다.

위기의 황태자를 향해 혀를 차며 눈살을 찌푸리던 모습.

적호단주와 진화가 보았던 것이었다.

사람은 생존 본능에 몰려 흥분한 상태로 싸우다 보면 저도 모르게 바닥이 드러날 때가 있다.

적호단주와 진화는 그것이 표서량의 바닥에 있는 황태자를 향한 진심이라 판단했다.

황태자를 향한 의심이 완전히 표서량을 향했다.

진화가 황태자의 막사를 찾은 것은 그가 깨어났는지 확인하기 위해서가 아니라 표서량의 행적을 확인하기 위해서였다.

"아니야! 사람이, 사람이 너무 많았던 것이다! 그래서……."

"정신 차려!"

진화가 소리쳤다.

황태자는 머리로 이미 표서량의 배신을 알고 있으면서도 인정하기 싫어하는 것뿐이었다.

진화는 황태자가 상황을 받아들이길 기다려 줄 마음이 없었다.

"너뿐 아니라 이 제국, 중원 전체가 연결된 일이다."

"……."

진화의 냉정한 말에 황태자가 멍한 얼굴로 진화를 보았다.

"다시 묻지. 표서량이, 우리가 폐서인 표씨의 핏줄에서 혈

성을 찾으러 왔다는 걸, 이미 알고 있나?"
"……하아."
진화의 물음에 황태자가 한숨을 터뜨렸다.
그리고 슬쩍 웃기까지 했다.
"너는 정말로 부황을 닮았군."
"뭐?"
황태자의 엉뚱한 소리에 진화가 눈살을 찌푸렸다.
"이런 순간까지 목적, 의무, 대의, 제국! ……피도 눈물도 없이 냉정하구나."
황태자의 눈이 진화를 향했다.
곧 울음을 터뜨릴 듯 위태로운 눈빛을 보며, 진화는 갑자기 이전 생의 제 모습이 떠올랐다.
소중한 사람이 모두 죽임을 당한 후, 뿌리를 잃은 풀처럼 어떤 의지도 없이 어떤 미래도 꿈꾸지 않으며 세상이 흘러가는 대로 복수에 몸을 맡겼던 그때의 저가.
하지만 황태자의 말은 틀렸다.
진화에게 의무, 대의, 제국은 중요하지 않았다.
중요한 것은 남궁세가 그리고 제 소중한 사람들.
그래서 그들을 위협하는 귀천성을 세상에서 지워 버리고 싶은 것뿐이었다.
진화는 위태로운 황태자를 향해 한숨을 쉬듯 말을 전했다.
진화에겐 황태자가 지켜야 할 소중한 대상이 아니었지만,

황제는 달랐으니까.

"황제 폐하께서는 널 조사하라 하신 적이 없다."

"……뭐?"

"황제 폐하의 명은, 황태자의 안에 있는 혈성을 조사하라는 것이 아닌 폐서인 표씨의 핏줄 중에 혈성이 있는지 알아보라는 것이었다."

"……."

진화의 말에 황태자가 혼란스러운 얼굴을 했다.

하지만 이내 허탈한 웃음으로 모든 것을 날려 버렸다.

"하! 이제 와서 무슨……."

누구를 비웃는 것인지 황태자가 비틀린 웃음을 흘렸다.

"……."

진화는 애초에 위로를 잘하는 사람이 아니었다.

게다가 진화가 황태자에게 해 줄 수 있는 최선은 여기까지였다.

'어쩔 수 없군. 내가 할 수 있는 일은 다 했다.'

포기는 빨랐다.

"그래서 놈은, 모든 걸 알고 있나? 이제 대답해라."

"알고 있다. 애초에 나에 관해 모르는 게 없으니까."

황태자의 말에 진화의 얼굴이 구겨졌다.

예상을 하긴 했지만…….

"지금부터 협조 잘하는 게 좋을 거다. 일이 잘못되면 네게

도 책임을 물을 거니까."

위로가 통하지 않았으니, 진화는 제가 잘하는 것을 하기로 했다.

"역모죄에는 황태자의 자리가 아무 소용없을 거다. 일이 잘못되면 황도에 남아 있는 네 알량한 세력들까지 모조리 죽일 거다!"

협박은 언제나 빠르고 효과적이었다.

진화는 결정적인 증거를 얻기 위해 함정을 마련하기로 했고, 황태자는 표서량의 생포를 전제로 협조하기로 했다.

표기대장군 혈랑신창(血狼神槍) 표서량.

여동생을 왕후 자리까지 올렸지만 그것이 오히려 화근이 되며 일순간에 집안이 나락으로 떨어졌다.

다행히 가문에 죄를 묻는 것까지는 피했지만, 가주였던 아버지가 충격으로 유명을 달리했고 표서량은 왕비의 오라비로서 창창하던 미래를 잃었다.

위기의 순간, 표서량이 향한 곳은 북방이었다.

그는 표씨 가문의 모든 사병을 끌어모아 표기군을 만들었고, 황제는 그런 표서량의 성의와 장자인 한유강을 위해 그를 지원했다.

표서량은 그 한 번의 기회를 살려 북방 전선에서 죽지 않고 오히려 맹활약을 이어 갔다. 그리고 이민족들의 공포로 명성을 얻음과 동시에 한유강을 황태자로 만들었다.

오직 스스로의 힘으로 가문을 대장군부로 만들어 낸 사내.

그리고 어쩌면 다음 황제의 유일한 인척이 되어 지금보다 더한 무소불위의 권력과 부귀영화가 보장된 미래를 가졌을지도 모르는 사내. 하지만 그 사내는 지금 그 모든 자리에서 스스로 뛰어내렸다.

"문을 열어라! 어서-!"

"예!"

표기군 사마 위기린이 순식간에 달려가 관문을 막고 있던 병사를 죽이고 사슬을 풀었다.

스르르르릉---!

문이 잡고 있던 사슬이 풀리기 시작하고.

"막아라!"

북회군 사마 원자기의 외침에 북회군 병사들이 일제히 문 앞을 가로막고, 다른 이들이 사슬을 붙잡았다.

그사이, 약속이라도 한 듯 표기군 비장 중 하나가 표기군의 말을 끌고 오고.

"가자-!"

표서량의 외침과 함께 표기군이 말을 향했다.

일제히 표서량을 따르는 이들이 있는가 하면, 여전히 상황

이 혼란스러운 듯 우왕좌왕하는 표기군도 있었다.

"역적이 되고 싶지 않은 자는 배신자들을 쳐라!"

황태자의 말에 표기군 중 비장 우효근과 정지영 그리고 그들을 따르는 병사들이 옆으로 창을 겨누었다.

방금 전까지 생사를 함께하는 동료라 믿었던 자들이 있는 곳이었다.

"비켜라-!"

본래 표서량을 따르는 이들과 최근 황명에 따라 표기군에 소속된 이들이 나뉘었다.

쉐에에엑!

표서량을 따르는 비장이 거침없이 병사들을 베고, 놀란 비장 우효근이 그자의 앞을 막았다.

"대체 무슨 짓이야!"

"이런 짓--!"

쉐에에! 챙! 챙!

본격적으로 말에 오르려는 이들과 그것을 막으려는 표기군이 부딪혔다.

수하들의 보호 속에 표서량이 말에 올랐다.

그때.

"어딜 감히-!"

휘이이익-!

표서량을 향해 날아드는 거한.

적호단주의 앞으로 비장 하나가 몸을 날렸다.

퍼어억!

"크아아악!"

적호단주의 파갑추에 맞은 비장이 온몸에서 피를 뿜으며 땅에 처박혔다.

그 모습을 힐끗 눈만 돌려 본 표서량이 망설임 없이 말을 움직였다.

"이랴! 가자-!"

히이이잉--!

표서량의 외침과 함께 말에 오른 표기군이 앞에 있는 북회군을 밟고 그대로 내달리기 시작했다.

"어딜! 막아라!"

적호단주의 명에 그와 함께 성벽에 남아 있던 적호단원들이 표기군의 향해 달려들었다.

"비켜라!"

표서량이 말 위에서 거대한 창을 휘둘렀다.

쉐에에엑-!

챙! 챙챙--!

처음 보는 용력과 처음 보는 기운.

말이 달려 나가는 기세와 더불어 예상치 못한 표서량의 무위에 적호단원들이 성벽으로 튕겨 나갔다.

쉐에에에엑--!

표기군 사마 위기린이 문을 고정한 사슬을 끊어 버리고, 표서랑과 표기군이 힘없이 열리는 문을 뚫고 그대로 질주했다.

"외숙-!"

"비켜! 젠장!"

발을 박차고 뛰어나가려는 적호단주의 앞으로 황태자가 끼어들었다.

적호단주가 그대로 황태자의 목덜미를 집어 뒤로 던졌다.

"으아아아악!"

"저, 전하!"

북회군 사마 원자기와 병사들이 경악하며 날아오는 황태자를 떠받치고, 적호단주와 남은 적호단은 성 밖으로 나간 표기군의 뒤를 따랐다.

"빌어먹을 새끼! 반드시 척추를 접어 버린다!"

적호단주가 황태자를 향해 이를 갈았다.

그 순간, 적호단주와 적호단의 앞에 푸른빛이 번쩍이는 것이 보였다.

파파파파팟---!

"크아아악!"

히이이이잉-!

"으아악!"

푸른 번개가 표기군을 쫓듯 그들의 뒤를 내리치자, 뒤를 따라가던 병사들과 말이 그 자리에 꺼꾸러졌다.

적호단주가 빠르게 고개를 돌려 번개의 주인을 찾았다.

아니, 찾을 필요도 없었다.

검을 든 진화가 표기군의 옆으로 달려들고 그 뒤를 남궁진혜와 적호단이 따르고 있었다.

신 제국 진영도 남아 있던 군이 움직이고 그들 사이로 전신을 붉게 물들인 여인이 날아올랐다.

관문을 열고 달려 나오는 표서량을 보자마자 진화가 검을 빼 들었다.

쉐에에에에엑---!

천뢰제왕검법 필거심뢰-!

검에서 뽑혀 나가듯 쏘아진 번개가 빠르게 달려가는 표기군의 뒤를 쫓았다.

파파파파팟--!

거칠게 번지는 빛의 줄기가 표기군 병사들의 등을 때렸다.

하지만 표서량과 그의 비장들은 뒤에서 십수 명이 쓰러지는 것에 아랑곳하지 않고 앞으로 내달렸다.

전장을 벗어나 곧장 달려간다면 신 제국군의 진영이었다.

"전부 죽인다!"

"충!"

진화가 검을 빼 들어 달리고, 적호단 십 조원들과 더불어 남궁진혜와 다른 이들이 뒤를 따랐다.

진화와 적호단이 전장을 벗어나 빠르게 경공을 내달려 표기군을 쫓았다.

이대로 내달린다면 표기군의 옆을 칠 수 있을 듯했다.

"우, 우린 어, 어쩌지?"

"어떻게 해야 하지?"

진화의 기세에 휘말리듯 무릎을 꿇었던 신 제국 병사들이 혼란에 빠졌다.

신 제국 진영으로 가야 할지 아니면 이대로 있어야 할지.

그때, 신 제국 진영에서 달려온 부장들이 사납게 소리쳤다.

"이 새끼들! 뭐 하는 거야! 반역죄는 죽음이다! 고향에 있는 식구들까지 전부 죽일 셈이냐!"

그의 외침에 다수의 병사들이 화들짝 놀라 바닥에 놓았던 무기를 다시 들었다. 뒤늦게 북회군도 밖으로 나왔다.

"폐하는 선량한 백성을 외면하지 않는다. 역도의 무리가 아닌 진짜 황제 폐하를 따를 자는 무기를 놓고 관문 안으로 가라!"

북회군 사마 원자기의 말에 몇몇 이들은 각오를 한 얼굴로 관문을 향해 뛰었다.

하지만 그 수는 처음 진화에게 굴복했던 이들의 반의반도 안 되는 수였다.

"네 이놈들――!"

타다다다닥―탁!

신 제국 부장이 소리를 지르며 관문으로 도망치는 병사들의 뒤를 노리려는 그때, 북회군의 화살이 그들을 향해 날아들었다.

"거기서 꼼짝이라도 한다면, 지옥을 보여 주마!"

북회군 사마 원자기가 신 제국 부장을 날카롭게 노려보며 소리쳤다.

양측이 살얼음으로 된 외나무다리 위에 있는 듯 긴장된 시선을 부딪쳤다.

'젠장.'

'기회를 틈타야…….'

어찌 된 일인지 전장에서 만난 두 군대가 곧장 전투를 시작하지 못했다.

신 제국 부장은 지휘관인 독부에게서 어떤 지시도 받지 못했고, 북회군 사마 원자기는 지금 문이 활짝 열려 있는 관문이 신경 쓰이는 중이었기 때문이다.

군사들의 사기는 북회군이 앞섰지만, 전투에서 승리를 탐하다가 관문을 빼앗길 순 없었다.

북회군 사마 원자기는 북회군의 임무가 많은 적을 죽이는

것이 아닌 관문을 지키는 것임을 잊지 않고 있었다.

게다가 서로 눈치를 보는 중에도 신경을 쓰지 않으려야 않을 수 없는 곳이 있었으니.

퍼------엉!

커다란 굉음에 신 제국 부장과 북회군사마 원자기의 고개가 동시에 돌아갔다.

진화가 뿌린 천뢰제왕검법 무수전뢰가 땅을 뚫고 신 제국 진영으로 들어가기 직전인 표기군의 앞에서 솟구쳐 오르는 소리였다.

휘이잉-퍼--엉!

공중에서 전신을 붉게 물들인 여인이 날아들자 적호단 쪽에서도 한 여인이 거대한 기둥을 휘둘렀다.

이때다 싶었던 신 제국 부장이 소리쳤다.

"후, 후퇴하라! 돌아가 전열을 가다듬는다!"

"우리도 관문으로 돌아간다!"

신 제국군이 뒤로 물러나고, 북회군 사마 원자기도 그들을 쫓지 않고 전향한 병사들을 데리고 관문으로 돌아갔다.

퍼------엉!

진화의 무수천뢰가 솟구쳐 오르면서 표서량이 간발의 차이로 그것을 피했다.

말에서 휘청거리는 표서량을 발견한 진화의 눈빛이 검게

번득였다.

쉐에에에엑———!

검은 창이 꽂히듯, 표기군을 뚫고 날아간 번개가 표서량의 등을 뚫고 사라졌다.

"크어억!"

표서량이 말에서 떨어질 듯 쓰러지자, 옆에서 달리던 표기군 사마 위기린이 표서량을 잡아챘다.

그리고 그때 신 제국 진영에서 독부 은요가 날아들었다.

"저 쌍년이—!"

휘이잉—!

퍼—엉! 퍽! 퍽!

"누님!"

진화가 저도 모르게 남궁진혜를 부르며 놀란 눈으로 독부와 부딪히는 남궁진혜를 보았다.

독마제 독부 은요는 세상에서 가장 위험한 독을 쓰는 여인이기 이전에 독공으로 경지에 오른 무인이었다.

진화는 남궁진혜에 대한 걱정이 앞섰다.

남궁진혜도 강하지만 독공을 상대해 본 경험은 적었기 때문이다.

하지만 웬걸.

남궁진휘에게 너무 무식해서 부끄러울 정도라는 혹평을 받은 남궁진혜의 거대한 검강은 훌륭한 방패가 되어 독부가 뿌

리는 독이 남궁진혜에게 직접 닿는 것을 막아 내고 있었다.

"하, 하!"

진화의 입에서 저도 모르게 웃음이 났다.

"크아아앗!"

팽가 형제가 신 제국군 진영으로 들어가던 표기군의 중간을 끊고, 남은 적호단원들이 뒤처진 이들을 매섭게 죽여 나갔다.

아무리 정예병들이라 하나 지휘관이 없는 군인들은 적호단원들에게 상대가 되지 않았다.

이제 이대로 독부만 죽인다면…… 그때.

사아아악-!

피가 식어 내리는 듯 불길한 예감이 진화의 뒷골부터 전신을 스쳐 지났다.

"누님!"

진화의 눈에 당혜군과 나하연이 바닥으로 튕겨 나가고 남궁진혜가 공중에서 휘청이다 떨어지는 것이 보였다.

"누님-!"

진화 안의 검은 우주가 요동치는 가운데 진화가 남궁진혜를 향해 몸을 날렸다.

파파파파팟-! 콰광! 쾅!

"꺄아아아악--!"

검은 번개가 독부를 때리고, 진화가 남궁진혜를 안아 들었다. 진화는 뒤도 돌아보지 않고 남궁진혜를 데리고 관문으로 돌아갔다.

“외, 외숙은!”

“죽었어.”

섬뜩할 정도로 서늘한 목소리.

황태자의 물음에 진화가 그를 보지도 않고 스쳐 지났다.

공중에서 정신을 잃은 남궁진혜가 떨어지는 것을 보는 순간.

진화는 하늘이 까맣게 무너져 내리는 느낌이었다.

‘다시, 또.’

지키지 못하는 줄 알았다.

목이 잘리고도 검을 든 채 남궁세가 창천원 앞을 지키고 있던 남궁진혜의 주검이 떠올랐다.

진화가 차갑게 굳은 손을 잡아 주고서야 겨우 검을 손에서 놓았던.

그 처참함과 비통함이 다시 진화를 바닥으로 끌어당기는 듯했다.

“해독은?”

“했습니다.”

“그런데 얼굴이 왜 그 모양이냐?”

“예?”

"왜 남궁진혜가 죽은 얼굴을 하고 있느냔 말이다."

"아……."

적호단주의 말에 진화가 저도 모르게 제 발밑을 보았다.

시커멓게 저를 끌어내리던 것들이 사라져 있었다.

"하아."

여전히 멍한 얼굴의 진화를 보며 적호단주가 한숨을 쉬었다. 그리고 그의 커다란 손을 진화의 머리에 얹었다.

"가족이나 동료가 죽고 다치는데, 지나친 슬픔 같은 건 없다. 하지만 쓸데없이 과한 걱정이란 건 있다. 한 치 앞도 알 수 없는 게 인생이다, 특히 검을 들고 전장에 선 무림인의 인생은. 살아 있는 동안을 쓸데없는 것으로 허무하게 흘려보내지 마라."

"……."

"마지막 순간에 떠올린 얼굴이 수심 가득한 얼굴인 것보다야 좀 바보 같아도 싱글싱글 웃는 얼굴인 게 좋지."

진화가 멍한 얼굴로 고개를 들어 적호단주를 보았다.

"특히 네 얼굴이라면. 남궁진혜 녀석이 좋아서 사족을 못 쓰지 않느냐."

적호단주가 진화를 향해 씨익 웃어 보였다.

자신들이 표서량을 놓치는 바람에 위기를 자초했다며 적호단 전체가 침울한 분위기였다.

적호단주는 남궁진혜의 부상에 죄책감마저 느끼는 중이었

다. 그런데 그런 적호단주가 진화를 향해 웃는 표정을 지어 보였다.

진화는 이 사내의 단단함에 저도 모르게 감탄이 나왔다.

"곧 누님이 깨어나실 테니 들어가 봐야겠습니다. 누님이 마지막 순간에 제 얼굴을 떠올리시는 것도 좋지만, 깨어나실 때에 마주하는 것이 더 낫지 않겠습니까."

"흐흐, 오냐."

세상이 무너진 듯 앉아 있던 진화가 힘을 내어 일어서자, 적호단주가 기특하다는 듯 다시 머리를 쓰다듬었다.

남궁진혜에게로 가려던 진화가 뭔가 잊은 듯 뒤를 돌아왔다.

"참. 단주님, 황태자는 지금 어디 있습니까?"

"……그, 글쎄? 아마 막사에 있지 않을까?"

적호단주가 어색하게 진화의 눈을 피했다.

진화는 이상한 듯 고개를 갸웃거렸지만 깊게 생각하지 않았다.

"누님 깨어나시는 거 보고 가 봐야겠습니다. 확인할 것이 있으니."

"확인? 뭔데! 내가 해 주마!"

"네? 아니, 중요한 건 아니라 천천히 해도 됩니다."

뜬금없이 자신의 일을 대신해 주겠다는 적호단주의 모습이 무척 다급해 보이는 건 기분 탓일까.

뭔가 수상쩍은 낌새에 진화는 적호단주의 호의를 거절했다.

"아……."

적호단주가 불안한 건지, 아쉬운 건지 알 수 없는 얼굴로 진화의 뒷모습을 지켜보았다.

그때, 적호단주의 곁으로 일 조장 서장원이 다가왔다.

"말해 봤어요? 그래도 이황자니까, 단주님이 잡혀가는 건 좀 막아 달라고."

"새끼, 넌 내가 어서 잡혀갔으면 좋겠냐?"

"그럴 리가 있어요? 단주가 잡혀가면 우리도 같이 끌려갈 텐데. 그러니까, 어떤 미친놈이 열 받는다고 황태자 대가리를 두들겨 패요! 그놈 안 깨어나면 우린 그 뭐야, 역적 되는 거 아닙니까!"

"진짜로 척추를 다져 놓을 순 없잖아! 그리고 그렇게 세게 안 때렸어!"

"세게 안 때리긴, 부단주 그렇게 되고 황태자 대가리에서 빠–각 소리가 났는데!"

"안 났어!"

"우기면 다입니까, 온 군인들이 다 들었는데? 아, 지금 단주가 멋진 척할 때입니까? 다시 가서 이황자님한테 말 좀 잘해요. 단주 때문에 적호단 전체가 역적으로 끌려가기 전에!"

일 조장 서장원의 잔소리에 적호단주가 눈살을 찌푸렸다.

하지만 그의 말에 틀린 구석이 있었다면 그저 눈살을 찌푸리는 것이 아니라 벌써 그의 입에 주먹을 날려 버렸을 것이다.

즉, 서장원은 구구절절 맞는 말만 하고 있었다.

두 시진 지났을까.

남궁진혜가 쓰러진 즉시 진화가 천뢰기로 독기를 태워 버렸다지만, 그것을 감안하더라도 남궁진혜는 고작 두 시진도 지나기 전에 눈을 떴다.

"오, 이런. 여기가 극락이냐?"

"하하, 누님."

남궁진혜의 말에 진화가 웃음을 터뜨렸다.

진화의 웃는 얼굴을 보며 남궁진혜가 미소를 지으며 몸을 일으켰다.

"아, 그렇게 일어나……."

"응?"

"아닙니다."

보기만 멀쩡한 것이 아니라 내기까지 완벽하게 평안한 상태.

두 시진 푹 자고 일어난 듯 멀쩡해 보이는 남궁진혜의 모습에 진화는 그저 미소를 지었다.

"내 주제에 이게 웬 극락인가 싶었다. 그래서 그년은 어떻게 되었어?"

"……."

아무 답이 없는 진화의 모습에 남궁진혜는 독부를 놓쳤음

을 알았다.

"젠장! 그년 손톱에 독이 들었을 줄은 생각도 못 했지!"

"하하, 그러지 말고 좀 더 쉬세요."

남궁진혜는 완벽하게 괜찮았다.

이불을 내리치며 분해하는 남궁진혜를 달래고 진화가 막사를 빠져나왔다.

그러고 나서 가벼운 마음으로 황태자를 찾은 진화는.

"……."

뭐라 할 말이 없었다.

"가볍지 않은 뇌진탕이라고 합니다. 어떻게 할까요?"

원자기의 물음에 진화가 눈을 크게 뜨고 그를 보았다.

뭘 어떻게 해야 하는 건가?

어리둥절한 진화의 모습에 원자기가 한숨을 쉬더니 조심스럽게 말문을 열었다.

"말씀드리기 황망하오나, 적호단주가 황태자님의 후두를 가격하는 모습을 본 병사가 한두 명이 아닌지라…… 조용히 넘어가기는 틀렸습니다."

"……."

이제야 진화는 아까 적호단주의 수상쩍은 반응의 이유를 알 수 있었다.

할 말을 잃은 진화를 보며 원자기가 더 조심스러운 태도로 말을 이었다.

"군을 어찌해야 할지도 말씀해 주셔야 합니다. 표서량의 이탈로 남은 표기군의 질서를 잡아야 하는데……."

표서량 다음으로 표기군의 주인이라 할 수 있는 황태자는 지금 머리에 하얀 붕대를 감고 누워 있었다.

원자기는 북회군의 사마일 뿐이라, 그 혼자 전장의 일을 결정할 수는 없었다.

"신 제국 진영이 소란스럽습니다. 후퇴를 준비하는 거라면, 앞으로 우리 쪽은 저들을 추격할지 말지를 결정해야 합니다."

현재 파군 관문 전장의 책임자는 진화였다.

결국 관문과 북회군, 남은 표기군까지 아우를 수 있는 사람은 진화밖에 없었다.

"우리는 여기서 관문을 닫고 저들을 추격하지 않는다. 우리의 임무는 어디까지나 관문을 사수하는 것이었고, 신 제국 병사 몇을 더 죽이는 것이 우리 측 피해를 감수할 정도로 중요하지 않으니까. 다만 북회군과 표기군의 철수와 관련해서는 중앙 조정의 결정을 기다리지."

"결정에 따르겠습니다. 추웅."

이황자인 진화의 결정에 북회군 사마 원자기가 깊게 고개를 숙이며 안도의 한숨을 흘렸다.

대장군 표서량의 배신과 이성을 잃은 황태자.

남아 있는 표기군의 혼란과 북회군의 불안.

그리고 갑자기 전향해 온 수십 명의 신 제국 병사들까지.

신 제국의 공격을 또 막아 내었음에도 불구하고 관문 안에는 승리를 기뻐하기는커녕 당황스럽고 혼란한 분위기가 가득했다.

이런 상황에서 신 제국이 후퇴를 준비하고 있다는 소식은 혼란만 더 가중시킬 뿐이었다.

전력에서 우위에 있다 한들, 이런 분위기에서 병사들이 제대로 전투를 수행할 수 있을지 북회군 사마인 원자기조차 의문스러웠기 때문이다.

다행히 이황자인 진화가 현 상황을 안정시키는 데에 집중하겠다는 결정을 내림으로써 관문의 유일한 장수이자 실무자라 할 수 있는 원자기는 한숨을 돌릴 수 있게 되었다.

그때, 진화가 원자기에게 말을 덧붙였다.

"갑자기 상관들이 사라졌으니 군이 혼란할 것이다. 남은 표기군과 파군 주둔군은 임무에 혼란이 오지 않도록 성벽 방비를 서게 하라. 북회군은 하던 대로 원 사마가 이끌어서 전향한 병사들을 관리하도록."

"추, 충."

기대하지 않았던 제대로 된 명에 원자기가 눈을 크게 뜨고 진화를 보았다.

그러고 보니 누워 있는 황태자를 향해 잠깐 한숨을 쉬었을 뿐, 이황자는 이 상황에서도 시종일관 침착함을 유지하고 있었다.

군을 움직이는 장수에게 무엇보다 중요한 것이 평정심이었다.

"……그럼 나가 보겠습니다."

원자기가 깊게 고개를 숙이고 막사를 나왔다.

원자기의 얼굴은 생각이 많아 보였다.

탕! 탕! 탕탕!

"크읏! ……젠장! 젠장! 젠장, 그 빌어먹을 애송이! 까드득!"

상의를 벗고 가슴을 훤히 드러낸 채 독부가 분을 참지 못하고 탁자를 치며 이를 갈았다.

놀라운 것은 그런 옷차림인 독부의 앞에 표서량이 태연하게 앉아 있다는 것이었다.

"상처가 별로 심하지도 않구먼."

"닥쳐!"

표서량이 심드렁하게 말하자 그게 독부의 성질을 건드린 듯 독부가 버럭 소리를 질렀다.

가슴을 훤히 드러낸 것과 상관없이 독부의 등에는 거무튀튀하게 짓이겨진 약초가 잔뜩 올라가 있었다.

그것을 치우면 아직도 붉게 달아오른 피부와 흉한 화상 자국이 있을 터였다.

"빌어먹을…… 그 빌어먹을 애송이, 가만두지 않을 테다!"

독부가 환각제인 앵속을 씹으며 분노를 곱씹었다.

진화가 독하게 뿌린 뇌전은 막사로 돌아와 치료를 하는 순간까지도 퍼런 기운을 번뜩이며 독부와 의원을 곤란하게 했었다.

그리고 시간이 한참 지난 지금에서야 화상 자국이 점점 커지던 것은 멈췄지만 고통은 계속되고 있었다.

'놀랍군.'

똑같이 뇌전을 맞았지만 상대적으로 멀쩡한 표서량은 독부의 상처를 보며 짧게 감상을 남겼을 뿐이었다.

그때, 막사 안으로 부장 하나가 들어왔다.

"이제 준비가 끝났…… 조, 죄송합니다!"

부장은 상의를 벌거벗고 있는 독부를 보고 깜짝 놀라 막사를 뛰어나갔다.

독부의 얼굴이 와락 구겨졌다.

"저런 멍청한!"

짜증이 오를 대로 오른 독부가 부장이 나간 곳을 보며 살기를 번뜩였다.

"대체 왜 저런 놈들까지 다 챙겨 가겠다는 거야? 저딴 놈들, 전부 다 죽여 버리면 속이라도 시원할 텐데!"

독부가 짜증스럽게 표서량을 노려보며 말했다.

그러자 표서량이 탁자 위에 있던 앵속을 챙겨 일어섰다.

"저런 놈들이라도 잘만 다루면 쓸데가 있으니까. 표기군 군세를 절반 이상 잃었다. 그것을 회복하려면 저런 놈들이라도 있어야 한다고."

표서량이 앵속을 입에 털어 넣으며 씨익 웃었다.

"이제 군은 내가 이끌지. 너는 좀 쉬고 있으라고."

"어서 꺼져 버려."

독부가 앙칼지게 쏘아붙였다.

하지만 군대를 움직이는 건 귀찮은 일이라, 자신을 대신해서 표서량이 나서는 것을 말리진 않았다.

곧 표서량과 표기군이 신 제국군을 이끌고 황도로 출발했다.

여기서 황도는 당연히 신 제국의 황도였다.

파군 전장의 소식은 빠르게 황도로 전해졌다.

그리고 큰 파란을 낳았다.

다른 사람도 아니고 한 제국에 단 네 명뿐인 대장군의 배신이었다.

심지어 절반 가까이 되는 정예군 전체를 데리고 한 배신이라, 한 제국 조정의 충격은 상상 이상이었다.

"미치지 않고서야 어찌 이럴 수 있단 말입니까!"

"함께 간 이들 대부분 표서량이 사가에서부터 함께한 이들이고, 폐하의 병사들은 그대로라고 하니……."

"지금 숫자가 문제입니까! 표서량이 누구입니까, 황태자의 외숙입니다! 외숙!"

"어허, 감히 황태자 전하까지 끌어다 놓자는 게요?"

"허! 그럼 누굴 끌어와야 합니까? 그놈이 바로 혈성이었습니다! 폐서인 표씨도 따지자면 그놈과 핏줄이 연결된 바람에 그러했고, 그러면 황태자 전하도……."

타—앙!

서로 목소리를 높여 어떻게든 정치적으로 이 상황을 풀어내려는 그때.

도를 넘어서는 한 신료의 발언이 끝나기도 전에, 신료들의 제일 앞에 앉은 조위례가 탁자가 부서질 듯 내리쳤다.

좌중이 조용해지면서 조위례의 눈치를 보기 시작했다.

"……아직은 황태자 전하시오. 무례한 발언은 삼가시오."

언제부터 실권도 없는 태사가 조정 신료들의 위에 서게 되었는지 모르겠지만, 다른 누구도 아닌 조위례의 발언이라. 막말을 한 신료가 고개를 숙이고 조위례의 시선을 피했다.

명실상부 황후의 집안으로 황실의 유일한 외척이자, 이 일로 황태자가 엎어지면 다음 황태자가 될 가장 유력한 황자의 외조부였으니 말이다.

"하지만 표서량의 뒤를 쫓는 것을 황태자 전하께서 방해했다 들었습니다."

"확실하지 않은 것이오."

"병사들 사이에 파다하단 말입니다! 만약 그것이 사실이라면 이건 큰 문제가 아닙니까?"

"허어, 확실하지 않은 것이라니까요!"

"하나 큰 문제이긴 하지."

우렁차고 단호한 목소리.

조위례에 이어서 또 다른 유력자의 목소리라, 목소리의 주인을 향해 모두의 시선이 모였다.

삼황자의 외조부이자 대장군 원수경이 나섬에 따라 다시 조정 신료들이 입을 닫았다.

"황태자 전하께서야 다른 뜻이 있었겠습니까. 혈육의 정을 보아 나선 것이겠지요. 하나, 황태자라는 위치가 어디 그러해서야 되겠습니까. 정에 이끌려 대의를 그르쳤으니, 이는 황태자 전하의 자질에 의심을 불러일으킬 만한 일이 아니겠소."

대장군 원수경의 말에 대답을 하는 신료는 없었다.

하지만 입을 다문 조정 신료들 모두 알고 있었다.

다음 용좌에 누가 앉을지는 모르겠으나, 이 일로 황태자는 반드시 무너질 것이다!

조정 신료들의 눈이 부지런하게 조위례와 원수경 사이에서 움직였다.

하남 조씨라는 외가를 배경으로, 황후를 어미로 둔 제국 유일의 적통 황자냐.

북회대장군부와 원귀빈을 등에 업고 오랫동안 황도에서

세력을 키운 삼황자냐.

또 다른 전쟁이 시작될 것인가.

조정의 분위기가 무겁게 가라앉았다.

그때, 젊은 신료 하나가 급하게 조정으로 뛰어 들어왔다.

"큰일입니다. 호양공주께서 황후마마께 원귀빈을 고발했다고 합니다!"

"뭐라!"

"그, 그게 무슨……!"

젊은 신료의 말에 조정 대신들이 모조리 일어섰다.

파란은 전혀 생각지도 못한 곳에서 시작되었다.

"……하여 부덕한 소녀가 원귀빈의 강압에 못 이겨 그런 약초를 보내 황태자 전하께서 평정심을 잃으셨으니, 부디 통촉하여 주시옵소서!"

호양공주가 눈물을 흘리며 바닥으로 몸을 엎드렸다.

누가 들으면 방금 자식 잃은 어미인 양 가슴 절절한 목소리였다.

하지만 진짜 눈앞에서 자식의 미래를 잃게 생긴 어미는 기가 막혀 입도 열지 못하고 뻣뻣하게 굳어 있었다.

"허어, 호양공주께서 저리 말씀하시니…… 원귀빈은 달리

할 말이 있는가?"

황후의 자애로운 목소리가 원귀빈을 깨웠다.

다급하게 눈을 굴리고 있던 원귀빈이 고개를 번쩍 들었다.

"억울하옵니다. 애초에 후궁인 저 따위가 폐하의 친누이를 겁박할 수 있을 리가 없지 않습니까. 소첩은 어찌하여 호양공주께서 이러한 사달을 만들어 제게 뒤집어씌우시는지 도통 모르겠습니다. 통촉하여 주시옵소서!"

원귀빈이 굳게 마음을 먹고 고개를 땅에 박았다.

탕!

"통촉하여 주시옵소서, 황후마마. 소첩은 억울하옵니다!"

탕!

원귀빈은 피가 나도록 땅에 머리를 박았다.

바닥에 박은 이마보다 질끈 깨문 입술이 더 아팠지만, 상처 난 입술보다 황후의 앞에서 비참하게 무너진 자존심이 더 아팠지만, 자식을 위해서 못 할 것이 없는 게 진짜 어미였다.

"이런이런, 누구의 말이 맞는지 알 수가 없구나."

곤란한 듯한 황후의 말에, 호양공주와 원귀빈이 숙이고 있는 고개 아래로 황후를 향해 눈을 치켜떴다.

'망할 년! 아주 즐거운가 보구나!'

'지금 마음껏 즐기시오, 황후. 다시는 없을 기회이니!'

두 여인은 울컥 분한 마음이 솟았지만 꾸욱 참았다.

지금은 눈앞의 적에 집중해야 할 때였다.

'흥! 죽어 보라지, 건방진 년!'

'감히 이런 흉심을 숨기고 날 속여?'

고개를 숙인 채로 두 여인의 눈이 마주쳤다.

호양공주가 비릿하게 입꼬리를 올리고, 원귀빈의 눈에서는 불꽃이 튀었다.

그때, 황후가 마치 일부러 그들에게 시간을 주었다는 듯 천천히 입을 떼었다.

"진실을 알 수 없으니, 증좌와 증인을 불러와야겠지."

황후의 말에 원귀빈이 저도 모르게 고개를 번쩍 들었다.

'그런 게 있을 리가!'

원귀빈은 너무 놀라 하마터면 소리를 칠 뻔했지만, 극도의 인내심으로 참아 낸 것이 다행이었다.

물론 경악한 표정은 고스란히 드러났지만, 그건 호양공주도 마찬가지였다.

호양공주는 제가 고발을 준비하면서도 소란을 만들 생각만 했지 증좌나 증인은 생각해 본 적이 없었다.

황후는 두 여인의 눈빛을 받으며 태연하게 손을 들었다.

"들여보내거라."

황후의 말과 함께 황후궁 궁녀들이 기다렸다는 듯 궁녀 하나를 끌고 와 바닥에 내던졌다.

"꺄-악!"

"너, 너는……!"

호양공주와 원귀빈, 두 사람 모두 바닥에 엎어진 궁녀의 얼굴을 알아보았다.

다만 호양공주는 그 궁녀가 동궁 소속의 궁인임을 알아본 것뿐이었고, 원귀빈은 죽은 사람이라도 본 듯 얼굴이 새하얗게 질려 있었다.

원귀빈이 급하게 고개를 돌렸다.

"헙!"

원귀빈이 저도 모르게 숨을 들이켰다.

까맣다 못해 무저갱처럼 깊고 적막한 황후의 눈동자와 눈이 마주친 순간, 원귀빈은 저를 지탱하던 기둥이 무너진 느낌을 받았다.

"너는 일전에 내게 증언했던 대로 다시 말하라."

곱고 나긋나긋한 황후의 음성에 천근만근보다 더한 위엄이 깔렸다. 그러자 바닥에 내쳐진 궁녀가 몸을 조아리고 벌벌 떨며 입을 열었다.

"여, 염녕전 궁인에게 금전을 받아 정기적으로 황태자 전하의 수면초에 다른 것을 섞었사옵니다. 소, 소인은 자, 잠을 깊게 자도록 하는 것이라 들었을 뿐입니다!"

"갈-! 네년이 감히 윗전을 우롱하는 것이냐!"

황후의 입에서 나온 것이라 믿어지지 않는 호통이 황후궁을 쩌렁쩌렁하게 울렸다.

"사, 살려 주십시오!"

"너는 살기 위해 제 발로 창신궁에 왔다. 그것이 단지 수면초라면 네가 이리 떨 이유가 없다. 말하라! 그것이 무엇이냐!"

"이, 이후에 소인이 그것이 무엇인지 알아보니, 그것이 악몽초라고……."

"아아악-! 황후마마! 모두 소첩을 음해하기 위해 지어낸 말일 뿐입니다! 태자 전하의 침전에 수면초를 넣은 궁녀의 말을 어찌 믿는단 말입니까!"

잡혀 온 동궁전 궁녀의 말이 끝나기도 전에 원귀빈이 비명처럼 소리를 질렀다.

그러자 황후가 아무 말도 없이 원귀빈을 보았다.

무저갱처럼 깊고 적막하던 눈동자에 감정이 깃들었다.

애처롭고 불쌍한 것을 보는 듯한 눈빛.

'뭐, 뭐야! 설마, 황후가 다 알고 꾸민 일이야?'

원귀빈의 눈이 점점 커지다가, 결국 경악으로 가득 찼다.

"귀빈, 이미 저자의 삼가약초라는 약초방의 주인과 점원, 그 식솔들까지 모조리 잡아들였다. 그 과정에 누가 나왔겠는가?"

"……!"

삼가약초는 원귀빈이 비밀스럽게 거래를 하는 곳이었다.

원귀빈의 어머니 때부터 쭈-욱.

그곳에는 원귀빈이 오랫동안 그곳과 거래한 내역과 대장군부 때부터 지금 귀빈전에 이르기까지 그곳을 오간 궁인들의 흔적이 고스란히 남아 있었다.

수면초뿐 아니라 후궁전에서 독살당한 이들이 먹은 약초까지, 그때의 일을 들추었다간 자칫 폐서인 허씨의 전철을 밟게 될 것이었다.

원귀빈의 머리가 빠르게, 아니 그 어느 때보다 다급하게 굴러갔다.

"화, 황후마마, 토, 통촉하여 주십시오! 동궁전 궁인이 수면초를 구한다기에 소개를 한 적은 있사옵니다. 하나 다른 것과는 관련이 없사옵니다!"

빠져나올 길이 보이지 않으니 지금은 굽힌다!

원귀빈은 지금은 납작 엎드려 황후의 자비를 구하기로 했다. 하지만 그것으로는 부족했다.

탕-!

"귀빈, 그렇다면 어찌하여 처음엔 바른대로 고하지 않고 수면초를 모른다 하였는가. 또한 호양공주 마마의 일은 어찌 설명할 것인가! 저 궁인을 통해 호양공주 마마에게 악몽초를 넘긴 저의는 무엇인가! 이실직고하지 못할까!"

황후의 호통이 원귀빈의 머리 위로 떨어졌다.

'완전히 항복하라. 황태자에게 수면초를 쓴 것과 황족을 겁박한 것까지, 완전히 인정하면 목숨만은 살려 주마.'

황후가 호양공주를 들먹이며 변명의 기회를 준 것은 그러한 뜻이었다.

하지만 원귀빈이 쉽게 받아들일 수 있는 제안이 아니었다.

삼가약초의 일을 들추지 않는 대신 지금 나온 모든 죄를 인정한다면 황후의 자비로 제 목숨을 구할 수 있으나 이전의 허씨처럼 강등당할 것이 분명했다.

아니, 강등당하는 건 괜찮았다.

문제는 지금 '시기'였다.

황태자가 자리에서 꺼꾸러지는 것이 확실한 때.

지금 자신이 황후에게 밀려 강등당한다면, 죄인의 자식이 된 삼황자 또한 이황자에게 밀려날 것이 뻔하지 않은가.

'노린 거야! 진즉부터 삼가약초방을 쥐고 있다가 지금과 같은 순간을 노리고 있었던 게 분명해! 이 교활한 년!'

원귀빈의 눈이 분노로 붉게 달아올랐다.

그리고 그녀의 패배감과 함께 눈물이 철철 흘러내렸다.

"까드드득."

작게 이 가는 소리가 들렸다.

하지만 황후는 자연스럽게 그 소리를 모른 척했다.

여유로운 마음으로 항복 선언을 기다리고 있는 것이다.

"소, 소첩이 부덕하여 호양공주 마마의 심기를 어지렵혔사옵니다. 다만 공주마마를 강압하고 악몽초를 보냈다는 건 천부당만부당한 말입니다."

"공주가 거짓을 고했다는 것인가?"

"아, 아닙니다!"

호양공주가 급하게 소리쳤다.

그리고 원귀빈을 노려보았다.

"삼황자가 다음 황위에 오르면 제 처지가 어찌 될지 생각해 보라는 말이 그럼 강압이 아니고 뭐겠습니까. 황태자 전하를 없는 사람처럼 말하는 것부터 역심을 품은 것입니다. 그게 아니라면, 청상과부가 된 소첩의 처지를 보고 우습게 여긴 것이겠지요!"

호양공주의 말에 원귀빈이 그녀를 노려보았다.

서로가 서로를 노려보며 아귀처럼 물어뜯는 상황.

하지만 지금 그들은 누군가를 사냥하는 맹수의 위치가 아니었다.

두 사람 다 황후에게 목을 내놓고 처결만 바라보고 있는 처지였던 것이다.

탕--!

"두 사람 모두 품위를 지키라!"

황후의 지엄한 꾸짖음이 두 여인의 머리 위로 떨어졌다.

"원귀빈, 호양공주의 말을 증명할 길은 없으나 그대의 처신이 적절치 못했던 것은 명백한 바! 게다가 윗전에 고하지 않고 황태자에게 꾸준히 수면초를 보낸 저의를 의심하지 않을 수 없다! 하여 귀빈 원승혜에게서 첩지를 거두고, 미인으로 강등할 것이다!"

"황후마마!"

황후의 처결에 원귀빈이 비명처럼 그녀를 불렀다.

황후는 서늘하게 가라앉은 눈으로 그런 원귀빈을 내려다보고 있었다.

"동궁의 궁녀와 삼가약초방의 작자들은 감히 황태자에게 가는 수면초에 악몽초를 섞는 만행을 저지른 바, 모두 효수하겠다!"

받아들이지 않는다면 악몽초의 일과 그 전의 일을 덮지 않겠다는 경고였다.

황후의 경고에 원귀빈의 얼굴이 하얗다 못해 시퍼렇게 질렸다.

악몽초의 일을 덮지 않는다면, 원귀빈도 허미인처럼 폐서인이 되거나 집안 전체가 역모죄를 뒤집어쓸 수도 있는 노릇이었다.

"귀빈, 아니 미인, 지금처럼 시국이 어지러운 때에 황실까지 소란을 벌여 황제 폐하의 심기를 더럽히고 만백성의 웃음을 살까 우려되어 이쯤에서 이 일을 덮고자 하는 것이다. 그러니 그대는 처소에서 반성하며 내가 왜 그대에게 미인의 자리를 내렸는지 곱씹어 보라."

"……화, 황공하옵니다, 황후마마."

황후의 서슬 퍼런 눈빛에 원귀빈이 꼼짝도 하지 못한 채 몸을 숙였다.

"호양공주."

"예. 예, 마마."

황후가 원귀빈을 무너뜨리는 것을 지켜본 호양공주는, 황후의 부름에 몸을 떨었다.

"그대는 폐하의 친누이로서 지난번 큰 실수를 하고서도 폐하의 자비로움에 기대 용서를 받았다. 이 일은 그대가 황태자를 생각한 충정으로 이해할 것이나, 무위종사정부인으로서의 몸가짐을 바로 하시는 것이 좋겠네."

"황공하옵니다, 황후마마."

무위종사정부인으로서의 처신.

황실의 일에서 손 떼고 물러나라는 황후의 경고에 호양공주가 한껏 몸을 낮추었다.

내명부의 소란이 끝나고, 두 사람 모두 황후궁을 나왔다.

"너……!"

원귀빈, 아니 이제 원미인이 된 원승혜가 원망과 독기로 가득 찬 눈으로 뒤에 오는 호양공주를 돌아보았다.

그리고 호양공주를 부르기 무섭게.

짜–악!

"악!"

찰진 소리와 함께 원미인의 고개가 매섭게 돌아갔다.

"미인 따위가 감히 황제 폐하의 친누이에게 눈을 부릅떠?"

"너어!"

짝!

원미인의 볼에서 다시 불이 뿜었다.

"아직도 주제를 모르지! 감히 천한 무장 집안 출신의 후궁 나부랭이가 감히 황제 폐하의 유일한 친누이인 나를 농락하려 들었으니 지금과 같은 꼴을 당하는 게다!"

호양공주가 비릿한 웃음을 흘리며 원미인에게 매섭게 쏘아붙였다.

"내가 정말로 알량한 네 아들 하나에 우리 태자 전하를 버릴 줄 알았어? 너야말로 나보다 멍청하구나. 난 내가 가진 위치로만 오만을 부리지만, 넌 감히 폐하의 핏줄로 오만을 부렸으니. 덕분에 네 아들은 미인의 아들이 되었구나! 호호호호호!"

호양공주가 원미인을 비웃으며 시원하게 자리를 떴다.

원미인은 잔뜩 독이 오른 눈으로 호양공주의 뒷모습을 노려보았지만, 결국은 조용히 침전으로 돌아가는 수밖에 없었다.

내명부의 일이라 하나 황제의 후궁과 친혈육에 대한 일이었다.

황제의 윤허가 없었다면 황후 또한 마음대로 처결하기는 힘든 사안임이 분명했으니.

이 일은 황제의 허락 아래에 황후의 손바닥 위에서 놀아난 것이었다.

다음 날.

마치 약속이라도 한 듯 원미인의 새로운 첩지와 파군의 승전보가 동시에 도착했다.

“귀빈 원승혜는 들으라. 그대는 황제 폐하의 후궁다운 처신을 보이지 못하고 황실의 위엄을 떨어뜨렸으니, 귀빈의 첩지를 거둔다. 단, 폐하의 아들을 생산한 공을 감안하여 미인의 첩지를 내린다.”

“성은이 망극하옵니다. 황제 폐하, 만세 만세 만만세.”

다행히 황후는 그녀에게 염녕전을 거두지 않았다.

지금은 딱히 새로 염녕전을 차지할 후궁이 없었으니 자비를 베풀기로 한 것이다.

하지만 미인의 첩지를 받아 들고 절을 해야 했던 원미인으로서는 그 장소가 염녕전이라는 사실이 오히려 끔찍했다.

이제 염녕전의 아름다운 붉은 정원을 볼 때마다 오늘의 굴욕을 떠올려야 했기 때문이다.

한편 조정에서는 모든 대소 신료들이 황제의 앞에 몸을 조아렸다.

“폐하, 표기군 대장군 표서량이 제국과 폐하의 은혜를 배반하고 수하들을 데리고 신 제국으로 전향하였나이다. 하나

파군 지휘관인 이황자 전하께서 더 이상의 피해를 막아 내고 신 제국의 공세까지 무사히 저지하였을 뿐 아니라 신 제국 병사 수백을 전향시켰다 하오니, 큰 승리를 거두었나이다. 감축드리옵니다, 폐하! 이황자 저하의 공을 치하하소서!"

"감축드리옵니다, 폐하!"

"이황자 저하의 공을 치하하소서!"

"하하하! 과연, 과연 짐의 아들이다. 제국의 적통 황자답구나!"

모처럼 조정에서 황제의 웃음소리가 크게 울려 퍼졌다.

북회대장군 원수경 또한 신료들과 함께하고 있었다.

하지만 어쩐 일인지 삼황자의 외숙이자 미인으로 강등된 원승혜의 오라비인 원수경의 얼굴은 원미인만큼 굴욕적이지 않아 보였다.

며칠 뒤, 승전을 거둔 파군 원정군이 황도로 귀환했다.

당연한 듯 이황자인 진화가 백성들의 선망 속에 군을 이끌었다.

황태자는 병중이라는 이유로 모습을 드러내지 않았다.

"황자 전하 천세---!"

"감축드립니다, 황자 전하!"

백성들의 환호 속에 진화는 어떤 이상함도 느끼지 못했다.

하지만 황궁에 도착했을 때.

진화는 그를 둘러싼 분위기 속에 확실한 이질감을 느꼈다.

“아이고, 우리 황자 저하, 어서 오십시오!”

“환영합니다, 손님 여러분.”

동 태감이 활짝 웃으면서 진화를 반기는 것까진 이해를 하겠다.

다른 것도 아니고 신 제국을 상대로 대승을 거두었으니.

그런데 건희전 궁인들이 남궁구와 남궁교명을 비롯한 적호단 십 조를 손님으로서 환영한다고? ……진화는 뭐가 이상한지는 잘 모르겠지만, 뭔가 이상하다는 것만은 확신했다.

대전.

황제가 굽어보고 대소 신료들이 양쪽으로 물러나 지켜보고 있는 가운데.

파군 원정군이 승전 보고를 하기 위해 자리했다.

“간악한 역적 군대를 물리치고 무사히 돌아왔습니다. 모두 폐하의 은덕이니, 황제 폐하 만세 만세 만만세!”

“황제 폐하 만세 만세 만만세!”

잘 싸운 건 그들이었지만 모든 공은 일단 황제에게 돌리고 보는 것이 예의라 하니.

진화의 선창에 따라 북회군 사마 원자기를 비롯한 원정군

주역들이 우렁찬 목소리로 황제의 은덕을 찬양했다.

황제가 흐뭇한 얼굴로 가볍게 손짓하여 그들을 일으켜 세웠다. 그리고 제일 먼저 진화의 머리부터 발끝까지 천천히 살폈다.

다친 곳이 없다 들었지만 그래도 제 눈으로 확인하고 싶은 것이 부모의 마음이라, 진화의 건강한 모습을 확인한 후에야 다른 것들이 눈에 들어왔다.

아름다운 얼굴에 가렸지만 귀찮은 기색이 역력한 눈빛.

제 자식이지만 대소 신료들의 칭송 앞에서도 심드렁할 줄은 몰랐다.

'허허허, 녀석.'

황제가 고소를 머금었다.

황제는 진화의 덤덤한 눈빛이 나쁘지 않았다.

모름지기 큰 사내라면 그 어떤 것에도 만족하지 않아야 한다 생각했기 때문이다.

진화의 뒤로 시선을 옮기자, 거기엔 '내가 왜 여기에 있는지 모르겠다'는 얼굴을 한 커다란 덩치가 눈에 띄었다.

'성벽에서 무림인들의 활약이 대단했다지? 무림인들이라…….'

반쯤 혼이 나가 있는 듯한 적호단주를 보며 황제가 눈을 반짝였다.

적호단주의 뒤에 있는 이들은 익히 아는 얼굴들이었다.

감격과 열망, 희망과 야망으로 가득한 눈빛들.

그들은 잘 모르지만 황제는 제국의 유망한 장수들에 대해 관심이 많았다.

"허허허! 그대들을 보자니 제국의 미래가 밝군."

몸을 일으킨 이들 면면을 자세히 본 황제가 기분 좋은 웃음을 터뜨렸다.

그러자 대소 신료들도 몸을 낮춰 황제에게 축하를 전했다.

"제국의 홍복 또한 폐하의 은덕이옵니다."

이번 원정군의 승리는 이황자를 비롯하여 젊은 장수들이 주축이 되어 얻어 낸 것이라 더욱 뜻깊었다.

제국의 밝은 미래. 든든한 노후.

"하하하하! 이 좋은 날을 이렇게 보낼 수 없지. 군사들을 위해 사흘 동안 연회를 베풀고, 공적에 맞게 후한 하사품을 내리겠다!"

"폐하의 은혜가 하해와 같사옵니다. 황제 폐하 만세 만세 만만세!"

이황자와 젊은 장수들을 바라보는 대소 신료들의 눈빛이 어느 때보다 훈훈했다.

대승을 기념하여 이어지는 연회.

황궁 전체가 흥겹고 들뜬 분위기 속에 특히나 훈풍이 불고 있는 곳이 있었으니.

바로 건희전이었다.

"우아아아---!"

현오뿐 아니라 적호단 십 조원들 모두 두 눈이 휘둥그레졌다. 관서겸을 제외하면 모두 어딜 가도 꿀리지 않을 부유한 문파나 세가 출신들이었지만, 이건 차원이 달랐다.

그들의 거센 반응에 동 태감의 목소리도 높아졌다.

"오-호호호홋! 황궁 숙수들의 자랑, 낙양전석입니다! 중원에서 가장 귀하고 값비싼 것들로만 진상된 것으로, 특별히 폐하께서 내리셨습니다."

"오오오오! 부처님도 해탈하다 내려올 광경이로군!"

현오가 광기를 뿜으며 요리를 향해 달려들고, 평소라면 현오를 타박했을 남궁교명과 다른 이들도 말없이 음식 앞으로 달려가기 바빴다.

순식간에 줄어들기 시작하는 음식들.

그 모습을 지켜보던 동 태감이 자신만만한 얼굴로 웃었다.

"후후후후."

동 태감이 손을 들자, 건희전 궁인들이 부지런하게 움직였다. 그리고 없어지는 요리들보다 빠르게 새 요리들이 채워졌다. 마치 경쟁하듯 음식을 없애고 다시 채워 넣는 광경을 보며, 진화는 수상쩍다는 듯 동 태감의 동태를 살폈다.

'설마, 배를 터뜨려서 복수를 하려는 건가?'

진화의 의심 가득한 눈빛과 마주친 동 태감이 볼을 씰룩거리며 만면 가득 웃어 보였다.

"우리 황자님, 부디 많이 드십시오. 호호호호호!"

진화의 식사 시중에 직접 나서며 동 태감의 웃음소리가 더 높이 올라갔다.

'……뭐지?'

진화는 이상하다는 듯 고개를 갸웃거려 보았지만, 입 앞으로 다가오는 육즙 가득한 만두 앞에 자연스레 입을 벌리고 말았다.

진화와 일행이 배가 터지도록 대접을 받으며 며칠을 보냈다. 그렇게 며칠이 지나고서야 진화는 건희전 궁인들이 내내 기분이 좋은 이유를 알 수 있었다.

내내 식탁에 오르는 '억' 소리 나는 음식을 보고 모를 수가 없었다.

궁내부에서 내려오는 하사품이 이전과 비교할 수 없이 좋아진 것이다.

'신 제국과의 전쟁에서 승리한 게 그렇게까지 할 일인가?'

늘 싸우는 것이 일인 무림인으로서 진화는 황궁이 유별나다고만 생각했다. 하지만 진화가 모르는 것이 있었으니.

신 제국에 승리한 공으로 내려온 하사품은 첫날 낙양전석

으로 끝이었다. 다른 것은 모두 건희전으로 들어온 부식과 식자재 등이었다.

건희전으로 들어오는 부식과 식자재 등이 이전과 비교할 수 없을 정도로 풍족해진 것이다.

당연한 일이었다.

어찌 되었건 황궁은 황좌를 중심으로 돌아가는 곳이었으니.

최근 황궁에서 신 제국에 승리한 것보다 더 화제가 되는 것이 바로 황태자의 몰락이었다.

현재 조정에서는 현 황태자의 폐위론을 언제 꺼낼지 시기만 살피고 있었고, 강력한 경쟁자였던 삼황자의 모친인 원귀빈이 스스로 미끄러져 미인 자리까지 떨어졌으니.

적통 황자라는 혈통과 하남 조씨라는 든든한 배경, 스스로 빛나는 공과를 성취한 진화가 다음 황태자가 될 것은 기정사실이라는 게 황궁의 분위기였다.

이번 전쟁으로 진짜 진화가 얻은 것은 황제의 하사품이 아니라 다음 황태자 자리라 해도 과언이 아니었던 것이다.

하여 눈치 빠른 궁인들은 벌써부터 건희전을 동궁 대하듯 했고, 황실의 자잘한 예산과 자재를 분배하는 궁내부조차 스스로 건희전의 눈치를 보고 내주는 물품들을 달리했다.

그러니 건희전에 예산과 물산이 넘쳐 나고 건희전 궁인들의 콧대가 하늘로 치솟는 것도 당연한 일이었다.

"황자 전하, 밖에 손님이 오셨습니다."

"……?"

그런 영문을 알 리 없는 진화는 호칭을 틀리게 말하는 동태감을 의아한 듯 보았다.

"후후후후후."

"……."

알 수 없는 웃음을 흘리며 눈까지 찡긋대는 동 태감의 추태에 진화는 그냥 말없이 시선을 돌렸다.

진화를 찾아온 손님은 실로 의외였다.

"이황자 저하를 뵙습니다."

"오랜만입니다, 고모님."

호양공주의 깍듯한 인사에 진화가 떨떠름한 얼굴로 인사를 받았다.

그 얼굴을 보고 호양공주가 무슨 오해를 한 건지 눈살을 찌푸렸다.

"아직 지금 황태자 전하가 버젓이 계신데 호칭은 바로 써야지요."

"당연합니다."

진화는 대뜸 찾아와서 공격적인 호양공주를 이해할 수 없었고 호양공주는 호양공주대로 진화를 오해하자, 둘 사이의 분위기가 금세 얼어붙었다.

하지만 결국은 아쉬운 놈이 우물을 팔 수밖에 없었다.

지금 아쉬운 사람은 진화를 찾아온 호양공주였다.

"저하의 위치를 바꾼 데에 지대한 공을 세운 것이 이 사람입니다."

"……?"

"그러니 부탁 좀 드리지요. 부디 어려운 위치에 있는 형제를 외면하지 마십시오."

"무슨 뜻인지 모르겠습니다."

"우리 태자 전하를 좀 도와주십시오!"

호양공주의 말에 진화는 물론 동 태감과 건희전 궁인들의 얼굴이 얼어붙었다.

그에 호양공주는 다급한 얼굴로 설명을 붙였다.

"태자 전하가 지금 위치를 지키도록 도와 달라는 것이 아닙니다! 다만, 질서가 바로 흘러가기 위해서라도 태자 전하가 바로 설 필요가 있습니다. 지금 궁에는 아무도 태자 전하를 신경 쓸 사람이 없습니다. 굳게 걸린 동궁의 문은 감히 이 사람도 열 수 없는데, 황후마마의 방문마저 거절하고 있으니. 부탁합니다. 부디 우리 태자 좀 꺼내 주십시오!"

호양공주가 몸을 숙이며 진화에게 부탁했다.

진화는 어리둥절한 눈으로 그녀를 보았다.

호양공주가 쏟아 낸 말 중에서 진화가 제대로 이해한 것은 별로 없었다. 다만, 소맷자락 사이로 살짝 나온 주먹이 부들부들 떨리고 있는 모습에 진화는 호양공주의 간절함을 느낄

수 있었다.

"그러니까…… 저한테 황태자를 동궁에서 데리고 나와 달라는 겁니까?"

"그렇습니다."

얼떨떨한 진화의 물음에 호양공주가 고개를 끄덕였다.

"그냥 문을 열고, 끌고 나오기만 하면 됩니까?"

"아-니오!"

진화의 말이 끝나기가 무섭게, 호양공주가 아닌 동 태감이 버럭 소리를 질렀다.

"안 됩니다!"

호양공주도 놀라서 동 태감을 보았다.

그리고 곧 '감히 내관 주제에 황실의 일에 관여하는 건가?' 쌍심지를 켜려는 순간, 그런 의미가 아니라는 걸 곧바로 알 수 있었다.

"전에도 말씀드렸지요? 황족의 몸은 내 몸도, 남의 몸도, 절대, 함부로 손대거나 때리거나 부수면 안 됩니다! 절대로요! 오줌을 쌀 정도로 겁을 주거나 하는 일도 지양하시고, 혹여, 함부로 궁궐 지붕이나 담을 넘어서도 안 됩니다!"

"아……."

호양공주가 낮게 탄성을 내었다.

무슨 그런 쓸데없는 것들을 이르나 했는데, 모두 전적이 있는 것들이었다.

이심전심이라.

하얗게 질린 낯빛과 나이를 뛰어넘는 기억력과 순발력.

진화가 황태자 자리에 앉기도 전에 사달을 일으키게 두지 않겠다는 동 태감의 간절함이 전해졌다.

진화가 동궁을 찾았다.

온 황궁이 축제 분위기이건만, 동궁은 인기척조차 들리지 않을 정도로 조용하기만 했다.

밖으로는 황태자가 전장에서 부상을 입어 요양 중이라 알려졌지만, 실제로는 표서량에게 배신당한 충격으로 식음을 전폐하고 있었기 때문이다.

주인이 죽을 지경이니 궁의 분위기도 초상 중인 것처럼 가라앉았다.

무엇보다 식음을 전폐하고 있는 황태자가 걱정이었다.

이 사실을 알고 황후가 방문 요청을 했지만 동궁의 문은 열리지 않았고, 황제는 그저 스스로 나오게 두라고만 하니.

지켜보는 사람들의 속만 타들어 가다가 결국 호양공주가 진화에게 부탁하게 된 것이다.

"열어라."

"이, 이황자 저하를 뵈옵니다. 잠시 기다리시면 안에 고하겠습니다."

진화의 등장에 동궁 침소 앞을 지키던 내관이 크게 놀란 얼굴로 고개를 조아렸다.

하지만 황태자의 침전 문은 열지는 않았다.

"그냥 열어라."

"하, 하오나……."

"나도 일단 해 본 말이다."

"네?"

황후가 와도 열리지 않았던 문이었다.

황태자가 허락하지 않는다고 황후의 앞을 막은 동궁 궁인들의 충정은 기특했지만, 애초에 진화는 황태자가 문을 열 때까지 기다릴 생각도 하지 않았다.

퍼-엉!

"으아아악!"

'동 태감이 궁 문을 부수면 안 된다고 하진 않았으니까.'

동궁 내관의 것인지, 진화의 뒤를 따라온 건희전 내관의 것인지 모를 비명을 들으며 진화가 안으로 성큼성큼 들어갔다.

뒤늦게 진화를 말리려는 내관들의 어깨를, 남궁구과 남궁교명이 붙잡고 고개를 저었다.

황태자의 침소에 들어서자마자, 진한 술 냄새가 풍겼다.

굳이 찾지 않아도 황태자는 탁자에 널브러지듯 앉아 있었

다. 그는 밖에서 나는 소란조차 듣지 못한 것인지 술병을 쥔 채 입에 털어 넣기 바빴다.

탁자 위와 바닥에는 이미 다 비운 술병들이 굴러다니고 있었다.

“가관이군.”

진화의 목소리에 황태자가 겨우 눈만 돌렸다.

술기운에 게슴츠레 뜬 눈이 진화를 보자마자 매섭게 변했다.

“네가, 네가 여긴 무슨 일이냐!”

잔뜩 혀가 꼬인 발음으로 묻는 황태자의 말을 무시하고, 진화가 그의 손에 잡힌 술병을 빼앗았다.

“이게 무슨 짓이냐! 이젠 술도 마음대로 마시지 못하게 하는 거냐? 차라리, 차라리 날 죽이지그래? 날 죽이고, 이 빌어먹을 피도 전부 빼 가라고!”

타-앙!

쨍그랑!

황태자가 화를 터뜨리며 탁자에 있던 술병들을 바닥에 던졌다.

궁인들이라면 황태자의 이런 행패에 어쩔 줄 몰라 하며 비명을 삼켰겠지만, 진화는 달랐다.

퍼-억!

“으-악!”

황태자의 발밑에 있던 술병이 터지자, 황태자가 비명을 질렀다. 그리고 놀란 눈으로 진화를 보았다.

"무, 무슨……."

퍼-엉! 펑! 펑!

"으아아악! 무슨 짓이야! 그만하지 못해?"

황태자의 고함에도 불구하고 그의 발아래 널브러진 술병들이 계속해서 터져 나갔다.

겁을 먹은 황태자가 앉은 자리에서 펄쩍 뛰었다.

챙! 챙! 퍼-억!

시끄러운 소리가 울리고, 터진 술병의 파편이 사방으로 퍼졌다.

황태자도 어느새 자리에서 일어나 탁자에서 멀찌감치 떨어져 있었다.

잠시 후 진화가 술병을 터뜨리는 걸 멈추자.

그제야 황태자가 눈을 부릅뜨고 진화를 노려보았다.

"이게 무슨 짓이야!"

"당신을 터뜨릴 수 없으니 술병을 터뜨린 거다."

진화의 당당한 대답에 황태자가 할 말을 잃었다.

"당신 몸속의 피를 빼 달라고? 그게 그만한 가치가 있나?"

"……뭐?"

"혈성 따위, 용혈에 잡아먹혔을 거라 소리치던 건 어쩌고?"

진화의 말에 황태자는 멍한 얼굴로 진화를 보았다.

"나는 용자다! 천자의 자식이다! 혈성 따위에 용혈이 질리 없잖아!"

진화는 그때 황태자의 말이 참 인상 깊었었다.

그가 황제의 자식이라는 사실에 얼마나 커다란 자부심을 가지고 있는지, 얼마나 소중하게 생각하고 있는지 알 수 있었기 때문이다.

"네 말대로 너는 천자의 자식이다. 하찮은 혈성에 잡아먹힌 표서량의 배신이, 네가 이렇게 망가질 정도로 가치 있는 일이었나?"

"……."

진화의 물음에 황태자의 얼굴이 일그러졌다.

이젠 황태자도 그게 그렇게 간단한 우열로 결정되는 것이 아니라는 걸 알았다.

어릴 적부터 외롭고 외로운 황궁 생활을 이어 가던 황태자에게 유일한 버팀목이 되어 주었던 사람은 황제가 아닌 표서량이었다.

황제를 존경하고 우러러보았을지언정, 믿고 의지했던 사람은 표서량이었다.

그리고 그가 살아 숨 쉬는 동안 계속해서 원망했던 사람은 죽은 친모 표서은이었고 말이다.

그런데 그게 뒤바뀐 것이다.

표서은은 표서량에 의해 미쳐 버린 것이고, 표서량은 자신을 위해 표서은과 황태자를 이용했던 것뿐이라니.

황태자는 평생 믿어 온 인생의 모든 뿌리가 흔들리는 기분이었다.

바닥이 무너져서, 단 한 발자국도 뗄 수가 없었다.

"……아무도 없구나. 산중 짐승들도 살 비비고 정을 나눌 대상이 있는데, 나는, 내게는 한 톨의 애정을 품어 줄 사람이 아무도 없구나."

황태자가 곧 주저앉을 듯 비틀거리며 말했다.

멍하니 힘이 빠진 얼굴엔 눈물이 흐르고 있었다.

그 모습을 보며 진화가 깊은 한숨을 쉬었다.

"그런 건 나도 잘 모른다. 배워 본 적 없으니까. 하지만 날 구원해 준 남궁세가 사람들이 내게 목숨을 걸어 주었기에, 나는 그들의 애정을 믿는다. 당신에게도 그런 자들이 있지 않나?"

"……?"

"동궁의 궁인들이 감히 내 앞을 막더군. 그들은 이미 황후마마의 걸음도 막았다, 당신을 위해. 호양공주가 내게 찾아왔다, 너를 살펴 달라고. 그 여자, 지금도 내게 이를 갈면서 너를 위해 고개를 숙이더군."

"아. 고모님이……!"

진화의 말에 황태자가 눈을 크게 떴다.

황태자가 주변을 돌아보았다. 그가 며칠 동안 식음을 전폐하고 사방에 행패를 부렸는데도, 그의 침소 안은 밝고 따뜻했으며 깨진 술병 외에는 어질러진 곳이 없었다.

동궁 궁인들이 그가 무너진 순간에도 조용히 그를 받들고 있었기 때문이다.

한참 주변을 돌아보던 황태자가 진화를 보았다.

"하나만 알려다오. 너는 그들에 대해 잘 안다지? 그들과 한편이 된 표서량은 날 구원한 은인일까, 날 배신한 역적일까? 정말로 그 사람 때문에, 그 사람이 내 어머니를 미치게 한 것이냐?"

황태자가 떨리는 목소리로 간절하게 진화에게 답을 구했다.

그의 눈은 흐리멍덩하던 방금 전과 달리 또렷하게 진화를 보고 있었다.

진화는 황태자가 이제 정신을 차렸다고 생각했다.

"그런 건 당신이 알아서 해라. 표서량을 그리워할지, 그를 원망할지."

정신을 차린 황태자에게 더 볼일은 없었다.

진화는 황태자의 물음에 어떤 답도 주지 않고 냉정하게 발길을 돌렸다.

그때, 진화의 등 뒤로 황태자의 다급한 목소리가 울렸다.

"너는! 넌 원수에게 어떻게 복수하지?"

"……죽인다."

"표서량은, 정말로 죽었나?"

황태자의 목소리가 떨렸다.

그에 반해 진화는 냉정할 정도로 담담하게 답했다.

"잠시 숨은 붙어 있겠지만, 이미 죽은 목숨이다."

진화의 대답에 황태자의 눈이 크게 흔들렸다.

'이미 죽은 목숨이라고? 무슨 뜻이지? 그자가 살아 있다는 건가? 아니, 정말로 곧 죽을 거라는 건가?'

의아함과 안도, 불안, 아쉬움, 분노.

황태자가 복잡한 눈빛으로 한숨을 쉬었다.

그리고 다시 진화에게 물었다.

"나는 네게 고마워해야 하는 것이냐, 네게 복수를 해야 하는 것이냐?"

황태자의 물음에 진화가 와락 눈살을 찌푸렸다.

"그런 것도 알아서 해라."

진화는 귀찮다는 듯 답을 던지고 몸을 돌려 나갔다.

진화가 황태자의 침소를 나오자, 동궁 궁인들이 불안한 눈빛으로 진화를 보았다.

"들어가 보거라."

진화의 말이 떨어지자마자 동궁 궁인들이 달려가듯 침소로 들어갔다.

그리고 진화 일행이 건희전으로 돌아가는 길.

건희전 궁인들을 조금 떨어뜨려 놓고 걸으며, 남궁구가 슬쩍 물었다.

"표서량이 이미 죽은 목숨이라니. 그때는 마녀가 다치는 바람에 화가 나서 한 말인 줄 알았는데, 진짜 표서량에게 뭘 한 거야, 도련님?"

그 밝은 귀로 황태자의 침소에서 나눈 대화를 듣고 있던 남궁구가 이전부터 궁금했던 것을 확인하고자 한 것이다. 그러자 진화가 나서기도 전에 남궁교명이 남궁구를 타박했다.

"공자님을 뭐로 보는 거냐? 반드시 무슨 짓을 하셨을 거다."

단호하고 자신감 있는 말투.

"흐음, 하긴. 우리 도련님이 '죽였다'는 말을 그냥 할 리가 없지."

남궁교명의 말에 남궁구가 순순히 고개를 끄덕였다.

그리고 호기심 가득한 표정으로 물었다.

"대체 뭘 어떻게 한 거야, 도련님?"

남궁구는 물론 남궁교명까지, 이미 진화가 표서량에게 뭔가 했을 거라 확신하고 기대에 찬 눈빛이었다.

진화는 어쩐지 답을 해 주기 싫어졌다.

"……월하객잔으로 가지. 십이좌회 어른들이 찾으셨다는군."

월하객잔.

진화는 남궁구, 남궁교명만을 데리고 황도 저자로 나왔다.

궁중 예복을 벗고 적호단 무복을 입자 발걸음이 자유로워진 느낌이었다.

큰길가의 눈이 아플 정도로 붉은 장식으로 꾸민 화려한 건물들 뒤, 너무 단조로워서 허름해 보일 정도인 객잔에 도착했을 때.

진화와 남궁구, 남궁교명은 입을 떡 벌리고 한참 고개를 돌렸다.

"이런 걸 두고 덩칫값을 한다고 해야 하나, 못 한다고 해야 하나? 마치 토끼 뒤에 곰이 숨어 있는 격이군."

"그런 것 치곤 너무 잘 숨었지. 볼 때마다 놀랍군."

단조로워 보이지만 알고 보면 흑조목으로 단단하게 지어진 건물은, 큰길가에 있는 화려한 주루를 몇 채 합한 것보다 더 큰 규모를 자랑했다.

남궁구의 말처럼 붉은 털을 가진 토끼 뒤에 검고 거대한 곰이 웅크리고 있는 모양새라, 어쩐지 오싹한 느낌도 있었다.

황도 저자 한복판.

월하회의 본거지가 이곳에 있었다는 걸 귀천성이 알게 된다면 꽤 억울할 것이다.

게다가 지금 이곳에는 십이좌회가 기다리고 있었다.

"들어가지."

진화가 성큼성큼 안으로 들어갔다.

이어서 남궁구와 남궁교명이 마른침을 꿀꺽 삼키고 뒤를 따랐다.

십이좌회.

당금 무림에 그 이름이 가지는 무게감은 더 말을 해서 무엇할까.

지금에서야 그들의 정체가 드러났지만, 역천마제와의 결전이 있기까지 꽁꽁 비밀에 싸여 있었던 천하제일 열두 명의 신비 고수들.

귀천성으로부터 무림을 구원한 영웅.

정사를 막론하고 귀천성이라는 거대한 적을 둔 무림의 정신적 지주.

세상의 모든 찬사가 십이좌회를 향했다.

하지만 전쟁 이후로 그들은 대중 앞에 모습을 드러낸 적이 없었고, 십이좌회라는 이름으로 무림에 영향력을 발휘한 적도 없었다.

사심 없이 대의를 위해 희생하고 싸운 이들.

당금 무림이 그들을 살아 있는 신화로서 존경을 보내는 이유였다.

물론, 본인들은 전혀 그렇게 생각하지 않았지만 말이다.

단언컨대 세상에서 십이좌회를 가장 업신여기는 이들이 바로 그들 자신일 것이다.

진화 일행이 안으로 들어서자마자 제왕검 남궁강이 두 팔을 벌리며 반겼다.

"내 손주---!"

"할아버님!"

진화가 놀란 얼굴로 제왕검을 보았다.

그와 동시에 남궁구와 남궁교명의 우렁찬 목소리가 울렸다.

"태, 태상 가주님을 뵙습니다!"

"태상 가주님을 뵙습니다!"

제왕검 남궁강은 남궁세가에서조차 얼굴을 보기 힘든 신화적 인물이라. 남궁구와 남궁교명은 제왕검을 만난 것에 놀라고 감격스러운 얼굴로 부복했다.

진화도 뒤늦게 부복하려 했지만, 남궁강이 흐뭇한 얼굴로

두 팔을 벌리고 선 것이 먼저였다.

"아……."

흐뭇하게 웃는 얼굴이 주는 압박감을 이기지 못한 진화가 귀 끝을 붉히며 남궁강의 품에 안겼다.

탁, 탁, 탁.

"장하다, 내 손자! 그때 이후로 또 발전이 있었구나! 역시 이 남궁강의 손자답다!"

남궁강이 진화의 등을 토닥이며 칭찬을 아끼지 않았다.

그러자 남궁강의 뒤편에서 핀잔이 날아들었다.

"저 빌어먹을 영감탱이. 생색내는 것 좀 보게."

"저 새끼 잘난 척이 어디 하루 이틀인가? 도솔천에 튀겨도 잉어보다 더 튀어 오를 놈."

"호오, 황자라고 귀태가 좔좔 흐르는군."

남궁강의 뒤에서 천수현인 제갈길현과 함께 얼굴이 잘 알려지지 않은 노인 둘이 계단을 내려왔다.

걸쭉한 입담을 자랑한 노도장은 한쪽 소맷자락이 비어 있는 것을 보아 옥허신검 청연이 확실했고, 진화를 향해 눈을 반짝이는 학사는 현학문주 청벽선생 운송인 듯했다.

현학문주는 몰라도 옥허신검 청연이 검마제의 기습에 좌수를 잃었다는 이야기는 무림에서 모르는 이들이 없을 정도로 유명했기 때문이다.

"할아비 원수와 할아비 친구들이다."

"야! 이놈아, 소개는 똑바로 해야지! 할아비 형님과 할아비 원수들이다."

"허허허. 당연히 형님이 나겠구먼."

"하여튼 멀쩡한 낯짝으로 개소리들은. 쯧."

생각지도 않았던 거물들의 등장은…… 정신없고 유치했다. 이미 천수현인 제갈길현을 만나고 다른 이들에 대한 환상도 가지지 않았다고 생각했건만, 옥허신검과 현학문주는 충격이 컸다.

그도 그럴 것이, 옥허신검과 현학문주라면 살아 있는 신선이라 불리는 이들이 아니던가.

"뭘 그리 놀래? 살아 있는 신선인지 생선인지 그걸 믿었나? 클클클."

천수현인 제갈길현이 얼이 빠진 듯한 남궁구와 남궁교명을 비웃었다.

그때, 계단 위에서 귀에 익은 목소리가 들렸다.

"오! 오랜만이군! 남궁이 주워 먹은 황자 아닌가! 아니면 우리 사위? 며느리? 하하하하! 그만한 재력과 미모면 나이와 성별이 무슨 상관이겠나! 원하는 걸로 고르시게!"

"이놈! 그 말도 안 되는 소리 계속하면 네놈 대가리를 터뜨려 버릴 거라 했지!"

사패천주의 말에 제왕검 남궁강이 진화를 가리며 펄쩍 뛰었다.

'누님이 왜 자꾸 대가리를 터뜨린다고 하시나 했더니…….'

진화는 익숙하다는 얼굴로 소매를 걷는 남궁강을 말렸다.

남궁구와 남궁교명은 그때까지도 정신을 차리지 못했다.

인사를 마치고 이 층에 마련된 방에 들어가자.

마침 역천비록 연구를 위해 문서를 살피고 있던 홍랑대부와 야희성녀와 눈이 마주쳤다.

"남궁 공자는 오랜만이군요, 후후후."

"이황자를 뵈어요."

홍랑대부, 야희성녀의 반가운 인사에 진화가 고개를 숙여 답했다.

'황성에서 바로 나왔다고 했는데…….'

야희성녀가 진화를 보며 미소를 머금었다.

더할 나위 없이 귀한 본래의 신분을 찾고 무림의 명성도 전에 비할 바가 아닌데, 어색하게 인사를 하는 진화의 모습은 장안에서 보았을 때와 전혀 변하지 않았다.

야희성녀는 그 곧바름이 진화의 성품이라 생각하며 안심했다.

'적어도 제왕검처럼 변하진 않겠어.'

남궁구와 남궁교명은 아래에서 기다리기로 하고, 진화만

역천비록을 연구하는 곳으로 올라왔다.

진화는 사방에 쌓여 있는 문서들을 눈여겨보았다.

정의맹의 일이라면 진화가 아닌 적호단주를 부를 일이었고, 황실과의 일이라면 황제와 전서를 주고받을 일이었다.

그런데 굳이 진화 자신을 찾는 거라면 결국 역천비록에 관련한 것밖에 없으리라.

"그래, 혈마제를 죽였다고 했다지?"

천수현인 제갈길현이 본론부터 물었다.

사실 진화도 그게 더 편하긴 했다.

"독마제만 살려 두라 하셨다 들었습니다."

"아니, 그거야 그땐 혈마제의 비록이 없어서 딱히 할 말이 없었으니까 그랬지!"

천수현인 제갈길현이 답답하다는 듯 버럭 했다.

그러자 제왕검 남궁강이 목소리를 낮게 깔았다.

"내 새끼한테 소리치지 마. 옥수수 다 털어 버리기 전에."

제왕검의 협박에 천수현인이 그를 쏘아보았다.

"지금 그게 중요하냐, 이 팔불출아!"

"그게 제일 중요해. 손주 농사 다 망친 너는 모르겠지만."

"아아아악! 젠장! 빌어먹을 남궁 놈들!"

천수현인이 바짝 약이 오른 듯 욕지거리를 뱉고, 제왕검은 어깨를 으쓱하며 진화에게 눈을 찡긋해 보였다.

홍랑대부, 야희성녀, 사패천주와 천수현인처럼 낯익은 사

람들도 있었지만 어찌 되었든 십이좌회 일원들에게 둘러싸인 상황이었다.

결코 편안할 리 없는 상황에서 제왕검이 진화의 긴장감을 덜어 주고자 한 것이라. 진화는 그저 제왕검의 배려가 고마울 뿐이었다.

물론 제왕검이 과하게 즐거워 보이는 건 모르는 척했다.

"어쨌든, 혈마제는 기어이 죽인 것이 맞단 말이지?"

"뇌전을 심장에 꽂았습니다."

진화가 그때를 떠올리며 덤덤하게 말했다.

"지금이야 숨을 쉬는 데에는 지장이 없겠지만 조금씩 피가 새고 있을 겁니다."

"그러다가 지금 이상의 힘을 쓰거나 받아들이면, 심장이 터지겠구나."

천수현인 제갈길현은 진화의 말을 금방 알아들었다.

그리고 짧게 한숨을 쉰 제갈길현이 낡은 책자 하나를 진화의 앞에 던져 놓았다.

"혈마제의 비록이다. 사패천주가 여태 꿍쳐 두고 있다가 이제야 내놓은 것이지."

"아, 거참."

제갈길현의 타박에 사패천주가 민망한 듯 헛기침을 했다.

진화는 제 앞에 놓인 책자를 멀뚱멀뚱 보기만 했다.

어차피 암호로 적힌 그것을 펼쳐 본들 뭐 하나 읽을 수 있을 리 없으니, 애초에 펼쳐 볼 생각도 않는 것이다.

그런 진화의 모습에 제갈길현이 헛웃음을 지었다.

"허, 누가 남궁 놈 아니랄까 봐, 학문적 호기심 따위 개나 줘 버렸지."

분명 욕이었지만, 진화와 제왕검 둘 다 웃고 말았다.

그 모습에 제갈길현이 입을 삐죽거린 건 당연한 일이었다.

"병인년 무진월 을해일 축시. 혈마제의 것이다. 붉은 호랑이가 금룡을 타고 청돼지를 돕는다. 금룡을 황실의 피라 생각한다면, 놈은 광마제든 너든, 청돼지를 도울 운명이었다."

"……."

진화가 대답이 없자, 제갈길현이 진화를 떠보듯 의뭉스럽게 물었다.

"뭔가 아쉬운 기회를 날린 것 같진 않고?"

제갈길현의 물음에 진화가 그제야 사르륵 웃음을 보였다.

"그것이 운명이라면 제대로 완성되었겠습니다. 놈이 죽는 것이 절 돕는 일이니까요."

"……."

"허허허허, 천상 남궁이로군."

적이 있다면 검을 들어 죽인다.

다른 길은 찾지도 않고 찾을 생각도 없었다.

천상 남궁세가 사람다운 답에 제갈길현은 할 말을 잃고, 현학문주는 시원하게 웃음을 터뜨렸다.

"허어, 그럼 독부는…… 제대로 살려 놓았느냐?"

"……."

제갈길현의 질문에 진화가 선뜻 답을 하지 못했다.

그러자 제갈길현이 한숨을 푹 쉬고 말해 보라는 듯 손짓을 했다.

"됐어. 반신불수로 만들었대도 놀라지 않을 테니 말해 보거라."

제갈길현의 장담에 진화가 조심스레 입을 뗐다.

"손톱 장식에 독이 든 듯 보였습니다. 하여 그것을 남기지 않고 부쉈습니다."

"……허어!"

차라리 반신불수로 만들었다는 게 나았을 것이었다.

독부 은요의 독이 어떤 것인지는 수십 년 동안 꼼짝도 못 하고 죽어 가던 제갈길현이 가장 잘 알았다.

독마제의 다른 독공들이 위협적이지 않은 것은 아니나, 독부 은요가 가장 두려운 것은 그 독 때문이었다.

그런데 그것을 없앴다니.

제갈길현은 자신이 해독되었을 때보다 더 놀란 눈으로 진화를 보았다.

'……등을 태운 것까진 말 안 해도 되겠지?'

집요하게 저를 보는 제갈길현의 시선에 진화는 괜히 눈을 아래로 내리깔았다.

제갈길현은 뭔가 잘못한 듯 눈동자를 굴리는 진화의 모습에서, 그가 한 말이 진짜라는 걸 확신했다.

그렇다면…… 독부에겐 지금 그 독이 없는 것이다.

게다가 새로 만든다고 해도 그만한 것을 그렇게 쉽게 대량으로 만들지는 못할 것이다.

"두 놈은 골로 보냈다고 봐야 한다 이거지?"

제갈길현이 눈빛을 번뜩였다.

앞으로 계획을 수립하는 데에 독마제를 상대하는 법은 한결 쉬워질 것이었다.

진화를 보는 제갈길현의 얼굴에 미미한 미소가 떠올랐다.

그리고 상을 주듯 이번에는 다른 책자 하나를 진화의 앞에 내놓았다.

"광마제의 역천비록, 반쪽짜리다."

"……!"

"하늘이 혼란할 때라 그때의 천문은 현학문에서조차 찾지 못했다. 하니, 네가 나머지 반쪽을 찾아와야겠지."

"어디 있는지 아시는 것입니까?"

"남해에 있다는구나."

진화를 이곳까지 부른 이유였다.

혈마제의 일이 궁금하여 본인에게 듣기 위해서도 있었지만, 중요한 것은 광마제였다.

"을해년 정사월 계유일 묘시, 분명 청돼지가 검은 닭 모가

지를 비틀 운명이다. 청돼지에게 붉은 뱀이 무엇인지, 그것을 어찌할지, 수단은 나머지 반쪽에 적힌 천문이 알려 주겠지. 다음 적호단 임무지는 남해일 것이다. 비밀은 아는 사람이 적을수록 좋지. 주변에는 남해검문을 돕기 위한 것이라 알려질 것이니, 광마제가 눈치채기 전에 그것을 확보해 와라."

"남해……."

진화의 눈이 깊어졌다.

운명이라 해야 할까.

남해검문은 남궁세가의 무단이 지원을 하고 있는 곳이었다. 현재는 남궁경이 그곳에 가 있고 말이다.

'광마제가 알기 전에 끝낸다!'

심장이 두근거리는 것과 동시에 진화가 단단하게 주먹을 쥐었다.

진화가 돌아가고.

월하객잔에 십이좌회의 일원들이 돌아가는 진화의 뒷모습을 지켜보고 있었다.

"자네 말이 맞았네. 요즘 녀석들은 배짱이 좋군."

"우리에게 둘러싸여 있는데도 눈 하나 깜짝하지 않고 말이야. 허허허."

오늘 진화를 처음 본 옥허신검과 현학문주가 감탄을 하며 흐뭇하게 웃었다.

그때 제갈길현이 심각한 얼굴로 입을 열었다.

"……저 녀석, 일부러 그런 것이 분명해."

"무슨 말인가?"

"장안 사람 절반의 목숨이 걸렸는데도 망설임 없이 환마제를 죽였어. 이번에도 독부를 죽일 수 없으니 독부에게선 가장 중요한 독을 없앴고, 혈마제는……."

"놈들, 모두가 지켜보는 앞에서 온몸의 피를 흘리며 죽겠지. 흐흐흐, 역천마제 놈의 얼굴이 궁금하군."

제갈길현의 말에 제왕검이 낮은 웃음을 흘렸다.

하지만 심각한 제갈길현의 표정은 풀어지지 않았다.

"환마제와 소리마제, 권마제에 이어 혈마제와 독마제까지…… 모든 팔현성의 죽음이 저 녀석과 얽히고 있네. 한 사람에게 과한 기회와 부담이 주어지는 건 위험한 일이네."

제갈길현이 걱정을 드러냈다.

그러자 잠자코 있던 야희성녀가 조용히 목소리를 내었다.

"한 사람에 주어진 과한 기회와 부담. 우리는 그걸 달리 역경과 고난이라 말하지요. 그리고 그 모든 역경과 고난을 이겨 내고 살아남은 이들을 일컬어, 사람들은 '영웅(英雄)'이라 부릅니다."

야희성녀의 말에 제갈길현이 눈을 크게 뜨고 그녀를 보았다.

"저 아이가 그 정도의 운명을 가졌다고 보는 건가?"

"너무 빡빡하게 보지 말아요. 벌써 다섯 마제의 운명이 저 아이의 손에서 끝을 보고 있어요. 이 운명이 영웅의 그것이 아니고 뭐겠어요?"

"……."

야희성녀의 반문에 제갈길현이 말없이 진화의 뒷모습으로 시선을 돌렸다.

진화를 보는 그의 눈이 깊게 가라앉았다.

'남해.'

무거운 숙제를 안고 황궁으로 돌아온 진화에게 날벼락이 떨어졌다.

"감축드리, 아니, 큰일 났사옵니다. 황태자 전하께서 황제 폐하를 뵙고 폐서인을 자처했다 하옵니다!"

진화가 건희전에 오자마자 동 태감이 득달같이 달려와 소식을 전했다.

"뭐? 황태자가, 왜?"

진화는 놀람을 금치 못했다.

하지만 궁 안에서 그 소식을 듣고 놀라는 이는 진화 한 사람뿐이었다.

건희전 궁인들뿐 아니라, 건희전에서 식충이처럼 음식만

축내고 있는 듯하던 십 조원들도 돌아가는 상황을 눈치채고 있었던 것이다.

"일전에 본 삼황자인가 뭔가가 가만히 있겠어?"

"걔 엄마가 귀빈에서 미인으로 강등됐다잖아! 기세 싸움에서 완전히 진 거지. 이런 정치싸움은, 팔 할이 '명분과 기세'야!"

나하연의 말에 당혜군이 표독스러운 얼굴로 눈을 빛내며 말했다.

그녀의 시선은 아마도 당문 어디쯤을 향하고 있는 듯했다.

"열심히 하더니 애먼 사람만 좋은 꼴을 시켜 줬군. 이래서 인생은 고기서 고기 아니겠나!"

"너는 공수래공수거라고 해야지!"

현오의 말에 남궁교명이 자연스럽게 타박을 이어 갔다.

"이러다 큰일 나겠네! 우리 도련님 진짜 황태자 될 위기인 거 아니야?"

남궁구가 걱정스레 물었다.

그러자 가만히 듣고 있던 제갈상이 한숨을 푹 쉬었다.

"……보통 그걸 위기라고 하나?"

제국의 다음 대 주인이 되는 자리였다.

남들은 꿈도 꿔 보지 못할 자리인데…… 받는 당사자가 죽상, 아니 화상을 하고 있으니.

제갈상은 단단히 화가 난 얼굴로 황태자궁을 노려보는 진화를 보며, 십 조원 중 정상인은 저 하나라는 생각을 굳혔다.

두려워할 진震 불행 화禍 : 배신

황태자가 던진 폐서인론은 가뜩이나 언제 그걸 터뜨리나 눈치만 보고 있던 조정 신료들에게 물꼬를 터 주었다.

"폐하, 비록 황태자 전하의 잘못은 아니나, 다음 대 황제가 될 지존의 혈육이 제국을 배신하고 역적 무리에 가담한 일은 앞으로 큰 흠이 될 것입니다."

"그렇사옵니다. 게다가 그자가 황태자 전하의 유년기부터 전하의 정신을 피폐하게 만들었다 들었사옵니다. 일전에 벌어진 중대한 판단 착오는 그로 인한 결과였습니다. 비록 이 모든 것이 황태자 전하의 실책만은 아니오나, 만백성의 본보기가 될 지존이라면 무릇 완전무결함이 필수인지라. 폐하, 혈루를 머금는 심정으로 간하나이다. 황태자 전하의 요청을 윤허하소서!"

"황태자 전하의 요청을 윤허하소서!"

신료들은 평화를 택했다.

황태자를 물어뜯고자 한다면 얼마든지 그럴 수 있었다.

하지만 황태자 스스로 물러나겠다고 하는데, 구태여 황제의 심기를 상하게 하면서 그럴 필요까진 없다 판단한 것이다.

"흐음……."

황제가 고심을 하는 듯 미간을 찌푸렸다.

뭔가 성에 차지 않는 듯한 황제의 모습에 신료들의 목소리도 점차 잦아들었다.

그때.

"폐하, 신, 태사 조위례 아뢰옵니다."

"태사가?"

황제가 의외라는 듯 조위례를 보았다.

황제의 얼굴이 사뭇 냉담하게 얼어붙었다.

삼황자가 탈락한 상황에서 가장 유력한 후보가 이황자였다. 그런 시점에서 이황자의 외조부인 태사가 나서는 것은 그다지 좋은 선택은 아니었다.

하지만 한때는 중앙 조정을 한 손에 놓고 휘둘렀을 정도로 노련한 정치가였던 조위례가 이를 모를 리 없었다.

"말해 보라."

"예, 폐하. 소신 작금의 상황이 어찌 돌아가는지 모르지

않습니다."

조위례의 첫마디에 황제의 눈썹이 꿈틀거렸다.

노골적으로 '이황자를 다음 자리에 앉히는 것이 맞다.'라고 하진 않았지만, 이렇게 노골적으로 상황을 인정할 줄은 몰랐던 것이다.

황제의 눈빛이 서늘하게 가라앉았다.

하지만 다음 이어지는 조위례의 말은 황제와 대소 신료들 모두를 놀라게 했다.

"하오나 폐하, 가장 중요한 것은 황태자 전하의 강건함입니다."

"으음."

"황제 폐하께서 아직 젊고 건강하시니 제국의 미래는 지금도 창창합니다. 다음 지존의 자리가 아무리 중요하다 하나, 폐하의 아드님의 건강보다 중하진 않습니다. 부디, 황태자 전하의 옥체부터 살펴 현명한 결정을 내려 주시옵소서."

조위례가 단정하고 차분한 태도로 허리를 숙였다.

일순 대전의 분위기가 숙연해졌다.

황제마저 숙연해진 가운데 잠깐 침묵이 맴돌았다.

그리고 잠시 후, 황제가 조금 붉어진 눈으로 조위례를 보았다.

"그대는 정녕, 평생 나의 스승이라 할 만한 이다."

"황공하옵니다, 폐하."

"아니, 진실로 그래. 내 제국의 황제인 동시에 한 아들의 아비인 것을 잠시 잊었다. 그대의 말이 옳다. 가장 우선할 것은 황태자의 무사 회복이다."

황제가 드디어 결론을 내린 듯 대소 신료들을 아울렀다.

"신료들은 들으라. 짐은 황태자 한유강이 스스로 폐서인해 달라 올린 주청을 윤허하겠다."

"폐, 폐하!"

예상과 다른 황제의 결정에 신료들이 술렁거렸다.

하지만 황제는 더 크고 단호한 목소리로 말을 이었다.

"하-나! 이것은 한유강이 올린 상소대로 황태자가 죄를 지었거나 자격이 모자라서가 아님을 분명히 하겠다!"

황제의 말에 신료들이 눈을 크게 떴다.

그들은 그제야 황제의 뜻을 알아차렸다.

"황태자를 폐서인하는 것은, 중하고 막대한 차기 지존의 책임을 다하기에 황태자의 건강이 허락하지 않기 때문이니. 황태자를 과중한 책임에서 벗어나게 하고자 내린 결정이니라. 하여 한유강을 폐헌왕에 봉하고자 한다. 신료들은 그리 알고 짐의 뜻을 헤아리라."

"폐하의 은혜가 하해와 같사옵니다. 황제 폐하 만세 만세 만만세!"

"황제 폐하 만세 만세 만만세!"

역적 표서량의 죄가 황태자에게 흠이 되지 않도록 하겠다

는 황제의 경고였다.
대소 신료들은 어떤 반대도 없이 황제의 뜻을 받아들였다.

조정회의가 끝이 나고.
대전 뒤 황제의 집무실에 황제와 조위례, 두 사람만 남았다.
"이것으로 되겠소?"
황제가 눈살을 찌푸리며 물었다.
그는 뭔가 마음에 차지 않는 기색이었다.
반면 조위례는 조금 더 여유 있는 얼굴이었다.
"허허허, 너무 급하게 접근하면 놀라서 달아나기 마련입니다."
"아, 그러니까 하는 말이오. 정말로 무림으로 달아나기 전에 황태자 칙서를 내려 버리는 것이 낫지 않겠소? 이러다 영영 안 돌아오면?"
"허허허허."
조위례는 초조한 기색마저 보이는 황제의 모습에 그저 웃음만 나왔다.
"황태자 칙서가 내려온다는 소식이 전해지면, 아마도 그분께선 즉시 궐 담을 뛰어넘으실 겁니다."
"허어, 빌어먹을! 세상이 다 가지고 싶어 하는 황제 자리인데, 담까지 넘어 도망을 간다고?"
확신에 찬 조위례의 말에 황제가 거칠게 욕지거리를 뱉으며 기가 막혀 했다.

그러자 조위례가 씨-익 짓궂게 웃으며 황제를 보았다.

"기억 안 나십니까? 이전에도 그런 분이 한 분 계셨는데, 곱디고운 남의 딸자식까지 꼬셔서 말입니다."

"……."

조위례의 말에 황제가 급하게 입을 다물었다.

묻어 둔 부끄러운 과거 어딘가, 자신이 그러했던 것 같기도 했다.

"그래도 양심은 남아 있으셔서 다행입니다."

"커, 흠!"

황제가 조위례의 눈을 피해 시선을 다른 곳으로 돌렸다.

작아진 황제의 모습에 조위례가 고소를 삼켰다.

"조정에서 내린 결론대로, 황태자, 아니 일황자 저하의 마음도 좀 살펴 두십시오."

조위례의 나지막한 충고.

하지만 황제는 순식간에 얼굴을 굳히고 코웃음을 쳤다.

"누가 진짜 저가 예뻐서 그리한 줄 알고? 빌어먹을 새끼! 황태자라는 놈이 평생 제 외숙에게 휘둘리더니, 끝까지 이 사달을 만들어? 그 일만 생각하면, 그놈은 사약을 받지 않을 걸 감사해야 할 것이오!"

"흐음. 친모도 없이, 의지할 곳이 표서량밖에 없다고 생각했을 겁니다. 그 점을 표서량이 교묘하게 이용한 것일 테고요."

"그러니! 모든 인간들이 외롭다고 약해지는 것은 아니오. 외롭다고 기댈 곳을 찾은 것도 아니고!"

"하지만 많은 이들이 폐하처럼 강하진 못합니다."

"그래, 천번만번 양보해서 누군가는 약해지겠지, 기댈 곳을 찾을 수도 있소! 하지만 그놈은 황태자였소! 그놈이 정녕 제국을 향한 생각이나 백성을 위하는 마음이 눈곱만큼이라도 있었다면 그 자리에 앉기 전에 생각이란 걸 해 봤어야지! 진즉 표서량의 손아귀에서 기어 나왔어야지!"

조정에서와 달리 황제는 싸늘한 얼굴로 분노를 뿜어냈다.

조위례의 조언조차 통하지 않았다.

"그놈이 세상에 태어나 한 것이라곤 내 자식으로 태어난 것밖에 없소. 이십 년 동안 아무 생각 없이, 제 욕심대로만 산 놈이 그놈이란 말이오! 그런데 뭐? 외로워? 기댈 곳이 없어? 허어! 그것이 못 견딜 정도로 힘들었다면, 내 백성들과 내 군사들을 죽이기 전에 그 자리에서 내려왔었어야지! 지금은 한참 늦었고!"

황제는 진실로 황태자를 경멸하는 듯 보였다.

조위례는 그런 황제의 모습에 한숨을 쉬었다.

황제가 비정해 보일 수 있었지만, 그건 어쩔 수 없는 일이었다.

황제는 아버지인 동시에 제국의 황제였다.

그 둘은 다르게 분리될 수 없었고, 그가 자식들을 보는 시선 또한 그러했다.

황제에게 자식들은 자신의 자식인 동시에 제국의 황자와 공주라, 그에 걸맞은 능력을 바랄 수밖에 없었던 것이다.

유감스럽게도 조위례 또한 그러한 황제의 생각에 동의했다. 아니, 오히려 이 화려한 황궁에서, 세상 모든 귀한 것들을 휘감고, 백성들의 목숨을 발판 삼아 군림하는 이들이라면 마땅히 그러해야 한다고 생각했다.

이전의 이 제국이 왜 무너졌었는지 기억한다면 말이다.

씩씩대는 황제는 보며 조위례는 더 이상 황태자를 변호할 말을 찾지 못했다.

놀란 진화가 동궁전을 찾았다.

동궁전 내관이 진화를 보고 깜짝 놀랐다가 이내 단단히 각오를 마친 얼굴로 진화의 앞을 막아섰다.

물론 소용없는 짓이었다.

"비켜라."

휘이이익.

"어엇!"

이번에는 진짜 완력을 사용한 진화였다.

진화의 손짓 한 번에 내관의 몸이 벽 끝까지 밀려갔다.

그사이 진화는 황태자의 침소 안으로 들어갔다.

"자, 잠깐 황자 저하……!"

내관이 뒤늦게 진화를 붙잡으려 했으나, 그 전에 남궁교명과 남궁구에게 어깨를 잡혔다.

"소용없는 짓이오."

"어허, 너무 걱정 하지 말아요. 우리 도련님이 설마 황태자에게 해코지라도 할까."

눈을 찡긋거리는 남궁구의 모습에 내관의 눈동자가 불안한 듯 떨렸다.

하지만 이내 포기했다.

사실 동궁전 내관도 내심 이황자가 한 번 더 방문해 주길 바라고 있었기 때문이다.

이황자가 다녀간 후로 황태자가 칩거를 깨고 술도 더는 찾지 않았다.

황태자가 폐서인을 자처했다는 건 동궁전 궁인들에게도 죄의 낙인이 떨어진다는 이야기였지만, 그건 이제 아무래도 상관없었다.

불안한 동궁 생활이 지옥 같기는 궁인들도 마찬가지라, 그들은 한결같이 황태자가 지금보다 편안해지기를 바랐다.

그런 내관의 진심이 전해졌는지, 남궁구와 남궁교명이 눈을 마주치고 어깨를 으쓱해 보였다.

진화가 안으로 들어가자 황태자는 침전에 잠들어 있었다.

"흐음……."

황태자가 신음을 흘렸다.

이전처럼 소리를 지르고 잠꼬대를 하는 것은 아니었지만, 식은땀을 흘리는 모습이 편해 보이진 않았다.

"……."

놀라고 당황스러운 마음에 황태자를 찾은 진화는 그 모습을 보며 침착함을 찾았다.

그리고 조용히 탁자에 가서 황태자가 깨기를 기다리기로 했다.

일다경 정도 시간이 지났을까.

부스럭거리는 인기척과 함께 황태자의 목소리가 들렸다.

"저번에도 그러는 것 같더니. 보통 사람이 악몽을 꾸며 괴로워하고 있으면 지켜보는 게 아니라 깨워 주지 않나?"

진화를 보는 황태자의 입가에 희미하게 미소가 걸려 있었다.

술독이 완전히 빠지지 않은 듯 혈색이 창백했지만, 확실히 전보다는 편안하고 차분한 얼굴이었다.

"폐서인을 자처했다니, 무슨 짓이지?"

"그것 때문에 온 건가?"

"……."

진화의 물음에 황태자가 침상에서 나와 탁자의 물을 마시

며 대수롭지 않은 듯 대꾸했다.

진화는 황태자의 진의를 파악하려는 듯 날카로운 눈으로 그를 관찰했다.

하지만 황태자는 갈증이 난 듯 물을 들이켜는 것 외에 정말 아무 생각이 없는 듯 보였다.

물을 마시고 난 황태자는 시원해 보이기까지 했다.

"처음부터 내게 맞지 않은 자리였던 거지. 황제 폐하가 바라는 강인한 군주가 될 자신도 없었고, 외숙이 시키는 대로 잔인한 폭군이 될 자신도 없었으니까. 아니, 어쩌면 이리저리 도망치려고 망가질 구실만 찾던 것일 수도 있고. 후우, 전부 관두고 진짜로 도망쳐 버리면 이렇게 편해지는 것을. 후후."

황태자가 자조적인 웃음을 흘렸다.

하지만 그의 말대로, 황태자는 한결 편안해진 눈빛으로 진화를 보았다.

"널 보고 있자니, 내 꼴이 얼마나 우스운지 비교가 되더라고. 기댈 사람이 없다는 사실이 망가질 수 있는 권리 같은 게 아닌데. 게다가 네 말…… 그래, 내 곁에는 아주 사람이 없는 것도 아니더군, 호양 고모님같이."

호양공주를 떠올린 황태자가 가볍게 미소를 지었다.

자조적이거나 비꼬는 것이 아니라 가족을 떠올리며 저도 모르게 떠올린 미소였다.

"원귀빈의 겁박은 진짜였어. 끈이 떨어진 황족만큼 비참한 운명도 없으니까. 그런데 그걸 다 집어치우고 날 구해 주셨다지? 날 위해 널 찾아가시고. 게다가 네 앞을 막겠다고 나선 정소와 궁인들까지. 네 말대로 그들을 위해 더는 망가질 수 없더군. 그래서 도망친 거다. 망가지지 않으려고, 내 주제에 맞지 않은 너무 무거웠던 짐을 던져 버린 거지."

황태자가 물을 마신 후보다 훨씬 시원한 표정으로 진화를 보았다.

그리고 살짝 짓궂게 코를 찡긋거렸다.

"감사를 할지, 복수를 할지 정하라고 했지? 그래서 둘 다 하기로 했다. 내게 너무 무거운 짐은 네게 던진 거지. 하하하!"

"……."

진화가 말없이 황태자를 보았다.

저 혼자 실컷 자다가 일어나서, 혼자 주절주절 뭔가 결론을 내리더니, 저 혼자 후련해 보였다.

"……그러니까 결국은 내게 황태자 위를 던져서 복수를 했다 이건가?"

"……뭐?"

잘못 들었나.

황태자가 놀란 눈으로 진화를 보았다.

하지만 완전 진심이었는지, 진화가 서늘한 눈빛으로 황태자를 보고 있었다.

처음에는 놀람, 두 번째는 의심, 마지막으로 황태자의 얼

굴이 황당함으로 물들었다.

"아니, 그걸 진짜 그렇게 받아들인다고?"

너무 황당해서 웃음이 나올 지경이었다.

세상 누가 황태자 위를 주겠다는데 저렇게 나온단 말인가.

황태자는 점점 스산해지는 진화의 눈빛에 진짜로 웃음을 터뜨리고 말았다.

진화의 손끝에 뇌전이 번뜩였지만 황태자는 알아채지 못했다.

"허어! 허! 하하하하하하!"

그저 농담처럼 한 말이었는데, 설마 진짜로 복수가 되었을 줄이야!

급기야 황태자는 배까지 접고 크게 웃었다.

세상 천지에 황태자 위를 준 것이 복수가 되는 사람이 있다니, 그로서는 상상도 못 했던 사고방식이었다.

"하하하하하! 하! 하늘이 무너진 줄 알았는데, 그냥 내 우물이 무너졌던 거로군. 하하하하!"

황태자가 쉬이 웃음을 그치지 못하자, 서늘하게 가라앉았던 진화의 눈빛이 당황으로 물들었다.

'설마, 미친 거였나?'

진화는 황태자의 곁에서 한 걸음 떨어졌다.

그런 동시에 손끝에 모였던 뇌전이 없어졌다.

그때까지도 황태자는 웃음을 그칠 생각이 없었다.

진화는 그런 황태자의 모습에 '역시 미친 거군.' 하고 잠정적인 결론을 내렸다.

'미친놈은 답이 없으니까.'

진화가 절레절레 고개를 저으며 몸을 돌렸다.

그때.

뒤늦게 황태자의 진지한 목소리가 진화를 멈춰 세웠다.

"진심이다. 나는 고모님과 궁인들이 있는데도 망가졌는데, 넌 그……런 상황에서도 망가지지 않았잖아. 어떻게 그럴 수 있었지?"

진화가 황태자를 돌아보았다.

황태자는 진지한 얼굴로 진화를 보고 있었다.

"부황이 바랐던 '강인함'이 바로 그런 것이라면, 마땅히 네가 황태자 위에 올라야 한다고 생각한다."

"……전혀 아니야."

황태자의 말에 짧게 답한 진화가 그대로 몸을 돌려 황태자의 침소를 나갔다. 황태자의 침소를 나오는 진화의 얼굴이 뻣뻣하게 굳어 있었다.

황태자는 진화가 황태자 위가 싫어서 한 말이라 생각했지만, 진화는 진심이었다.

어떤 상황에서도 망가지지 않는 '강인함'을 바라는 것이라면, 자신은 아니었다.

'나는 망가졌었다, 광마제에게 모두를 잃고.'

그러니 이번에는 반드시 지켜야 했다.

남해로 떠나기 전, 진화는 불안하게 뛰는 심장을 꾹 누르며 마음을 다잡았다.

'다른 데에 신경 쓰지 말고, 내가 해야 할 일에 집중하자.'

진화는 불끈한 마음에 동궁전을 찾았던 것을 잊고, 남해로 가서 해야 할 일에 집중하기로 했다.

'이대로 당장 황태자 위에 올라 황궁에 발목이 잡히는 것도 아니니까.'

진화는 당장 황궁을 탈출하지 않아도 되니 다행이라 생각했다. 황제와 조위례의 선견지명이 빛을 발한 순간이었다.

신 제국, 황궁.

"허허허허허! 한 제국의 표기군이라고?"

신 제국 황제는 기쁜 기색을 숨기지 않고 웃음을 터뜨렸다.

왜 안 그렇겠는가.

한 제국이 자랑하는 중앙 오군 중 하나인 표기군이 통째로 망명을 해 왔는데!

파군의 전투에서 형편없이 패하면서 귀천성 일행에 대한 신뢰가 조금 무너졌던 차였다.

그런데 전쟁에 패한 것이 아니라 한 제국의 군대를 가져온 것이라니.

물론 그 과정에서 신 제국군의 피해가 컸고 표기군의 전력 손실도 많았지만, 뭐 어떤가.

신 제국 황제는 그저 한 제국에서 무언가를 빼앗아 왔다는 사실 자체를 기뻐하고 있었다.

"하하하하하하! 표서량이라고? 한 제국의 젊은 대장군, 혈랑신창의 명성은 익히 들어서 알고 있지. 환영하네! 그대로 대장군의 직위를 내리지. 표기군을 정비하고, 짐을 위해 열심히 싸워 주게."

신 제국 황제의 명에 따라 신하 중 하나가 칙서를 가져왔다.

그 순간.

쉐에에엑-!

"커헉!"

사방으로 피가 튀고, 칙서를 들고 있던 신하의 목이 날아갔다.

"으아아아악!"

"아아악-!"

순식간에 대전에 고함과 비명이 난무했다.

아수라장이 된 대전.

그 틈에 표서량의 몸이 앞으로 튀어나가며, 신 제국 황제의 목을 잡았다.

"너, 너……!"

경악에 가득 찬 얼굴과 불신으로 떨리는 눈빛.

신 제국 황제와 얼굴을 마주한 표서량이 이를 드러내며 웃었다.

그리고.

우두두둑—!

섬뜩한 소리와 함께 신 제국 황제의 목이 그대로 꺾였다.

"반란이다——!"

누군가 크게 외쳤다.

그 목소리가 대전 밖에까지 전해지고, 대전 앞을 지키던 병사들이 놀라서 뛰어 들어왔다.

하지만 그들이 들어왔을 때엔 이미 늦었다.

푹! 푸—욱!

"컥! 크윽……."

금군 대장이 경악에 찬 눈으로 옆을 보았다.

대전 문 옆에는 언제 들어와 있었는지 모를 표기군이 그와 수하들의 몸에 검을 박아 넣고 있었다.

쉐에엑—!

"커헉!"

날카로운 바람이 지나며 금군 대장의 목을 베었다.

피가 작은 폭포처럼 목을 타고 흐르고, 금군 대장은 순식간에 정신이 아득해지는 것을 느끼며 쓰러졌다.

'내가 죽는 건가…….'

자신의 죽음을 자각하는 금군대장의 머리 위로 누군가의 싸늘한 비웃음이 들려왔다.

"집 지키는 개새끼가 아무에게나 함부로 문을 열어 주니 이렇게 되는 거다."

표기군 사마 위기린이 쓰러진 금군 대장의 시체를 발로 차고, 병사들을 이끌고 대전 밖으로 나갔다.

그리고 기다리고 있던 표기군과 함께 대전으로 검으로 들고 달려오는 금군들을 베기 시작했다.

쿵!

표서량이 황제의 시체를 발로 차 용좌에서 떨어뜨렸다.

"이게 대체 무슨 짓이오!"

쉐에에에엑—!

소리도 없는 바람이 지나가며, 표서량에게 손가락질을 하던 신하의 목을 갈랐다.

파—팟!

통. 통통통……!

"으아아악!"

아직 죽음을 인지하지 못한 육신의 목에서 대전 천장까지 닿을 정도 피가 치솟았다.

옆에 있던 신료들이 혼비백산 흩어졌다.
동시에 대전 곳곳에서 바람 소리가 나기 시작했다.
쉐에에엑-!
사아아아아-----!
통. 통. 통통통……!
불길한 바람 소리와 목이 떨어지는 소리.
온몸을 흠뻑 적시는 뜨거운 피의 촉감과 냄새.
"으아아아악--!"
"아아아악!"
이성을 잃어버린 신료들의 비명과 고함이 대전에 가득했다.
"이런, 시끄럽군. 저놈들을 다 닥치게 할 수 없나?"
"안 돼. 저런 자들이라도 있어야 제국의 행정이 돌아가니까."
광마제가 눈살을 찌푸리며 묻자, 혼현마제가 사방으로 뻗어 있던 현홍사를 거두면서 단호하게 말했다.
마제들의 무력이 아무리 강한들, 제국을 무력만으로 통제할 순 없었다.
하여 한쪽에서 비명도 없이 경악에 찬 눈으로 자신들을 보고 있는 대사마 복건주를 비롯해서 몇몇 이들을 살려 놓은 것이었다.
잠시 후.
조용해진 대전으로 역천마제가 천천히 걸어 들어왔다.

숨을 죽이고 몸을 벌벌 떨고 있던 신하들의 고개가 그를 향해 돌아갔다.

'결국 이렇게 되는구나.'

복건주가 참담한 심경을 숨기듯 눈을 감았다.

복건주와 신료들이 귀천성 무리를 그토록 경계했던 것도 어쩌면 이 끔찍한 결말을 예상했기 때문일지도 몰랐다.

역천마제 파륜.

어리석은 황제는 몰랐겠지만, 용상에서 떨어져 있던 그들은 볼 수 있었다.

용좌에 앉아 있는 황제보다 더한 존재감, 더 무거운 위엄, 더 압도적인 기세를 뿜고 있던 역천마제의 모습을.

황제의 밑에 있는 것이 어울리지 않은, 아니 그 누구의 밑도 어울리지 않는 사람이었다.

황제보다 더 황제의 자리에 어울리던 이.

역천마제가 걸어감에 따라 신료들과 대전에 있던 표기군이 허리를 굽히고, 광마제와 혼현마제가 고개를 숙였다.

그리고 표서량이 역천마제에게 용상을 내놓았다.

역천마제가 자연스럽게 용상에 올랐다.

"등극을 경하드리옵니다, 황제 폐하 만세 만세 만만세!"

"등극을 경하드리옵니다, 황제 폐하 만세 만세 만만세-!"

표서량이 선창을 하고, 대전에 남아 있는 신료들이 눈치껏 그에 복종했다.

그리고 기다렸다는 듯 혼현마제가 앞으로 나서 새롭게 준비한 관을 역천마제에게 바쳤다.

역천마제는 스스로 황관을 머리에 쓰고, 좌중을 향해 자애롭게 웃어 보였다.

"마침내, 본 좌가 제대로 된 자리를 찾았구나. 신(新) 제국이라는 명칭은 마음에 드니 앞으로도 계속 쓰도록 하겠다. 하나 앞으로 본 좌가 다스리는 신 제국은 한 제국과 중원 무림, 사패천을 모두 정복하고 진정으로 천하를 다스리는 제국이 될 것이다!"

역천마제의 목소리가 대전은 물론이고 신 제국 황궁 전체에 울려 퍼졌다.

평온하면서 위엄 넘치는 목소리에 대전 밖에서 들리던 소란도 멈췄다.

하늘에서 들리는 듯한 역천마제의 목소리에, 반란을 제압하려 나섰던 금군들이 검을 든 손을 멈췄던 것이다.

그때다 싶었던 표기군 사마 위기린이 소리쳤다.

"폐주는 죽었다! 새로운 황제께서 등극하셨다! 우리는 반란군이 아니다! 금군들은 새로운 황제를 맞아라-!"

위기린의 말에 금군들이 혼란에 빠졌다.

때를 맞춰 역천마제의 목소리가 하늘에서 울려 퍼졌다.

"역천, 아니 이제는 본 좌가 하늘이다! 앞으로 중원은 진실 된 천제가 다스리는 제국을 맞으리라!"

“천제의 뜻대로 하소서, 천제 폐하 만세 만세 만만세-!”

역천마제가 스스로를 하늘이라 칭하며 제국의 주인 자리에 앉았다.

역천마제의 선언이 황궁 전체를 뒤덮었다.

그에 신 제국 대전의 신료들은 물론, 전 황제를 위해 검을 들었던 금군들마저 소리 높여 부복하며 새로운 황제를 받아들였다.

“곧 의식을 시작하지.”

“예, 폐하.”

역천마제의 말에 혼현마제가 부복하고, 옆에서 표서량이 들뜬 기색을 숨기지 못했다.

신 제국에도 황태자를 비롯해서 많은 황자와 공주가 있었다.

죽은 황제는 워낙 주색을 밝히기로 유명했던지라, 정비와 후궁 또한 셀 수 없이 많았다.

쉐에에엑!

“커헉! 이, 이, 더러운 반역자들…….”

퍼억-!

죽어 가며 저주를 뱉으려던 신 제국의 태자가 결국 끝까지 말을 하지 못하고 쓰러졌다.

“흐으으으. 사, 살려 줘! 살려 줘!”

태자의 뒤에 숨어 있던 다른 황자들이 겁에 질려 도망쳤다.

쉐에에에엑---!

"커헉!"

"윽!"

단말마와 함께 남아 있는 황자들도 바닥에 쓰러졌다.

순식간에 심장이 꿰뚫려 죽으면서, 그들의 얼굴은 황태자만큼 고통스럽지 않았다.

검마제는 대전에서 일이 시작되기 전부터 향락에 빠져 있던 황자와 공주를 모두 죽였고, 방금 뒤늦게 몸을 피하려던 황태자와 남은 황자들까지 모두 정리했다.

이로써 신 제국의 황족은 모두 죽은 것이다.

황후와 남은 후궁전의 여인들도.

"까아아아악-!"

쉐에엑!

뒤에서 날아든 뾰족한 손톱이 비명을 지르고 도망치던 여인의 목을 꿰뚫었다.

"꺼어. 끄어……."

파사사삭-!

고통스러운 신음과 함께 여인의 목이 시커멓게 물들더니, 이내 다 타 버린 장작처럼 바사삭 부서졌다.

도망친 태자비를 잡으러 왔던 독마제가 신경질적으로 손을 털었다.

"아, 정말, 귀찮아 죽겠어. 그냥 다른 사람 죽을 때 같이 죽으면 좋잖아."

독마제 은요가 재가 되어 흩어지는 태자비의 주검을 짓밟으며 들어왔다.

검마제가 그런 은요의 잔인한 행동을 무심하게 보아 넘기며 물었다.

"다 끝났나?"

"아아. 이년 빼고는 모두 후궁전에서 독연을 마시고 죽었어. 연기가 빠지고 나면, 치울 시체도 없을 거야. 후후후."

어느새 재가 되어 사라진 태자비의 시체를 보며, 검마제가 은요의 말에 고개를 끄덕였다.

"이제 이 궁들을 우리가 하나씩 가지면 되는 건가?"

"천제님께서 허락하신다면."

"우리 역천마제께서 이제 진짜 천제가 되셨네? 출세하셨어. 후후후후!"

은요가 궁을 돌아보며 하는 말에 검마제의 눈매가 꿈틀거렸다.

그냥 듣기엔 화려한 황궁 어딘가를 혼자 독차지할 수 있다는 것에 들떠서 한 말 같았지만, 무언가가 검마제의 신경을 거슬렀다.

'뭘까.'

검마제의 눈이 날카롭게 궁 곳곳을 둘러보는 은요의 행동

을 살폈다.

"등극식은 과거 충실했던 귀천성 수하들까지 모두를 모아 놓고 하겠지? 바야흐로 귀천성의 부활이네! 정파 놈들이 화들짝 놀라겠어. 호호호호호!"

이상했다.

당연한 말인데, 자꾸 머릿속을 맴돌며 신경을 자극했다.

검마제는 은요의 말에 아무런 대꾸도 하지 않았다.

검마제의 시선이 집요할 정도로 오래 은요에게 머물렀다.

월하객잔.

십이좌회의 일원들과 홍랑대부 초산하까지, 한창 바빴던 이들이 오랜만에 객잔의 옥상에서 다도와 화담을 나누고 있었다.

오직 귀천성 때문에 만나는 관계였지만, 전쟁을 통해 풍파를 거치면서 그들의 관계도 점차 친우와 동료 그 사이의 어디쯤 자리하고 있었다.

"허어, 우리 며느리가 황태자가 될지도 모른다고? 큰일이네."

"큰일이지, 니 새끼 입이. 한 번만 더 내 손주한테 며느리 어쩌고 하면 아가리를 터뜨린다고 했지?"

"요즘 세상에 그만한 미모와 재력이면 나이, 성별, 집안 다 상관이 없다니까!"

"너 혼자 다른 세상에 사냐, 이 미친놈아!"

"그 전에, 혼인은 나이와 성별이 제일 중요하지! 이 무식한 놈들아!"

"뭐야?"

"흥! 세상 사는 법은 내 천(川) 자도 모르는 놈이."

"이런 빌어먹을! 손주 새끼들이 그 모양 그 꼴이 된 건, 다 제갈성진 놈 탓이지 그게 왜 내 탓이야!"

사패천주와 제왕검이 아옹다옹하고 거기에 제갈길현이 끼어들어 아수라장을 만드는.

지극히 십이좌회다운 담소였다.

그때, 조용히 차를 마시던 현학문주가 새파란 하늘을 보며 한숨을 내쉬었다.

"천문이 혼란하네. 길을 가야 하는 사람들은 조심하는 것이 좋겠어."

현학문주의 말에 화기충천(火氣衝天)하던 일행이 일제히 그를 향해 고개를 돌렸다.

순식간에 분위기가 조용해졌다.

누가 뭐래도 현학문주 운송이라면, 하늘을 읽는 학사들의 스승이 아니던가.

제갈길현과 홍랑대부도 놀라서 하늘을 살폈다.

특히 '길을 가야 하는 사람들'인 제왕검과 사패천주의 표정이 심각하게 굳었다.

"……개소리 작작하고 알아들을 수 있게 있게 말해 보게."

"저 새끼는 맨날 저만 알아듣는 말만 한다니까."

제왕검과 사패천주가 합심하여 현학문주를 타박했다.

정파 제일 가문의 가주였던 놈이나 사파의 하늘이라는 놈이나.

현학문주가 한심하다는 눈길로 제왕검과 사패천주를 보았다.

"역천성이 번뜩였다는 말일세!"

"아, 난 또 뭐라고. 그건 이미 알고 있는 이야기잖아!"

"역천성의 주변으로 남은 칠현성이 죄다 모여들고 있으니 하는 말이야."

"응? 그건 이상하네. 벌써 몇 놈은 죽지 않았어?"

사패천주가 고개를 갸웃거리며 물었다.

"천문이 말하는 건 늘 애매해. 그게 목숨이 될 수도 있지만 운명이 될 수도 있지."

"그게 그거 아닌가?"

"하늘이 혼란하면, 빛을 다해 떨어져야 할 별에 새로운 숨이 붙거나 활발하게 빛을 발하던 별이 갑자기 떨어지기도 하니까. 죽은 별들이 아직 떨어지지 않았네. 운명이 완성되지 않았거나 아직 진행 중이라는 거겠지."

현학문주의 눈이 제왕검과 사패천주를 향했다.

"누가 아는가, 저러다 죽었다고 생각한 별이 갑자기 빛을 찾을지. 조심들 하게."

현학문주가 두 사람에게 직접적으로 경고를 보냈다. 다른 누구도 아닌 현학문주이기에 쉬이 흘려들을 수 없었다.

"나야 그냥 집으로 가는 것이고, 제왕검은 자식, 손주들이 전부 남해에 모인다고 했지? 흐흐, 남궁세가야말로 조심해야겠구먼!"

"흐음. 황궁으로 전갈을 보내야 하나."

사패천주가 자신에 대한 걱정을 접어 두라며 호기롭게 말했다.

반면 제왕검 남궁강은 자식과 손주들의 일이라 사패천주와 같은 호기조차 부리지 못했다.

그래서였을까.

현학문주의 시선이 사패천주를 향했다.

"방심하지 말게. 하늘의 경고가 누구에게 닿을지는 아무도 모르는 것이네."

"글쎄, 난 아니라니까. 새파란 애송이도 아니고 나 한구혈이라고!"

사패천주가 잔소리가 귀찮다는 듯 현학문주의 말을 끊었다.

그러자 제갈길현이 사패천주를 향해 혀를 찼다.

“쯧쯧쯧, 내가 늘 혼자 설레발치지 말라 그랬지, 이놈아. 딸랑 사파 촌구석 하나 정리해 놓고 오만 떨지 말고 새겨들어! 조심해서 나쁠 거 없다고.”

“뭐야? 영감탱이, 말 다 했어?”

제갈길현까지 말을 보태자 사패천주가 대번에 발끈했다.

거기에 제갈길현도 지지 않고 사패천주를 타박했다.

“뭐, 내 말 틀렸나? 이 생각 없는 놈아! 다 늙어서 계집질하느라 전 무림에 쪽이란 쪽은 다 팔려 놓고, 아직도 정신을 못 차려요.”

“나는 아직 팔팔해서 그래! 거기도 다 쪼그라든 영감탱이랑 달리!”

“뭐야! 네가 봤어?”

결국 제갈길현과 사패천주의 말다툼이 이어지고, 현학문주의 경고는 뒤편으로 밀려나고 말았다.

현학문주는 걱정스러운 얼굴로 제갈길현과 사패천주를 보았다.

그때.

툭.

홍랑대부 초산하가 현학문주를 슬쩍 건드렸다.

“후후후, 헤어지는 마당에 무겁게 헤어지기 싫어서 그런 것이니, 너무 걱정하지 마십시오.”

홍랑대부 초산하가 쑥스러움이 많은 주군의 진의를 전하

며 현학문주의 기분을 풀어 주려 했다.

하지만 그야말로 쓸데없는 짓이었다.

현학문주야말로 홍랑대부보다 사패천주를 오래 보았다.

"……자네는 자네 주군을 과대평가하는군. 저놈은 본래 저렇게 생각 없고 오만한 놈일세. 그러니 부디 잘 모시게."

"흠흠. 유념하겠습니다. 후후후후."

가차 없는 현학문주의 말에 홍랑대주 초산하가 웃음으로 상황을 회피했다.

다음 날.

사패천주와 홍랑대부가 사패천으로 떠났다.

그리고 황궁에서도 진화와 일행이 남해로 떠날 차비를 마쳤다.

"다음에 또 뵙겠습니다."

"다치지 말고……."

언제 해도 익숙해지지 않은 것이 이별이라더니.

황후는 다른 말을 찾지 못하고 또 눈물을 글썽이며 진화의 얼굴만 쓰다듬었다.

진화는 어색한 얼굴로 그 손길을 가만히 받고 있었다.

결국 보다 못한 황제가 진화의 등을 떠밀었다.

"먼 길이다. 어서 가 보거라."

"예, 폐하. 그동안 강녕하십시오."

황제에게 덤덤하게 인사하고 진화가 등을 돌렸다.

그때, 진화의 뒤로 황제의 투덜거림이 들렸다.

"봤소, 황후? 저 정나미 없는 놈. 누굴 닮았는지. 제 어미한테는 가만히 얼굴도 내주더니."

"폐하께오서 먼저 정 없이 아들 등을 떠미셨잖습니까."

"아니, 황후, 지금 누구 편이오?"

"……말씀 올리지 않겠습니다."

"허어! 참…… 섭섭하오."

"……저도요."

황후에게 하는 말처럼 전해지는 황제의 진심과 황후의 말.

그것을 지나치지 못한 진화가 뒤를 돌아보았다.

황제와 황후가 기다렸다는 듯 손을 흔들었다.

진화는 그들을 향해 다시 공손하게 인사를 하고 무거운 발걸음을 옮겼다.

"거봐요. 돌아보셨지요?"

"쉿!"

"동 태감은 조용히 하라."

고수의 청각을 무시하지 말라 그리 일렀거늘.

진화는 귀에 들리는 속삭임을 모르는 척하며 미소를 지었다.

무겁던 발걸음이 다시 빨라지는 것은, 남해에서 기다리고 있는 다른 아버지 때문일 것이다.

사패천주가 떠나고 난 얼마 뒤 제왕검도 길을 나섰다.

사패천주가 그러하듯 제왕검도 길을 떠나 해야 할 일이 있었기 때문이다.

그들이 처음 했던 약속대로.

십이좌회는 이 전쟁이 끝날 때까지 다른 어떤 것보다 귀천성을 절멸하는 일을 우선할 것이었다.

"천하의 팔불출처럼 굴더니 결국 안 알려 줬다지?"

훌쩍 사라진 제왕검의 자리를 보며 제갈길현이 입을 삐죽거렸다.

제왕검은 결국 진화와 남궁진혜를 찾아가 따로 현학문주의 경고를 전하지 않았다.

손자와 손녀, 나아가 남궁세가의 다음 세대가 스스로 이겨낼 일이라 판단한 것이었다.

하지만 제왕검에게 내내 자식 농사 망했다며 놀림을 당했던 제갈길현은 그걸 곧이곧대로 받아들이지 않았다.

"된통 당하고 나서 가슴 치고 통곡을 해 봐라, 내가 봐주나. 흥."

제왕검의 불행을 바라는 제갈길현의 못난 모습을 보며 현학문주가 한숨을 내쉬었다.

그리고 답답함을 참지 못하고 한마디 던졌다.

"……그래서 자네가 안 된다는 걸세."

"뭐야?"

제갈길현의 눈썹이 삐죽 섰다.

그러자 현학문주가 부진한 제자에게 일러 주듯 찬찬히 제갈길현을 타일렀다.

"부모가 자식을 강하게 키운다는 건 말이야, 자식을 절벽에 밀어 넣을까 말까 간을 보는 게 아니야. 자식을 절벽에 떨어뜨리는 건 더더욱 아니고. 세상이 얼마나 험해? 가만히 놔둬도 자식들은 어떤 절벽이든 하나는 떨어지게 되어 있어. 부모는 그냥, 자식이 절벽에 떨어졌을 때 죽지만 않으면 슬-쩍 모르는 척하면 되는 거라고."

"별 개소리를! 절벽에 밀어 넣는 거랑 떨어졌을 때 모르는 척하는 거랑, 뭐가 다른데!"

"적어도 한쪽은 부모를 원망하진 않잖아. 후레자식은 안 만들어야지."

"……!"

현학문주의 말에 제갈길현이 한동안 얼이 빠진 얼굴로 있었다.

"잘 먹이고 귀하게 키워 놓고는 왜 괜한 원한을 사? 실속 없게. 쯧쯧쯧!"

현학문주의 혀 차는 소리가 제갈길현의 귓가에 비수처럼 박혀 들었다.

그때, 야희성녀가 다기를 들고 그들의 곁으로 왔다.

"무슨 재밌는 대화 중이셨어요?"

"제갈길현이 실속 없는 제 처지를 깨닫는 중이지."

"호호호, 재밌는 일이네요."

"그러는 성녀는 무슨 재밌는 소식을 들었기에 손수 차까지 가져오셨나?"

현학문주가 야희성녀를 떠보듯 물었다.

야희성녀가 친근하게 굴 때는 필요한 것이 있을 때뿐이었으니.

"신 제국의 동태가 이상해서요. 그곳에 들어간 상인들의 소식이 하나둘 끊기고 있습니다. 뭔가 변고가 생긴 것 같아요."

야희성녀가 겸양이나 사양도 없이 본론을 꺼냈다.

예나 지금이나 참 실속 있는 여자라, 현학문주가 여전히 넋이 빠지고 있는 제갈길현과 그녀를 비교하듯 번갈아 보았다.

"천문이 혼탁해. 아마도 지금쯤 혈마제의 의식을 행하겠지."

"하지만 역천대법을 행하는 것만으로 상인들까지 통제하진 않을 텐데요."

"……새로운 공격을 준비하고 있다고 생각하나?"

야희성녀의 말에 현학문주가 날카롭게 되물었다.

현기 가득한 눈빛이 야희성녀의 속을 꿰뚫었다.
그때.
"정말로 남해가 위험할지도 모르겠군."
어느새 정신을 차린 제갈길현이 매서운 예기를 뿜었다.
"왜 남해라고 생각하는가?"
"이미 혈마제의 의식을 치렀다면 지금쯤 역천마제 놈이 꽤 열이 받았을 테니까. 그 칼날이 향할 곳이야 뻔하지 않은가."
"……."
제갈길현의 말에 현학문주가 굳게 입을 다물었다.
무거운 침묵이 답을 대신했다.

스르렁, 스릉, 스르렁.
건장한 장정들이 커다란 돌을 굴려, 두 개의 입구를 열었다.
그러자.
파아아아아–!
한쪽 입구에선 뜨거운 피가 쏟아지고, 다른 쪽 입구에서는 고약한 냄새를 풍기는 검은 독수가 쏟아졌다.
피와 독수가 바닥에 그려진 문양을 따라 흐르며 만났다.
검은 천을 뒤집어쓴 술법사들이 주문을 외며 피와 독수를 섞었다.

그것들이 충분히 섞여들었을 때.

스르르르르-.

계단이 열리며 역천마제를 비롯해서 혼현마제와 광마제, 독마제, 검마제 그리고 의식의 주인공이라 할 수 있는 표서량이 모습을 드러냈다.

"황궁 지하에 쓸 만한 곳을 마련하느라 애썼겠군."

"마침 좋은 역천비지가 황궁에 있었다니, 운이 좋았습니다."

역천마제가 의식 장소를 둘러보며 혼현마제를 치하하자, 혼현마제가 겸손한 태도로 고개를 숙였다.

곧 역천마제와 다른 마제들이 자리에 앉고, 술법사들은 표서량을 단상으로 안내했다.

상대적으로 여유로운 마제들과 달리 표서량은 긴장된 얼굴이었다.

"흐으읍."

숨을 들이마실 때마다 독기가 표서량의 폐부를 죄어들었다. 하지만 고통만큼 기대감이 차올랐다.

이 독한 압박감이 곧 제힘이 될 것이라 생각하면, 표서량은 독기가 좀 더 진해지길 바랄 정도였다.

단상 한가운데 있는 제단 위에 표서량이 눕고, 역천대법이 그려진 바깥으로 술법사들이 둘러쌌다.

이것으로 준비는 모두 마쳤다.

"시작하지."
역천마제의 명과 함께, 혈마제의 역천대법이 시작되었다.
"오옴……."
술사들의 입에서 나온 기묘한 소리.
제단에 누운 표서량은 막상 의식이 시작되는 것과 함께 잔뜩 긴장했다.
마침 술사들이 내는 기묘한 소리가 운율을 타기 시작하고.
표서량은 그 주문을 외는 소리가 마치 저승문을 여는 노랫소리같이 들렸다.
그때.
사그락, 사그락.
표서량의 귓가에 벌레 기어가는 소리가 들렸다.
놀란 표서량이 황급히 눈을 굴려 주변을 보았다.
그러자 피와 독수가 섞인 검붉은 물이 그가 누운 제단 위로 서서히 기어 올라오는 것이 보였다.
'……!'
꼼짝도 못한 채 누워 수천수만 마리 벌레에 잡아먹히는 것처럼 심장이 뛰기 시작했다.
두려움이 몰려왔다.
하지만 표서량이 어떻든 상관없이, 검붉은 물은 술사들의 주문을 따라 표서량의 몸을 덮쳤다.

"납귀골육(納歸骨肉) 연지천로(聯之天路) 유아혼신(有我魂神)—!"

술사들이 최후의 주문을 외고.

조금씩, 조금씩 표서량의 몸에 흡수되던 그것은, 결국 표서량의 몸을 가득 채우다 못해 그의 몸을 둥글게 에워쌌다.

마치 나비가 되기 전 번데기처럼.

마제들이 흥미로운 눈으로 표서량의 상태를 보았다.

'아아!'

번데기 속 표서량은 이 놀라움을 즐기고 있었다.

검붉은 물이 저를 덮쳐 올 때의 두려움과 경악이 조금 진정되고 나자, 그것이 온몸 가득 충만하게 차오르는 것이 느껴졌기 때문이다.

'힘이, 힘이…… 하하하하! 왜 단전을 만들어 두라고 했나 이해가 되는군. 단전에 힘이 가득 차오르고 있어!'

표서량은 이제 비명이 아니라 광소를 터뜨리고 싶었다.

단전에서부터 차오른 힘이 온몸을 충만하게 채우다 못해, 단전이 몇 번이고 깨지고 커지기를 반복했다.

그때마다 더 커진 단전은 표서량의 모든 감각을 바꿔 놓았다.

'이게 바로 혈성의 힘인가!'

새롭게 태어나는 기분이었다.

'더! 더! 더……!'

표서량은 더 큰 힘을 욕망했고, 그때마다 그의 바람에 화답하듯 검붉은 물이 그의 몸 안에서 출렁거리는 듯했다.

표서량을 둘러싸고 있던 검붉은 물이 그의 몸에 전부 흡수되고.

쩌어, 쩌어어…….

마침내 번데기가 부화하듯, 표서량의 온몸이 붉은빛을 내며 갈라졌다.

"오오……!"

혈정의 힘으로 환골탈태가 시작되는 신비로운 모습에 다른 마제들도 경탄을 금치 못했다.

마제들이 저마다 욕망이 서린 눈으로 표서량의 변화를 감상했다.

쩌어어억…….

표서량의 온몸이 붉게 깨어졌다 다시 차오르고, 또 깨어지기를 반복했다.

그러다 역천마제와 광마제가 이상한 낌새를 느꼈다.

"도대체 몇 번을 부활하는 거지? 너무 오래 계속되는데?"

혼잣말 같은 광마제의 말이 있고, 혼현마제와 다른 마제들도 뭔가 이상함을 느꼈다.

그때, 표서량이 눈을 떴다.

"하하! 힘이, 힘이 넘쳐!"

제단에서 일어나 앉은 표서량이 계란 껍질이 깨진 것처럼 붉게 갈라진 몸을 신기하게 바라보며 기쁜 기색을 감추지 못했다.

그런 표서량의 모습에 역천마제를 비롯한 마제들도 안심하려던 찰나.

"하하하하하! 하하하하! 온몸의 힘이 넘치는군, 새로 태어나는 기분…… 어?"

표서량이 이상하다는 듯 고개를 갸웃거렸다.

"이거 왜, 왜 안 멈추지?"

표서량이 당황스러운 얼굴로 혼현마제를 보았다.

"이거 왜 안 멈춰!"

비명과 같은 표서량의 말.

하지만 당황한 것은 혼현마제 또한 마찬가지였다.

역천대법대로라면 하단전과 중단전, 상단전을 여는 것까지, 세 번의 부활이 끝이었다.

"저, 저게 왜……?"

혼현마제가 의아함을 느끼고 일어섰다.

그때.

"커-억! 컥!"

표서량이 울컥울컥 피를 뱉어 냈다.

"이, 이거 왜…… 컥! 컥!"

표서량이 계속해서 피를 뱉어 내며 의문 가득한 눈으로 혼현마제를 찾았다.

어느새 공포에 질린 그의 눈은 물론 코와 귀에서도 피가 흘러내리고 있었다.

작게 상처가 나서 흐르는 피가 아니라, 사람의 몸에서 저렇게 흘러도 되나 싶을 정도로 많은 피가 줄줄 흘러내렸다.

"혼현!"

역천마제마저 놀란 듯 혼현마제를 찾았다.

하지만 그의 말과 동시에.

"뭐야! 컥! 이게, 왜 안……!"

퍼------엉!

"……!"

순식간에 일어난 일이었다.

표서량의 몸이 폭발하면서, 그의 몸으로 들어간 검붉은 물보다 훨씬 많은 피가 사방으로 흩어졌다.

흩어진 표서량의 뼈와 살점 잔해들을 논하기엔, 비처럼 쏟아진 피의 양이 너무 많았다.

피와 함께 만년독수와 혈정에 있던 모든 힘도 사라졌다.

"주, 주군!"

검마제가 다급하게 역천마제를 찾았다.

시뻘건 피로 온몸이 젖은 다른 마제들과 달리 머리카락 하나 젖지 않은 역천마제의 모습에 안심하려는 찰나.

번----쩍.

눈이 부신 섬광과 함께 표서량의 잔해가 모조리 사라졌다.

그뿐 아니라 피가 흥건하던 제단과 역천대법의 잔해, 주변의 술사들까지, 모조리 사라졌다.

모든 것을 삽시간에 소멸시키는 역천마제의 손 속은 놀랍다 못해 두렵기까지 했다.

십지좌회의 연합 공격에 부상을 입긴 했지만, 그의 무공은 조금도 퇴보하지 않았다.

"주……군!"

검마제의 눈이 경외심으로 물들고 광마제의 눈빛이 무겁게 가라앉았다.

독마제는 경악을 금치 못했고 혼현마제는 표정을 숨기기 위해 고개를 숙였다.

"허어. 허허허허허허--!

쿠르르르릉.

역천마제가 웃음을 터뜨리자, 지하에 마련된 역천비지 전체가 흔들렸다.

독마제와 혼현마제는 고막을 터뜨릴 듯한 기운을 견디기 위해 온몸의 내공을 끌어 올렸다.

"혼현."

"크읏. ……예, 주군!"

역천마제의 부름에 혼현마제가 힘겹게 대답했다.

"인과를 파악하여 해결책을 가져오라."

"조, 존명!"

역천마제의 눈에서는 혼현마제가 감히 마주하기도 무서울 정도로 강렬한 살기가 뿜어져 나오고 있었다.

남해 검문으로 가장 빠르게 내려가는 장강의 뱃길.

적호단은 이번에도 청해상단의 도움을 받아 이동하게 되었다.

이번에는 청해상단의 단주 남궁범이 특별히 직접 배를 이끌었다.

거친 장강을 거스르는 건 힘이 많이 필요한 일이었지만, 흉포할 정도로 빠른 물살을 타고 내려가는 건 물길과 수로를 읽는 정교한 기술이 필요한 일이었기 때문이다.

"우에에에엑-!"

물론 어떤 기술로도 멀미를 어찌할 순 없었다.

"우에에엑! 오오오옥!"

남궁진혜가 난간 밖으로 머리를 내놓고 오장육부를 다 쏟아 낼 듯 구역질했다.

벌써 사흘째라 뱉어 낼 것도 없을 만한데 그녀는 배의 난간을 떠나지 못하고 있었다.

"미련하게 꾸역꾸역 처먹을 때 알아봤다. 쯧쯧."

적호단주 팽치가 남궁진혜를 보여 혀를 찼다.

남궁진혜는 '언제 적들이 습격할지 모르니 속을 비워 두면 안 된다.'며 멀미를 하는 와중에도 꼬박꼬박 배를 채웠다. 그 탓에 가뜩이나 심한 멀미를 더 심하게 앓는 것도 있었다.

적호단주가 남궁진혜를 한심하게 보고 있을 때, 시종일관 걱정스러운 시선을 떼지 못하는 인물도 있었으니.

진화였다.

"누님……."

진화가 걱정스럽게 남궁진혜를 부르자, 남궁진혜가 괜찮다는 듯 팔을 휘둘렀다.

"우에에에엑! 진화야, 더러우니까 이쪽에 오지 마라—! 우오오옥!"

진화는 남궁진혜의 등이라도 두드려 주고 싶어 했지만 남궁진혜가 극구 거부하는 중이었다.

그 모습을 보며 남궁구와 남궁교명이 눈살을 찌푸렸다.

"눈물겨운 우애구먼. 쯧쯧. 단주님 말처럼 좀 덜 처먹으면 안에 들어가서 누워만 있어도 될 텐데."

"들릴라, 조심해라."

"괜찮아, 마녀 지금 토한다고 정신없을 거야."

"위험을 자초하는군."

남궁교명은 위험한 남궁구의 언사를 타박했지만, 그의 시선 또한 남궁구와 한 치도 다르지 않았다.

그리고 마침내 청해상단의 배가 남해 포구에 닿았을 때.

남궁구와 남궁교명은 모든 것을 마음에 담아 두고 있던 남궁진혜에게 톡톡히 보복당했다.

"끄아아아악--!"

"어디 또 주둥아리 함부로 놀려 보시지!"

"크읏! 전 입을 놀리지 않았습니다!"

"닥쳐! 눈으로 욕하면 모를 것 같았냐?"

남궁교명의 항의는 전혀 통하지 않았다.

남해 검문은 바다처럼 넓은 장강 하류와 진짜 바다를 끼고 있는 곳이라, 본문이 포구에서 그리 멀지 않은 곳에 있었다.

"그럼 수고하십시오."

"감사했습니다."

남궁범이 적호단에 인사를 건네고, 적호단도 청해상단 사람들에게 감사를 전하며 헤어졌다.

새로운 전장으로 향하는 길이었지만 한적한 어촌은 조용하고 평화로워 보이기만 했다.

그렇게 적호단이 멀지 않은 거리를 걸어서 남해 검문을 향해 가는 중이었다.

갑자기 뿌연 구름이 피어오르더니, 먼지구름이 그들을 향해 몰려오기 시작했다.

"적인가!"

최초 발견한 적호단 삼 조장의 말과 함께 적호단원들이 검에 손을 올렸다.

그들은 급격하게 가까워지는 먼지구름을 경계하며 진화의 앞을 막아섰다.

진화는 적호단 소속이었지만 엄연히 제국의 황자 신분이라, 적호단원에겐 동료인 동시에 호위 대상이기도 했기 때문이다.

적호단원들이 진화의 앞을 빽빽하게 가로막았을 때, 적호단주가 다급하게 외쳤다.

"막지 마라! 아니, 피해라!"

적호단주의 이상한 명에 의문을 가지기도 잠시.

"고, 곰인가?"

그들을 향해 달려오던 것이 적이 아니라 곰인가 의심하는 순간.

그 곰이 소리쳤다.

"진화야-----!"

"크-헉!"

우렁찬 목소리와 함께 제일 선두에 있던 적호단 삼 조장이 곰 발에 치인 듯 한쪽으로 날아갔다.

"아버지!"

진화가 한껏 들뜬 얼굴로 곰, 아니 남궁경을 맞았다.

"숙부!"

남궁진혜도 반가운 얼굴로 달려들었다.

오랜만에 재회하는 가족이었다.

"아이고, 내 새끼-!"

"숙부, 나는요!"

"그래, 형님 새끼도 이리 와라!"

"와하하하하!"

적호단원들의 황당한 시선을 무시한 채, 그들은 마치 다른 세상에 따로 존재하는 듯 시끌벅적한 재회를 만끽했다.

그런 남궁세가 직계들의 모습을 지켜보며, 남궁구와 남궁교명이 마치 남궁세가 소속이 아닌 사람들처럼 멀찍이 떨어졌다.

"공자님은 사실 전혀 지켜 줄 필요가 없는 사람들을 두고 고민하시는 게 아닐까."

"저런 걸 지키겠다고 생각하는 자체가 말이 안 돼."

남궁교명과 남궁구가 구시렁거리는 소리를 들은 현오가 조용히 두 사람의 명복을 빌었다.

파아아아- 철썩! 파아아아-철썩!

남해 검문 남쪽 높은 성벽에 서자, 발밑으로 성벽을 때리고 있는 바다가 보였다.

남궁세가가 가진 평온한 바다와 달리 남해의 바다는 사투를 벌이는 무림인들처럼 치열했다.

성벽 아래 파도는 지금도 성벽을 부술 기세로 달려와 하얗게 부서지고 있었다.

진화가 성벽 아래를 보았다.

다만 진화의 시선이 머문 곳은 성벽을 때리고 부서지는 파도가 아니라, 거칠게 밀려드는 파도를 고스란히 맞고 있는 성벽이었다.

“…….”

진화의 머릿속에 떠나오기 전 황제의 말이 떠올랐다.

“무언가를 지키려면 힘이 있어야 한다. 힘과 욕망을 구분하지 마라. 네가 가진 무력도 힘이지만, 내가 가진 권력과 금력, 군사력도 모두 힘이다. 욕심 없이 유유자적 산다면 다 필요 없지 않냐는 건 전부 개소리다. 검을 든 것들도 적이고, 가난과 불행도 적이다. 네 사람들을 지키고 싶거든 기억하거라. 힘은 많을수록 좋다! 무력이든 금력이든 권력이든, 쥘 수 있다면 전부 쥐는 거다!”

파도를 맞는 성벽은 다른 곳과 달리 녹색 이끼가 피고 물기가 마를 날 없었지만, 남해 검문이 존재하는 수백 년간 끄떡없이 버티고 있었다.

진화의 시선이 오래도록 그곳에 머물렀다.

남해 검문은 중원의 명문 대파에 비해 역사와 전통에서 결코 모자라지 않았다.

남해 검문은 왜에서 오는 해적들을 막기 위해 남해 어민들이 자경단을 결성한 것으로 시작되었으나, 점차 중원과 관, 왜의 검술을 이리저리 섞어 발전시키면서 지금의 모습을 갖추었다 전해졌다.

해적들의 침략의 역사만큼이나 오랜 역사와 처절했던 생존기.

혹자들은 그것이야말로 남해 검문이 귀천성 소속 세력 중에서도 가장 강대한 문파 중 하나인 희멸문(喜蔑門)을 상대로 오래도록 버틴 비결이라 말했다.

"희멸문주 여포선이 문제인 건가?"

"아니. 희멸문주는 죽었다."

"요수 여포선이 죽었어?"

청룡단주 남궁현의 말에 적호단주 팽치가 깜작 놀라 되물었다.

그러자 청룡단주가 한숨을 푹 쉬었다.

"……세 번째 전투에서 제왕무적단주께 인신공격성 발언을 하다가 양손이 부러지고 머리가 깨졌다."

"그러니까 남궁경에게 입 함부로 놀리다가, 손모가지 날아가고 대가리가 터졌다는 말이네? 언행일치 한번 죽이는구먼."

남궁경을 아는 사람들은 그가 툭하면 대가리를 터뜨리니 어쩌니 입버릇처럼 말한다는 것을 알았다. 그것을 정말로 지킬 줄 몰랐을 뿐이지.

남궁경의 화끈한 언행일치에 적호단주가 크게 감탄했다.

"희멸문주가 죽었다면 끝난 것 아닌가?"

"그게 이상하다. 문주가 죽었는데도 두문불출이다."

"복수하러 올 생각도 없고, 도망도 안 치고?"

"그렇다."

"그건 좀 이상하네."

청룡단주의 말에 적호단주가 고개를 끄덕이며 성벽 건너편을 보았다.

검정 바탕에 하얀 꽃이 그려진 희멸문의 깃발이 여전히 펄럭이고 있었다.

"제왕무적단주 남궁경이 직접 창궁무애단을 이끌고 왔다지 않았어?"

"제왕무적단은 특별한 경우가 아니면 남궁세가를 벗어나지 않으니까."

"아니, 그게 중요한 게 아니고. 희멸문이 아무리 세력이 강성하다고 해도 창천일검(蒼天一劍) 남궁경과 청룡단주 남궁현의 상대는 아니지. 희멸문이 귀천성 다른 문파의 도움 없이 창궁무애단과 청룡단을 상대하는 건 더더욱 불가능하고.

실제로 희멸문주까지 죽였다며? 그런데……."

적호단주가 천천히 청룡단주를 돌아보았다.

"왜 놈들을 완전히 밀어버리지 않았지?"

웃음기 하나 없이 굳은 얼굴과 강렬한 눈빛.

언제나 뜨거운 불같은 친우가 냉정하게 그를 추궁하고 있었다.

적호단주는 전장에서 목숨을 맡길 정도로 청룡단주를 신뢰하면서도 죄(罪) 앞에서는 누구든 예외를 두지 않았다.

청룡단주는 적호단주의 강직함을 전혀 불쾌하게 여기지 않았다.

"남해 검문에서 반대했기 때문이다. 창궁무애단과 청룡단은 현재 귀천성을 멸하는 것이 아닌 남해 검문을 돕기 위해 와 있다. 그러니 남해 검문에서 성문을 열고 나가길 원치 않는다면 그렇게 할 수 없다."

청룡단주의 말에 적호단주가 눈썹을 꿈틀거렸다.

눈앞에 증오하는 적을 전멸시킬 기회가 있는데도 임무를 우선하는 친우의 고지식함 때문이 아니었다.

"남해 검문이 희멸문을 전멸시키려고 하지 않는다고? ……배신인가?"

"뭐? 그건 아니다. 남해 검문은 희멸문만이 아니라 해적들도 상대해야 한다. 중원이 전쟁 중이라고 해적들이 오지 않는 것은 아니니까. 희멸문을 무너뜨리는 데에 전력을 손상시키면, 지금의 해적들과 희멸문이 상대하던 해적들까지 남해 검문 혼자 감당하기 어렵다는 장문인의 판단이다. 제왕무적단주와 나는 그런 남해 검문의 입장을 이해하고 있고."

청룡단주의 설명에 적호단주가 순순히 고개를 끄덕였다.

청룡단주는 그와 남궁경처럼 적호단주가 남해 검문의 입장을 이해했다고 생각했다.

하지만 전혀 아니었다.

"장문인이 영 정의맹에 신뢰에 없네."

"어쩔 수 없는 일이지."

"남해 검문이 수작 부리는 낌새는 없고?"

"……어떻게?"

적호단주의 물음에 청룡단주가 고개를 갸웃거렸다.

대체 남해 검문이 무슨 수로 청룡단과 창궁무애단 전체를 속인단 말인가.

말도 안 되는 소리라고 생각했다.

하지만 적호단주에겐 그쪽이 남해 검문을 이해하는 것보다 쉬웠다.

"남해 검문과 남해 전체가 너희들을 속이는 걸 수도 있지."

"말도 안 되는 소리다."

"왜 말이 안 돼? 종남에서는 장문인 빼고 전부 첩자였는데."

적호단주의 말에 청룡단주가 눈을 크게 떴다.

설마 그게 가능했다니.

"어떻게 그렇게 되었지?"

"오랜 전쟁으로 이기심이 극에 달하면."

청룡단주의 물음에 적호단주가 씁쓸하게 답했다.

"그래서 어떻게 되었나?"

"다 죽였다. 장안 인간들 반을 날렸는데, 종남파 인간들쯤이야, 뭐."

"……대체 어떤 아수라장을 건너온 거냐?"

청룡단주가 황당하다는 듯 물었다.

그러자 적호단주가 코웃음을 쳤다.

"넌 뭐 다를 줄 알고? 저놈들이랑 엮이면 뭐든 더러워져."

적호단주의 시선이 다시 건너편을 향했다.

"일단 여길 정리하려면, 남해 검문 장문인의 신뢰를 얻는 게 중요한 건가?"

"그들의 협조 없이 우리끼리 희멸문을 없앨 수는 없으니까."

적호단주와 청룡단주가 먹이를 노리는 맹수처럼 조용히 희멸문의 깃발을 노려보았다.

그 시간, 진화는 은밀하게 남해 검문 장문인을 만나고 있었다.

"역천비록을 달라?"

진화의 말에 남해 검문 장문인 해천검 계용백이 코웃음을 쳤다.

그 모습만으로도 진화는 그가 정의맹의 요구에 비협조적일 거라 짐작할 수 있었다.

진화는 남해 검문 장문인의 반응을 보지 못한 사람처럼 자신의 할 말만 전했다.

“정확히는 반쪽짜리입니다. 현재 정의맹에서 해석 중이니, 협조 부탁드립니다.”

“허! 정의맹에서 웬일로 우리를 돕나 했더니 꿍꿍이가 있었군.”

남해검문 장문인이 대놓고 불쾌감을 표했다.

하지만 그가 불편해하든, 불쾌해하든 그건 진화가 상관할 바가 아니었다.

진화는 광마제의 역천비록의 나머지 부분을 얻을 수 있다면, 그가 어떤 반응을 하든 신경 쓰지 않을 것이었다.

“만약 내가 안 주겠다면 어찌하겠나?”

남해검문 장문인인 해천검 계용백이 입꼬리를 비틀며 진화를 도발하듯 눈을 마주쳤다.

진화도 계용백의 눈을 피하지 않았다.

‘무슨 어린놈의 눈빛이 이래?’

계용백은 제 눈을 피하지 않는 진화의 모습에 당황했다.

끝이 보이지 않을 정도로 깊은 검은 눈동자처럼 진화의 속이 가늠되지 않는 이유도 있었다.

진화가 그런 계용백을 보다가 사르륵 입꼬리를 말았다.

“안 주시겠다면 빼앗을 겁니다.”

“뭐?”

“남해 검문이 희멸문과 합심하여 시간만 끌고 있었다…… 고 정의맹에 보고할 겁니다. 그리하면 청룡단과 창궁무애단은 즉시 남해 검문에서 철수할 것이고, 적호단은 남해 검문이 희멸문과 내통한 것은 아닌지 샅샅이 뒤지게 되겠죠.”

탕–!

“이봐, 말이면 단 줄 알아?”

해천검 계용백이 탁자를 내리치며 소리를 질렀다.

진화를 보는 눈에 살기마저 맴돌았다.

하지만 앞서 그러했듯, 진화에게 계용백의 반응은 중요하지 않았다.

“정의맹의 도움을 받으면서, 정의맹에 귀천성의 역천비록을 내놓지 않는 이유는 뭐지?”

“애송이, 너 지금 뭐 하는 거야?”

벌써 추궁하듯 묻는 진화에게 해천검 계용백이 으르렁거리듯 물었다.

그에 진화가 느긋하게 대답했다.

“애송이가 아니라 저하. 동해왕 저하다. 역천비록을 내놓지 않으면, 역모의 죄도 함께 물어 주지.”

진화는 ‘힘은 무력만이 아니라 금력, 재력, 권력까지 수만 가지.’라는 황제의 충고를 가슴 깊이 새겼다.

그래서 소중한 것을 지키기 위해 무력이 아닌 힘까지 아낌없이 사용하기로 했다.

"……빌어먹을! 역천비록을 내놓고 나면? 너희들이 또 우리를 나 몰라라 하지 않을 거라 어떻게 믿지?"

남해 검문 장문인 계용백이 역천비록을 주는 데에 삐딱선을 탄 이유였다.

그동안 남해 검문은 틈만 나면 약탈과 학살을 일삼는 해적을 상대하랴, 귀천성과 전쟁을 치르랴 어려움이 많았지만, 정의맹의 지원은 적절하게 이루어지지 않았다.

계용백은 그것이 중원과 멀리 떨어진 위치 때문도 있지만 정의맹에서 남해 검문의 특수성을 전혀 알려고도 하지 않았기 때문이라 생각했다.

하여 지금은 역천비록을 얻기 위해 남해 검문을 돕고 있지만, 역천비록을 내주고 나면 또 자신들을 외면할 것이라 생각한 것이다.

진화는 그런 계용백의 불신을 이해했다.

"믿을 필요 없다."

"뭐?"

"나는 당신에게 믿어 달라고 한 적 없는데. 역천비록을 내놔라. 이건 회유가 아니라 협박이다."

회유는 귀찮고 설득은 어렵다.

그래서 협박은 언제나 빠르고 효율적인 수단이었다.

진화는 자신이 가진 가장 강한 힘으로 계용백을 압박했다.

"크읏!"

진화가 양기를 날리고 음기로 계용백을 누르자, 계용백의 수염과 머리칼에 순식간에 얼음이 얼며 그의 얼굴이 창백하게 변했다.

마침내 계용백의 입술에도 살얼음이 얼기 시작하자, 계용백이 어렵게 입을 열었다.

"크으…… 희멸문을 없애는 데 앞장서 주시오. 그러지 않으면, 내가 죽더라도 역천비록을 내놓지 않겠소!"

해천검 계용백이 비장한 얼굴로 이를 악물고 말하자, 진화가 그의 말이 끝나기도 전에 답했다.

"좋습니다."

"……뭐?"

"간단하군요."

"……허어!"

자신은 죽을 각오로 어렵게 꺼낸 말이었건만.

계용백은 순식간에 그를 압박하던 기운을 거두고 아무 일 없었던 것처럼 다시 존대를 하는 진화의 뻔뻔한 모습에 허탈감마저 들었다.

아이처럼 순수해 보이는 웃음을 보자 등줄기로 소름이 돋았다.

신 제국과 한 제국의 전쟁에 신경을 곤두세운 것은 두 제국뿐 아니라 정의맹도 마찬가지였다.

파군은 신 제국과 한 제국의 경계이기도 했지만 백제성을 기준으로 박가장과 한중권문에 이르기까지 정의맹과 귀천성 사이의 경계이기도 해서, 귀천성에 호의적인 신 제국에 파군을 빼앗기게 되면 박가장과 한중권문도 위태로워질 수 있었기 때문이다.

한동안 계속해서 움직이던 백매단과 그들이 주는 정보를 취합하고 무사들을 움직여야 하는 군사부는 이제야 겨우 한숨을 돌린 터였다. 하지만 군사부 수장인 제갈가주는 여전히 손에서 전서를 놓지 못하고 있었다.

"이상하군."

"무슨 일 있습니까?"

남궁진휘가 의아한 듯 물었다. 그러자 제갈가주가 남궁진휘에게 보고 있던 전서를 건네주었다.

남궁진휘가 전서를 확인했다.

신 제국의 동태가 심상치 않음. 귀천성 소속 문파들이 신 제국 황도로 모여듦.

내용을 확인한 남궁진휘가 여전히 의아한 듯 제갈가주를 보았다.

전서의 내용이야 몹시 중요한 것이었지만, 신 제국이 역천마제와 다른 마제들과 손을 잡았다는 것은 정의맹에서도 확인한 일이 아니던가.

그런 와중에 귀천성 소속 문파들이 역천마제가 있는 황도로 모여든다는 사실은 그리 놀라운 일이 아니었다.

하지만 제갈가주의 생각은 달랐다.

"전서의 날짜를 보게."

"날짜요? 이주일 전이군요."

"그게 마지막이네. 개방의 정보책들이 신 제국에서 밀려나거나 조용히 소식이 끊기고 있어."

제갈가주의 말에 남궁진휘가 놀란 눈을 떴다.

"신 제국에서 대놓고 정파를 색출하는 중이라는 겁니까?"

남궁진휘가 다급하게 물었다.

신 제국에 들어간 정보책들 역시 정의맹의 사람이라, 그들의 안위는 정의맹 군사부에도 중요한 일이었다.

남궁진휘는 위험한 상황이라면 주저하지 않고 그들에게 철수를 명할 생각이었다.

물론 그에 관해선 제갈가주의 생각도 다르지 않았다.

하지만 이번만큼은 제갈가주의 반응이 미적지근했다.

"월하회에서 온 전갈 보았는가?"

"신 제국이 상인들의 통제하고 있다는 것 말입니까?"

"귀천성 무인들도 아니고 신 제국 군사들이 나서서 관문마다 인원을 제한하고 사람들을 통제하고 있네. 특히 황도에서는 나가는 사람을 막고 있는 듯하다더군."

"……신 제국 조정을 의심하는 것입니까?"

"이례적인 일이야. 한 제국과 우리가 필요 이상 손을 잡는 것을 경계하겠다고 신 제국에서도 귀천성과 대놓고 협조하는 일은 없었어. 그런데 이번만큼은 그들의 움직임이 이상하군. 꽉 막혀 있는 황도로 귀천성의 수하들이 모여드는 것도 그렇고."

제갈가주의 말에 남궁진휘의 얼굴도 덩달아 매서워졌다.

"신 제국과 귀천성이 틀어져서 신 제국이 마제들을 볼모로 잡았을 경우와, 귀천성이 신 제국 조정을 장악하고 군사들을 마음대로 사용하게 된 경우…… 어느 쪽이든 위험하겠군요."

"월하회에서 조사를 하는 동안 개방 사람들과 백매단을 철수시키는 게 좋겠네."

제갈가주의 말에 남궁진휘가 놀란 눈으로 그를 보았다.

"철수까지요? 그보다는 신 제국에서 무슨 일이 일어났는지 알아내는 것이 좋지 않겠습니까?"

남궁진휘가 제갈갈주의 말에 우려를 표했다.

겨우 침투해 있는 정보원들을 철수시키는 건, 신 제국 내에 퍼뜨려 놓은 정보력을 버린다는 말이었기 때문이다.

"지금도 신 제국에서 받을 수 있는 정보가 없네. 지금으로선 그들이 섣불리 움직이다 발각되는 것이 더 낭패일세. 발각된 후엔 구출이고 뭐고 늦어 버리니까."

"음……."

"백매단과 개방도는 모두 철수시키고, 대신 정보책으로 움직일 수 있는 상인들을 늘리도록 하지. 관문을 막아 놓는 바람에 대기 중인 상인들이 무척 많으니, 그 속에 몇을 더 포함시킨다고 해도 상관없을 테니까."

"예, 군사의 생각이 그러하시다면, 그렇게 실행하겠습니다."

어떤 정보보다 정의맹 무사들 목숨을 우선한다.

정의맹 총군사로서 제갈가주가 가진 신념과 같은 원칙이라, 남궁진휘 또한 효율성을 떠나 제갈가주의 뜻에 따랐다.

"부군사, 상인들 중에 특히 신 제국 황도의 신료들과 접점이 있는 자를 찾아보게. 분명 신 제국 조정에 무슨 일이 있는 것 같으니."

"예, 그리하겠습니다."

일정 이상의 통찰력은 때때로 사실을 인지하기도 전에 예감과 같은 형태로 나타난다 했던가.

남궁진휘는 뭔가 불길함을 느낀 듯 신 제국 조정에 날을 세우는 제갈가주의 모습에 군말 없이 그의 명을 따랐다.

"천주님이 돌아오셨다-! 문을 열어라-!"

우렁찬 목소리가 반가운 소식을 전하고.

사패천 성문이 열리는 것과 동시에 사파 무인들이 정문으로 모여들었다.

곧 흑마 여덟 마리가 이끄는 거대하고 화려한 마차가 안으로 들어왔다.

"으하하하하! 다들 잘 있었나?"

"천주님의 귀환을 환영합니다!"

사파 하늘의 귀환에 사패천 성내에 있던 무인들이 모두 부복하며 머리를 조아렸다.

수십, 수백의 사내들이 우렁차게 외치는 목소리에, 사패천주 한구혈이 들뜬 기분을 숨기지 못했다.

"나의 귀환을 맞이하여 사랑탑대전을 열겠다! 오랜만에 기분 좋게 날뛰어 보자고!"

"우아아아아아아----!"

사패천주의 갑작스러운 선언과 함께 사패천이 떠나가라 함성이 울렸다. 당황하는 사람은 오로지 사랑탑주인 전각사마모섬뿐이었다.

"갑자기 사랑탑대전이라뇨!"

"흐흐흐, 십이좌회에서 본격적으로 전쟁을 시작할 모양이

야. 그 전에 우리도 잘 싸울 놈들을 가려 봐야지."

성내 사내들이 모두 소리를 지르고 환호하는 모습을 지켜보며, 사패천주가 기분 좋게 미소를 지었다.

축제 분위기의 사패천을 바라보는 천주의 눈에는 환호하는 이들 못지않게 뜨거운 열기가 번들거리고 있었다.

"아무리 그래도 그렇지, 이렇게 갑자기…… 에휴, 내 팔자야."

사랑탑주 마모섬은 늘 이렇게 뜬금없이 일을 벌이는 주군을 보며 조용히 구시렁거렸다.

그를 말리는 것은 아주 오래전에 포기한 일이었다.

사패천주도 마모섬이 아니면 부려 먹을 사람이 없으니, 그의 불평을 듣고도 못 들은 척했다.

사패천 본성의 문이 활짝 열렸다. 중원 전역에서 사파 고수들이 사패천으로 몰려들기 시작했다.

사패천 정문에선 사패천으로 몰려드는 이들의 출신, 배경, 문파 그 어느 것도 묻지 않았다.

본래 사패천이 그러했기 때문이다.

사패천은 본래부터 있던 문파가 아니었다.

낭아왕 한구혈이 중원 전역에 퍼져 있는 사파 문파들을 문파 깨기 하듯 부수고 난 이후 그럴듯한 이름을 갖다 붙인 것뿐이었다.

사패천을 세우고 난 후 사패천주가 된 한구혈은 자신이 그러했듯 모든 사파 고수들에게도 기회의 문을 열었다.

사패천주는 사파 모든 무인들에게 아무것도 따지지 않고 오로지 실력만으로 위로 향할 수 있는 기회를 만들었고, 그 기회가 바로 사랑탑 결사대전이었다.

'위에 선 자는 도전자를 피할 수 없고, 결사대전이라는 말답게 생사를 불문에 붙인다.'

'결사대전에 거는 것은 오로지 자신의 피와 목숨뿐이라, 대전의 결과에 대해 보복할 수 없다.'

사랑탑 결사대전의 딱 두 개 있는 원칙은 그 누구에게도 예외를 두지 않았다.

심지어 사패천주에게도.

사랑탑 대전은 사랑탑에서 종종 일어나는 결사대전과 다르지 않았다.

단, 모든 사파인들의 참여로 사파 전체의 대대적인 서열 정리가 일어난다는 것을 제외하면 말이다.

사패천주의 선언이 전역에 퍼지고 일주일.

몰려들 만한 사람들은 전부 몰려들었다 싶은 순간, 이때만 기다렸다는 듯 사패천을 떠받치는 일곱 세력들이 하나둘 모습을 드러내었다.

"시, 신양초가다!"

가장 먼저 모습을 드러낸 곳은 신양초가였다.

하얀 분칠과 새빨간 입술이 인상적인 홍랑대부 초산하를 시작으로 신양초가 사람들이 사패천 정문을 넘자, 모든 사파인들의 시선이 초산하의 뒤를 향했다.

"초서비다!"

"오오-! 과연…… 빛이 나는군."

결사대전을 위해 모이긴 했지만, 사내들이 미인에게 관심을 보이는 건 본능의 영역이 아니던가.

빨간 옷을 입은 신양초가 사람들 중에서도 유독 반짝이는 비단 경장과 홍옥으로 치장한 초서비가 모습을 드러내자, 곳곳에서 사내들의 탄성이 터졌다.

그런 초서비의 옆을 가로막듯 신살대주 초전후가 사람들의 시야를 차단했다.

"우우……!"

야유를 보내려던 사내들에게 초전후의 매서운 눈빛이 닿자, 사내들이 움찔하며 시선을 피했다.

"……젠장, 신양초가에서는 역시 매석검이 출전하려나?"

"그렇겠지. 다 늙은 홍랑대부가 나오진 않을 거 아냐."

신살대주 매석검 초전후의 날선 검은 사파는 물론 중원 전역에 명성이 자자하여, 사람들은 이번 기회에 매석검이 사랑탑 서열을 끌어 올릴 거라 믿어 의심치 않았다.

신양초가가 들어오고 조금 뒤, 하오문이 등장했다.

어쩌면 사파의 모든 문파 중 가장 오랜 역사를 자랑하는 하오문은, 현재 문주 서하(西鰕) 채명지의 휘하에서 전성기를 맞이하고 있었다.

특별한 체계가 없는 사패천의 유일한 눈과 귀로서, 무공을 떠나 사패천에서 가장 중요한 역할을 하고 있다 할 수 있었다.

"서쪽의 암고래로군."

"음, 결정했다. 나는 하오문주야!"

"응? 갑자기 그게 무슨 말인가?"

"술이든, 미인이든, 익을수록 깊은 맛이 있지!"

"미친놈! 쥐도 새도 모르게 죽으려고 환장했구먼."

앞서 지나간 사파제일미라 불리는 초서비에 비견할 정도로 아름다운 하오문주의 미모에, 사방에서 수군거리는 소리가 들렸다.

물론 휘파람을 부르며 희롱을 일삼는 질 나쁜 무리도 있었다.

그들에게는 때아닌 된바람이 목을 스치고 지났다.

쉐에에엑-!

"당신은 조금 있다 보자고."

적발의 이국적인 외모의 청년, 하오문주의 후계자인 대붕군조가 사내들에게 친히 경고를 하고 지나갔다.

사패천의 떠오르는 후기지수의 경고를 받은 이들의 얼굴이 새파랗게 질렸다.

신양초가와 하오문이 도착한 다음 날엔 일련의 거친 사내들이 등장했다.

제일 먼저 등장한 사내들은…… 산적들이었다.

하나같이 짐승 가죽을 하나씩 어깨에 올린 것이, 그들의 출신에 대해서는 묻거나 따질 필요도 없어 보였다.

그중에서도 특히 오른쪽 어깨에 입을 벌린 호랑이 머리를 올리고 있는 거대한 사내에게 사람들의 눈길이 쏠렸다.

"저 사람이 녹림산군 황계수 어른인가?"

"쉿! 저긴 흑수파야!"

친우의 말에 눈을 크게 뜬 사내는, 거대한 덩치의 사내 오른쪽 어깨에 있는 호랑이 가죽이 다른 것보다 유난히 검은 것을 확인했다.

"헉! 대산흑호로군!"

사내가 놀란 얼굴로 흑수파 사람들의 시선을 피했다.

그들을 녹림으로 착각했다는 걸 들킨다면 뼈도 못 추릴 수 있었기 때문이다.

그렇다.

한 산에 두 호랑이는 살 수 없다지만, 사패천에는 사패천주라는 절대 강자의 아래로 '산적'들을 이끄는 두 문파가 존재했으니. 대산흑호 이만평이 이끄는 흑수파와 녹림산군 황계수가 이끄는 녹림은 한 산의 호랑이처럼 으르렁대는 사이였다.

"흥!"

구 척 장신에 곰처럼 두꺼운 체격을 한 이만평이 콧김을 뿜으며 주변을 노려보았다.

대산흑호 이만평은 눈을 마주치는 사파 무인들의 기선을 모조리 제압하고 나서야 수하들을 끌고 안으로 들어갔다.

그다음엔 공교롭게도 녹림이 등장했다.

짐승 가죽 하나씩 걸친 모양새가 흑수파와 전혀 다르지 않았지만, 녹림채주 산군 황계수만큼은 대산흑호 이만평과 확연히 달랐다.

산적 중의 산적왕 같던 이만평과 달리, 녹림산군 황계수는 백염백발을 단정하게 정돈하고 녹색 비단 무복을 깨끗하게 차려입은 모습이 마치 산에서 안빈낙도하는 학사 같았던 것이다.

"허허허, 이곳도 오랜만이구나."

황계수는 반가운 눈빛으로 주변을 둘러보고는 조용히 안으로 들어가는 모습마저 이만평과 달랐다.

세 번째 날에 도착한 곳은 수로채와 홍렬문으로, 중원 전

역에 루주와 객잔을 운영하는 홍렬문과 장강 수로의 한 축을 차지한 수로채는 상부상조하며 가까이 지내는 관계였다.

다만.

"산돼지들의 냄새가 벌써 진동을 하는군."

"신양 영감탱이의 분 냄새는 아니고?"

수로채는 단지 이름만 비슷할 뿐인 녹림채 산적들 때문에 수적이라 불리는 것에 큰 반감을 가지고 있었고, 홍렬문은 운영하는 사업이 겹치는 신양초가를 경계했다.

자연스럽게 녹림과 흑수파는 서로에게 으르렁대는 이상으로 수로채와 앙숙 관계였고, 신양초가는 일방적인 홍렬문의 경계를 가소로워하며 무시했다.

어쨌든 하오문을 제외한 다섯 문파의 관계는 돈과 감정이 얽히면서 좋을 리 없었다.

그리고 일주일의 가장 마지막 날.

검은 복면에 검은 무복, 전형적인 암살자의 모습을 한 일련의 사람들이 안으로 들어오자, 시끄럽던 사패천 정문의 분위기가 일순 찬물을 끼얹은 듯 가라앉았다.

검은 도포를 걸치고 유일하게 얼굴을 드러낸 인물.

마르고 각진 얼굴에 감은 듯 가는 실눈, 창백한 피부가 인상적인 사내가 한 걸음 옮길 때마다 주변엔 무거운 침묵이 흘렀다.

그때, 누군가 목소리를 높였다.

"거참! 암살자들 주제에 더럽게 티를 내네! 누가 살각이라고 벌벌 떨…… 컥!"

반골 기질을 가진 사내가 살각의 등장을 비꼬는 순간, 그의 무모한 용기는 목이 갈라지면서 끝을 맺지도 못했다.

사내의 목이 바닥으로 떨어지고, 목을 잃은 육신이 온 사방으로 피를 뿜었다.

"으아아악!"

바로 곁에 있던 이들이 놀라 비명을 질렀다.

그사이, 살각주 보곡성을 비롯한 살각의 암살자들은 조용히 사랑탑 안으로 사라졌다.

결사대전이 시작되기도 전에 일어난 잔혹한 살인에, 축제 분위기로 가득했던 사패천에 긴장감이 맴돌았다.

사랑탑 제일 꼭대기 층.

"으하하하하하! 오랜만에 보니 신수들이 훤하군."

왕 중의 왕.

사파에서도 누구보다 거대한 사내가 늙지도 않은 건장한 모습으로 수하들을 맞았다.

"천주님을 뵙습니다!"

"천주님 얼굴이 제일 훤한데요, 뭘."

사패천의 일곱 기둥이라 불리는 세력들의 수장들이 밝은 얼굴로 사패천주에게 인사를 했다.

"다들 어때? 이번에도 이 꼭대기 층에 올라올 수 있겠어?"

"푸하-! 지금 우리 걱정을 하는 겁니까? 너무하시네!"

"천주님이야말로 각오하십시오! 이번에야말로 얼마나 늙었는지 확인해 줄라니까!"

사파 하늘을 대하는 것이라곤 믿기지 않을 정도로 편한 대화들이 오갔다.

하지만 이 또한 사패천주 한구혈의 사파이기에 가능한 일이었다.

한구혈은 수하들에게 충성심을 강요한 적이 없었고, 수하들 또한 가지고 있는 존경 이상을 보인 적이 없었다.

"흐흐흐, 그래? 이만평이가 제법 자신이 있나 봐?"

한구혈이 나지막하게 웃으며 저를 도발한 이만평을 다시 도발했다.

사납게 이글거리는 눈빛이 마치 먹이를 노리는 맹수처럼 이만평을 향하는 순간, 이만평이 저도 모르게 움찔하며 뒤로 물러섰다.

"우악! 무슨 눈이 아직도 그럽니까?"

이만평이 펄쩍 뛰며 물었다.

허탈할 정도로 솔직한 반응에, 사패천주가 크게 웃음을 터뜨렸다.

"하하하하하! 나 아직 안 죽었다! 너는 황계수나 이기고 나서 이야기해, 인마!"

"아, 저 영감탱이는 한 주먹 감이라니까!"

"허허허, 하룻강아지 주제에."

"뭐요? 딱 기다리시오. 요번에는 아주 결판을 내 줄라니까."

속내를 감출 필요도, 생각과 말을 달리도 할 필요도 없는 관계.

사패천주는 확실히 제 식구들을 대할 때가 편하다는 생각을 하며 흐뭇하게 웃었다.

"가서 쉬어. 며칠 있으면 펄떡펄떡한 놈들이 금세 올라올 테니까."

"예!"

"그럼 쉬십시오!"

아무리 거칠고 방탕한 사파의 무인들이지만, 생사 결전을 앞에 두고 술을 찾는 바보들은 없었다.

사패천주와 인사를 나눈 이들은 자연스럽게 여독을 풀고 몸을 회복하기 위해 숙소를 찾았다.

그때.

조용히 자리를 지키고 있던 사랑탑 탑주 마모섬이 조용히 그들을 따라 나왔다.

"눈깔 관리 잘해야지 않겠나? 천주께서야 건방진 것을 좋

아하신다지만, 길 때는 확실하게 기어야지."

"……."

귓가에서 들리는 사랑탑주의 조용한 목소리에 살각 각주 보곡성이 자리에 멈춰 섰다.

그리고 잠깐 멈칫하는가 싶더니, 천천히 고개를 돌렸다.

"후후후, 결사대전 때문에 꽤 예민해진 모양입니다."

"내가, 아니면 자네가?"

"……."

살각주 보곡성은 한마디도 허투루 넘기지 않고 걸고넘어지는 사랑탑주를 가만히 보았다.

실처럼 가는 눈 속에서 눈동자가 도르르 굴러갔다.

"……후후후, 이번 결사대전이 기대가 되는군요."

또다시 이어지는 애매한 말.

생과 사, 확실한 갈림길 속에서 살아가는 보곡성의 말투는 이렇듯 불확실하기만 하니.

'이상하군. 이번엔 묘하게 자신감에 차 있어.'

사랑탑주 마모섬이 매서운 눈으로 사라지는 보곡성의 뒷모습을 노려보았다.

"남해 검문이 문을 성문을 개방할 수 있는 시간은 진시부

터 오시까지. 신시부터 유시까지입니다."

남해 검문 장문인 해천검 계용백이 굳은 얼굴로 말하자, 제왕무적단주 남궁경은 물론 청룡단주와 적호단주가 의아한 얼굴로 그를 보았다.

사람들의 시선을 느낀 해천검이 헛기침을 하며 말을 이었다.

"크흠! 남해에서 중요한 것은 물때요. 물이 들어오는 때는 해적들이 자주 출몰하는 시간이라 검문을 비울 수도, 성문을 열 수도 없는 시간이오. 그건 목에 칼이 들어와도 어쩔 수 없소."

"……."

누가 물어봤나.

남해 검문이 희멸문을 치는 데에 소극적이라 들었던 적호단주는 놀란 눈을 청룡단주에게 돌렸다. 청룡단주는 영문을 몰라 고개를 갸웃거렸고, 제왕무적단주는 눈을 부라리며 되레 적호단주를 보았다.

서로가 서로에게 눈빛으로 확인했지만, 아무도 남해 검문에 희멸문을 치자고 한 사람이 없었다.

아닌 게 아니라, 갑자기 세 사람을 불러서 남해 검문이 성문을 열 수 있을 때는 알려 준 사람은 해천검 계용백이었다.

'뭐지?'

숨은 꿍꿍이가 있나 의심하기엔 속내가 너무 확실하게 겉

으로 드러났다.

잔뜩 굳은 표정과 냉랭한 눈빛을 보면 적호단이 지원을 왔다고 좋아하는 얼굴이 아니었다.

아니, 눈빛만 본다면 이전보다 더 적대적이기까지 한데 어째서 갑자기 희멸문을 공격하자는 의견에 적극적인지 이해가 되지 않았다.

"아니, 갑자기 왜……."

"흥, 알면서 뭘 모르는 척이오! 역적 어쩌고 협박할 때는 언제고…… 됐으니까, 해야 할 일만 딱 마무리하고 얼른 돌아가시오!"

청룡단주가 조심스럽게 이유를 묻자마자, 해천검 계용백이 코웃음을 치며 역정을 내었다.

계용백은 다 같은 편에, 같은 집안사람인 그들이 정말 이유를 모르고 있을 거라 생각하지 않았다.

그때, 남해검문 장문인의 집무실 문이 열리면서 꽃처럼 해사한 얼굴이 들어왔다.

"진화야!"

"……!"

적호단주는 진화의 얼굴을 보는 순간, 일이 어떻게 된 것인지 대번에 눈치챘다.

모를 수도 없었다.

해천검 계용백이 진화를 철천지원수 보듯 하고 있었기 때문이다.

“아버지, 숙부님, 식사 때가 되어도 보이시지 않아 찾았습니다. 제가 실례를 한 건 아닙니까?”

“오오, 내 새끼! 아빠 끼니 걱정하는 건 내 새끼밖에 없구나.”

“마침 이야기가 끝난 참이다. 실례될 것 없다.”

하여튼 저 집구석은.

적호단주는 진화를 보자마자 남궁경과 청룡단주 남궁현의 얼굴에 화색이 도는 것을 보며 절래절래 고개를 저었다.

“저 정도면 병이지.”

특히 수십 년 동안 자신에게는 냉랭하기만 했던 청룡단주가 저렇게 웃는 모습에선 약간 배신감마저 느껴지는 듯했다.

무엇보다.

‘저 남궁세가 귀신 같은 놈이 뭔 짓을 한 게 확실하군.’

아버지 남궁경과 청룡단주에게 조곤조곤 말하는 진화의 모습을 보며 몸서리를 치고 있는 해천검 계용백의 모습에, 적호단주는 진화가 그를 협박했다는 것에 전 재산과 오른팔을 걸 수 있었다.

정의맹 군사부에는 전서구만을 다루는 이들이 따로 있었

다.

정의맹에는 하루에도 수백 마리의 전서구가 중원 전역에서 날아들었고, 그들에게는 전서를 확보하는 것만큼이나 전서구들을 관리하는 것도 중요했다.

구구구구―구구구구―――

파다다다닷―! 파다다닷!

안 그래도 시끄러운 전서구 관리장이지만, 갑자기 전서구들이 새장 안에서 갑자기 미친 듯이 날개를 파닥거리고 울음을 울기 시작했다.

"으앗! 이놈들이 왜 이래? 설마……?"

정의맹 군사부에서 오래도록 일한 관리인들은 금세 이유를 눈치챘다.

그들은 이전에도 전서구들이 이렇게 겁에 질려 난리를 치는 것을 몇 번 본 적이 있었는데, 그때마다 원인은 하나밖에 없었기 때문이다.

삐이이이이――――.

매서운 울음이 행차를 알리고, 이내 창공의 끝자락을 유유히 활공하는 매가 모습을 드러냈다.

빳빳한 회갈색 깃털에 새하얀 배 털, 날카로운 부리와 발톱, 매서운 눈매.

"휘이. 언제 봐도 멋지군!"

관리인은 전서구장으로 오지 않고 곧바로 군사부를 향하

는 매응을 보며 감탄을 금치 못했다.

매응이 도착하기 직전.

정의맹 군사부에서는 제갈가주와 남궁진휘가 중원 전역에서 몰려든 전서의 정보들을 가려내느라 정신이 없었다.

평소 이런 일은 부군사인 남궁진휘가 도맡아 해 왔지만, 사안의 중요성과 급박함 때문인지 총군사인 제갈가주까지 손을 거들었다.

"역시 신 제국의 군대가 이동하고 있군요."

"후방의 군대를 움직여서 뭘 하려는 거지?"

"목적지는 알 수 없지만, 대부분 동쪽 해안으로 이동 중입니다."

남궁진휘가 수십 장이 전서를 모아 놓고 말했다.

남궁진휘의 말에 제갈가주의 얼굴이 대번에 굳었다.

"설마, 남해인가?"

"군문의 일이긴 하지만, 신 제국이 해적들의 방비에 적극적인 편은 아니었지요."

서서히 제갈가주의 불길한 예감이 맞아떨어지는 듯했다.

그때.

창밖에서 매섭게 날아드는 기척에 남궁진휘가 급히 창밖으로 팔을 내밀었다.

휘이이이---파다다다닥!

남궁세가의 매응이 자연스럽게 남궁진휘의 팔에 내려앉았다.

남궁진휘는 예상치 못했던 매응의 등장에 굳은 얼굴로 전서를 펼쳤다.

"……군사님!"

전서를 확인한 남궁진휘가 표정을 관리할 여유도 없이 제갈가주를 불렀다.

"무슨 일인가?"

"신 제국이, 신 제국이 귀천성 놈들의 손에 완전히 넘어갔다고 합니다!"

남궁진휘의 말에 제갈가주의 얼굴이 경악으로 물들었다.

"황제 등극이라……."

정의맹 군사부의 불이 밤늦게까지 꺼지지 않고, 깊은 한숨이 이어졌다.

오늘 하루 동안 몇 번의 전서구가 움직이고 사람들이 군사부를 드나들었는지 셀 수도 없었다.

모두 신 제국에서 떨어진 불똥 때문이다.

"그건 월하회에서 온 전서인가?"

"예. 참, 매응을 보낸 분은 제왕검이시랍니다."

"……."

남궁진휘의 답에 제갈가주가 놀란 눈을 떴다.

"십이좌회가 따로 움직이고 있다는 건 알고 있었지만, 설마 제왕검께서 신 제국으로 가신 건 아니겠지?"

"글쎄요. 세가에도 본인의 행적에 대해선 알려 주시지 않는 터라……."

제갈가주의 물음에 남궁진휘가 자신 없는 듯 말끝을 흐렸다.

남궁진휘뿐 아니라 제갈가주 또한 제왕검의 행적에 대해선 신경을 곤두세울 수밖에 없었다.

제왕검의 안위는 비단 남궁세가나 십이좌회뿐 아니라 정의맹 전체에도 중요한 문제였기 때문이다.

"후우, 본인들의 중요성은 그분들이 더 잘 알고 계시겠지. 우리가 그분들의 일에 간섭할 수도 없는 노릇이고."

간섭할 수 있다면 하고 싶다는 듯한 말투였다.

하지만 정의맹과 십이좌회가 직접적이고 깊은 공조는 피하도록 한 것 또한 천수현인 제갈길현이 만들어 놓은 체계였다.

귀천성 첩자들에 의한 피해를 최소화하기 위해서였다.

제갈가주와 남궁진휘는 그들이 어찌할 수 없는 일에 대해선 과감하게 제쳐 두기로 했다.

"일단 우리는 신 제국 조정 상황에 집중하도록 하지."

"앞으로 전쟁을 귀천성에서 직접 이끌어 갈 것이라는 게 가장 큰 문제입니다."

"그래서 말인데, 한 제국 황실에 자네가 직접 가는 것이 좋겠네."

"제가요?"

남궁진휘가 놀란 듯 물었다.

앞으로 귀천성이 신 제국의 군사들을 마음대로 움직이게 된다면, 정의맹 또한 한 제국과 군사적으로 긴밀하게 협력할 필요가 있었다.

하지만 부군사인 남궁진휘가 직접 움직이도록 하는 건 의외였다.

"제가 남궁이기 때문입니까?"

"그 이유 때문만은 아니네. 남궁이라면 남궁진화도 있지 않나? 하지만 그 재능을 그렇게 낭비할 순 없지. 중재자로서의 재능도 없어 보이고."

제갈가주의 말에 남궁진휘가 입술을 다물고 웃음을 참았다.

진화가 제게는 더할 나위 없이 착하고 예쁜 동생이었지만, 다른 사람들에게는 그렇지 못하다는 걸 활약상만 들어도 알 수 있었다.

"무엇보다 귀천성 세력이 신 제국에서 반정을 일으킨 마당에, 한 제국 조정에서도 무림인들을 경계할 수 있네."

"아, 조정에서 군사지휘권을 우리에게 주려 하지 않을 수도 있으니, 설득을 위해선 중재자가 필요하겠군요."

남궁진휘가 제갈가주의 생각에 동의한다는 듯 고개를 끄덕였다.

그러자 제갈가주가 싸늘한 비소를 날렸다.

"그게 아닐세. 남궁진화가 자네 말이 아니면 정의맹의 뜻대로 움직여 주지 않을 거라는 말이었네. 조정 설득은 남궁진화가 할 것이고, 자네는 남궁진화만 움직여 주면 되네."

"……."

이쯤 되자 남궁진휘는 제갈가주가 생각하는 진화는 어떤 진화인지 궁금해졌다.

그때, 제갈가주가 다시 책상 위에 있는 전서들로 고개를 돌리며 말을 덧붙였다.

"그리고 자네가 황도에 있다면, 설사 정의맹과 연락이 잘 이뤄지지 않더라도 군사부의 움직임을 이해하고 움직일 수 있을 걸세. 자네의 생각이라면 믿을 수도 있고."

"……오!"

평소에도 제갈가주와 합을 맞추는 것이 어렵지 않다고 느끼긴 했지만.

전혀 생각지도 않은 제갈가주의 인정에 남궁진휘가 지금까지 중 가장 놀랍다는 표정을 지었다.

"가끔 그렇게 칭찬을 하셨다면 자식 농사는 안 망하셨을

텐데요."

"……닥치지."

"이런, 점점 천수현인을 닮아 가십니다. 좋지 않아요."

"……일 좀 하겠나? 부탁하지."

남궁진휘의 입꼬리가 싱글벙글 올라가고, 어색하게 대꾸하는 제갈가주의 표정도 그리 나쁘지 않았다.

어렵고 복잡한 문제가 던져졌을 때, 서로 생각이 통하고 믿을 수 있는 사람이 있다는 건 그만큼 든든하고 즐거운 일이었다.

밤새 켜 두었던 초가 모두 녹아내리고 창밖으로 붉게 동이 터 오는 시각.

제갈가주가 붓을 놓고 책상에서 고개를 들고 잠시 후 남궁진휘도 이어서 책상을 정리했다.

"전력의 배치는 이것으로 된 것 같군요. 각 무단에 전달하면 될 듯합니다."

턱 밑까지 쌓여 있던 모든 전서를 분석해서, 정파 무림 최고의 두뇌라는 두 사람이 고심에 고심을 거듭하여 내린 결론이었다.

"이제 남은 건, 역천마제의 황제 등극식 날짜를 사전에 알아내는 것이겠군."

"아무래도 남의 잔칫날에 재 뿌리는 재밌는 일을 놓치지 않으려면 말입니다."

제갈가주의 눈빛이 번뜩이는 동시에 남궁진휘의 입가에 만족스러운 미소가 걸렸다.

만족을 모르는 두 사람이 만들어 낼 수 있는 최선의 계획이었다.

"그건 그렇고…… 역시 놈들이 남해로 움직이는군."

"신 제국 내부의 움직임은 가릴 수 있겠지만, 신 제국 밖에 있는 세력들의 움직임까지 숨기는 건 불가능하죠. 희멸문 주변의 귀천성 세력을 감시 중이던 개방 분타에서 이동 현황을 바로바로 보고 중입니다."

"남해 검문에는 알렸겠지?"

"물론입니다."

다행히 남해로 움직이는 적의 움직임을 잡아내었음에도 남궁진휘의 표정이 그리 밝지 않았다.

이유라면 제갈가주도 묻지 않아도 알고 있었다.

다만.

"이상하지……."

"뭐가 말입니까?"

"놈들이 남해로 움직여서 얻는 게 뭘까? 남해 검문? 남해에 있는 청룡단과 적호단? 지금 시점에 그들이 남해의 전투를 크게 키우는 이유를 모르겠군."

지금 남해검문에는 청룡단과 적호단 외에도 남궁세가의

창궁무애단이 있었다.

남궁제일검 남궁경과 청룡단주, 적호단주 외에도 진화를 비롯한 정파를 대표하는 후기지수들의 존재는 귀천성이 보기에 아주 큰 사냥감처럼 보일 법했다.

만약 지금이 한창 전쟁 중이었다면 말이다.

하지만 지금 그들은 이제 막 신 제국의 조정을 삼키고 전력을 정비해야만 하는 상태였다.

마제들이 떼로 움직일 수도 없는 상황에서 남해에 있는 이들을 노린다는 것은 귀천성도 큰 희생을 감수해야 하는 일이었다.

실제 진화를 비롯한 이들의 진짜 전력을 생각한다면, 그들의 생각보다 더 큰 희생일 수도 있었다.

제갈가주는 귀천성이 그 희생을 감수하려는 이유를 이해할 수 없었다.

남궁진휘 또한 제갈가주의 의문에 동의했다.

"우리가 모르는 숨은 전력이라도 있는 걸까요?"

남궁진휘가 불안한 듯 물었다.

하지만 그들이 모르는 숨은 전력이라면, 지금 제갈가주에게 물어도 소용없는 일이었다.

'진화야, 숙부님…….'

남궁진휘의 걱정이 깊어졌다.

신 제국 황궁.

혼현마제는 용상의 앞에서 고개를 조아렸다.

"표서량의 심장에 구멍이 있었다?"

"그러하옵니다. 그동안 본인도 모를 정도로 꾸준히 실혈이 있다가, 의식으로 인해 육체에 과중한 힘이 들어오면서 심장이 버티지 못하고 터져 버린 것으로 추측합니다."

용상에 앉은 역천마제의 모습은 새삼 어울리고 자시고 할 것 없이 자연스러워 보였다.

이전과 달리 화려하기 그지없는 흑색 용포에 용잠으로 머리를 틀어 올리고 권태롭게 앉은 자세부터 웃는 모습까지 위엄이 흘러넘쳤다.

"호오."

역천마제의 눈에 이채가 번쩍였다.

"파군에 왔던 적호단의 짓일 가능성은?"

"배제하지 않고 있습니다."

혼현마제의 머릿속에는 정확하게 남궁진화의 얼굴이 떠올랐다.

심장에 난 구멍 주변에 아주 미세하지만 화상 자국이 있는 것을 확인했기 때문이다.

게다가 이제까지의 일을 생각한다면 남궁진화가 표서량의

죽음을 노리고 그렇게 했을 가능성도 매우 높았다.

그러나 혼현마제는 역천마제의 앞에서 고개를 숙인 채 그에 관해서는 입을 다물었다.

"그래서 혼현, 해결책은?"

"아뢰기 황공하오나 표서량의 죽음을 되돌릴 방법은 찾지 못했나이다. 다만, 표서량을 잃은 만큼 저들의 목숨을 취하고 보물을 앗아 올 것이옵니다."

"적의 보물이라. 허허허. ……그래. 벌을 내리고 대가를 취한다. 그게 귀천의 법이지. 혼현, 이번 일도 네게 맡기마."

"황공하옵니다, 천주님."

역천마제의 웃음소리가 혼현마제의 머릿속을 어지럽혔다.

혼현마제는 이를 악물고 견디며 끝까지 공손하게 대전에서 물러났다.

혼현마제가 대전을 나간 후,

"허허, 놈, 끝까지 고개를 들지 않는군."

대전 한쪽에서 광마제가 모습을 드러내었다.

그는 이제까지 혼현마제를 지켜보고 있었던 듯, 흥미로운 눈빛으로 혼현마제가 나간 곳을 보고 있었다.

"은신을 하다니, 고약한 장난이로군."

"저놈이 그걸 몰랐을까?"

광마제가 씨익 웃으며 역천마제에게 물었다.

역천마제가 황제 위에 오르며 모든 것이 바뀌었지만, 광마제만은 여전히 역천마제를 편히 대했다.

장난기가 어린 눈빛으로 도발하듯 묻는 광마제의 모습에, 역천마제도 편하게 웃음을 터뜨렸다.

"허허허, 그러니 고약한 장난이라는 걸세. 혼현을 돕기로 해 놓고, 이렇게 시험하듯 구니."

역천마제가 광마제를 가볍게 타박했다.

그리고 장난과 도발을 돌려주듯 은근히 물었다.

"혈마제가 죽었네. 섭섭하진 않고?"

"흥, 운명에 얽매여 있다면 그게 어디 혼돈인가? 상관없네. 오히려 내 제물이 거기까지 오른 것이 즐거울 뿐이지."

"그래서 이번에 혼현을 돕기로 했군."

"흐흐흐, 고 녀석이 어디까지 올라왔는지 보고 싶거든."

광마제의 눈빛이 번들거렸다.

검은 눈 깊게 숨겨 둔 광기가 저도 모르게 번뜩인 것이다.

광마제의 눈이 기대감에 부푸는 것을 보며, 역천마제가 조용히 미소를 지어 보였다.

대전에서 나온 혼현마제는 신건궁을 향해 바쁘게 걸음을 옮겼다.

이제 신건궁을 오롯이 그의 차지가 되었다.

혼현마제가 모습을 드러내자 궁인들이 급히 그의 앞에 문을 열고 닫았다.

탕!

혼현마제는 이전에 역천마제가 쓰던 본관 집무실에 들어와 문이 닫히자마자, 냉랭하게 굳히고 있던 표정을 마음껏 일그러뜨렸다.

콰—앙! 탕-!

"이놈이고 저놈이고! 빌어먹을 노괴들! 대체 어디까지 아는 거야!"

혼현마제는 분을 참지 못하고 눈앞에 있던 것들을 치워 버렸다.

마음 같아서는 눈앞에 있는 모든 것을 부숴 버리고 싶었지만, 간신히 인내심을 발휘했다.

꽈드득.

주먹을 움켜쥔 손에 피가 배어 나왔다.

그때, 조용히 다가온 손이 혼현마제의 주먹을 감쌌다.

"가가, 오래도록 참았잖아요."

아름다운 목소리와 달리 죽은 나뭇가지처럼 창백하게 메마른 손.

화려한 손톱 장식이 검게 물든 손톱을 겨우 가리고 있는 손이 혼현마제의 눈에 들어왔다.

"다음 독은 언제 완성되는 것이냐?"

어느새 냉정을 찾은 듯 혼현마제가 차갑게 가라앉은 목소리로 물었다.

독마제 독부의 손톱이 모두 부러져 왔을 때, 독부만큼 놀란 사람이 혼현마제였다.

혼현마제의 물음에 독부가 왼손 약지를 가볍게 달그락거렸다.

"곧 완성할 수 있을 거예요. 후후, 죽으라는 법은 없다고, 표서량이 그렇게 죽은 덕에 만년독수를 쉽게 얻었으니까요."

독부의 웃음기 어린 말을 들으며, 혼현마제가 쓰게 웃었다.

"그래. 운명과 달리 행운은 변덕스럽지."

혼현마제는 바닥에 흩어진 다기 대신 새것을 가져오기 위해 움직였다.

독부는 제 위로가 통한 듯 차분하게 돌아온 혼현마제의 모습에 가슴 가득 만족감이 차올랐다.

'아아, 가가에겐 역시 내가 필요해.'

독부의 얼굴 위로 미소가 맺혔다.

하지만 새 다기를 가져오기 위해 돌아서 있던 혼현마제의 얼굴은 그녀의 예상과 달랐다.

이 방에 들어와 처음 드러내었던 일그러진 얼굴을 그대로 하고 있었던 것이다.

혼현마제는 평온한 목소리와 달리 혈관이 도드라질 정도로 억지로 분노를 참고 있었다.

'그래. 운명이 모든 것을 결정할 순 없지. 운명은 승자를

정해 놓지 않았으니까. 광마제가 대체 뭘 알고 있는지 알 수 없지만, 소용없다! 놈은 제가 만든 괴물이 변수라는 걸 아직도 모르는 모양이군. 이번 참에 한번 당해 보라지. 후후후.'

혼현마제가 살기를 흘리며 요요하게 웃었다.

혼현마제에게 평온을 가져다준 것은 결국 독부의 위로가 아닌 광마제의 불행이었다.

삐이이이이이----!

거친 바닷바람에 하늘을 한번 활공하던 매응이 곧바로 땅을 향해 쏘아지듯 내려왔다.

파다다다닥-! 펄럭! 펄럭!

땅으로 내리꽂히듯 날아든 속도가 매응의 커다란 몸과 날카로운 발톱으로 그대로 전해졌지만, 매응이 꽉 물고 있는 팔에는 전혀 흔들림이 없었다.

삐이익-.

짧게 울음을 내는 매응을 한번 쓰다듬은 진화가 매응의 배에 숨겨진 전서를 찾았다.

귀천성 집결.

꾸깃.

짧게 쓰인 쪽지가 진화의 손에서 구겨졌다.

남해에 오기 전부터 각오는 해 두었다.

이전 생에서 남궁진휘의 죽음에 휘말리며 제일 먼저 죽었던 적호단주 팽치.

남궁세가에서 광마제의 손에 가장 먼저 희생되었던 청룡단주 남궁현.

그리고 창궁무애단과 아버지 남궁경.

우연처럼 광마제의 역천비록이 있는 곳에 모두 모이게 된 것을 두고, 진화는 이것이 운명이 아닐까 생각했다.

이전과 완전히 달라진 운명.

“흥, 어디 한번 와 보라지.”

이전과 달리 지켜 낸 사람들과 이전과 달리 제 곁을 지키고 있는 동료들을 보며, 진화는 오히려 완전히 달라진 운명을 실감했다.

이전 생에 자신이 없는 곳에서 죽음을 맞이한 사람들과 함께하고 있다는 것만으로도 계속해서 진화를 괴롭히던 불안감이 사라진 것이다.

‘이제, 드디어!’

희멸문이 있는 곳을 바라보는 진화의 눈엔 어떤 기대감이 차올랐다.

사랑탑대전이 한창인 사패천.

그곳엔 작은 파란이 일어났다.

"사, 살, 살각 소명 승!"

흑살대주 추서량의 선언이 있기 전에 이미 모두가 승패에 대해 확신했다.

"커헉. 컥……!"

낭영검 소명의 앞에 혈랑도 곽부상이 피투성이로 쓰러져 있었기 때문이다.

혈랑도 곽부상은 사랑탑대전 도전자 중에서 가장 서열이 높은 이였다.

어쩌면 일곱 세력의 대표들 중 하나를 꺾고 사랑탑 최상층에 오르지 않을까 기대를 모았던 사파의 신진고수이기도 했다.

혈랑도 곽부상은 경쟁자들을 떨어뜨리자마자 최상층에 도전했다.

상대는 일곱 세력들 중에서 가장 무력이 약하다고 평가받던 살각이라, 아무리 살각의 후계라 한들 모두 곽부상이 쉽게 지지 않을 거라 예상했다.

하지만 혈랑도 곽부상은 제대로 손도 쓰지 못하고 참패를 당했다.

한쪽 팔이 잘리고 목에 구멍이 뚫리는 처참한 패배였다.

"……."

사랑탑주의 시선이 무심하게 검을 털고 사람들 사이를 나오는 소명의 뒤를 좇았다.

그는 최대한 냉정한 표정을 유지하고 있었지만, 내심 경악을 금치 못하는 중이었다.

'대체 낭영검 소명이 언제 저렇게 무공이 성장한 거지? 마치 다른 사람이 된 것 같군.'

낭영검 소명뿐 아니었다.

곳곳에서 정면 대결에서 불리할 수밖에 없는 약점을 이겨내고 살각 출신 암살자들이 위로 올라오고 있었다.

사랑탑주는 살각의 약진이 마냥 반갑지만은 않았다.

사랑탑주의 눈이 소명을 기다리고 있는 살각주 보곡성을 향하고, 그것을 알았는지 보곡성이 고개를 들어 사랑탑주를 보았다.

씨익.

창백한 입꼬리가 사랑탑주를 향해 도발하듯 미소를 지었다.

확실히 이전의 살각과 달랐다.

떨쳐 일어날 진振 불행 화禍 : 선택이라고 한다

사랑탑주 전각사(典刻士) 마모섬.

사패천주와 함께 사파 무림에 등장했을 때부터 그는 전각사였다.

사패천주가 그를 그렇게 불렀기 때문이다.

사파 무인들은 정파 무림의 학사들처럼 말끔하고 단정한 마모섬의 복장과 행동에, 다들 그를 사패천주의 책사 정도로 여겼다.

하지만 그들의 예상은 틀렸다.

마모섬이 사패천주를 도운 방식은 사뭇 폭력적이었다.

마모섬은 사패천주가 유일하게 등 뒤를 맡기는 수하이자, 사패천주의 싸움을 지켜보는 방관자이자, 사패천주의 밤을 지키는 그림자 호위였다.

그는 사패천주가 사파를 일통할 동안, 사패천주의 싸움에는 단 한 번도 끼어들지 않으면서 비열하고 음습한 방식으로 사패천주의 목숨을 노리는 이들로부터 사패천주를 지켜 냈다.

"나는 천주님에게서 사파 무림의 미래를 찾았소. 흑도라 배척당하던 우리가 정파와 동등한 무림인으로 인정받는 동시에 사파다운 모습을 지켜 낼 수 있는, 새로운 사파의 질서였소."

"저 억눌려 있는 짐승들의 아귀다툼이 안 보여요?"

며칠 내내 사패천엔 피 냄새가 가실 때가 없었다.

서로 피투성이가 될 때까지 싸우고, 고함지르고, 너덜너덜 떨어져 나가고.

하오문주가 지금도 결사대전이 벌어지는 곳을 보며 눈살을 찌푸렸다.

"천주님의 그늘 아래에 있기에, 최소한의 평화가 유지되면서 정파만큼 강해질 기회를 얻었지."

"강해진 만큼 더 잔인하게 싸우고들 있죠."

하오문주가 쌀쌀한 말투로 말했다.

하지만 사랑탑주는 그저 웃을 뿐이었다.

"싸우라지! 사패천은 무인들에게 어떤 것도 제재하지 않았고, 앞으로도 그럴 생각이 없소. 싸우고 싶으면 싸우면 그만이오. 그게 사파 아니오?"

"……."

"천주님께서 길을 열어 주셨으니까, 더는 격렬해지지 않는 것이오. 천주님께서 절대적인 권력을 행사할 생각이 없으시니, 모두가 만족하는 것이오."

사랑탑주의 단언에 하오문주는 달리 반박할 말을 찾지 못했다.

지금 이뤄지고 있는 사랑탑대전은 그야말로 질서를 유지하면서 위로 올라가고 싶은 사파 무인들의 욕망을 풀어 낼 수 있는 최고의 수단이었다.

신분과 배경, 재력 등 많은 보이지 않는 벽이 있는 정파 무림과 달리 사파 무인들은 사랑탑대전을 통해 오직 본인의 실력만으로 위로 오를 기회를 얻을 수 있었던 것이다.

그리고 사랑탑주의 말처럼, 이 모두가 정점에 선 사패천주가 무수히 많은 도전을 그대로 받아 주었기 때문에 가능한 일이었다.

'하긴 정파에서 어떤 어중이떠중이가 제왕검에게 도전하고 싶다고 칼을 들었다면, 제왕검에게 닿기도 전에 남궁세가 무사들에게 개죽음을 당하고 말았겠지.'

하오문주는 사랑탑주의 말에 고개를 끄덕였다.

하지만 여전히 사랑탑주가 제게 이런 말을 꺼낸 이유는 찾지 못했다.

"그래서 제게 하고픈 말이 무엇이죠?"

"나는 천주님을 지켜 내는 것이 지금 사파 무림을 지키는 것이라 생각하오. 하여, 천주님을 해하려는 모든 것들을 치워 버릴 것이며 어떤 불안도 남겨 둘 생각이 없소."

사랑탑주의 눈에서 무시무시한 살기가 피어올랐다.

구시렁거리기 좋아하는 옆집 아저씨 같던 인상은 어느새, 사패천을 공포로 물들였던 소리 없는 암살자 전각사의 얼굴이 되어 있었다.

"살각을 조사해 주시오, 특히 살각주의 동태에 대해."

"……단순한 의심인가요?"

"하오문주, 내가 그자에게서 어떤 증거를 찾았다면, 그자는 벌써 이 세상 사람이 아니었을 것이오."

서늘하게 미소를 짓는 사랑탑주의 모습에 하오문주는 등에서부터 한기가 느껴지는 듯했다.

하지만 하오문주 채명지 또한 서쪽의 암고래라 불리는 거물이었다.

"하오문에서 따로 증거를 찾도록 하죠. 하지만 그 전에, 하오문에서 조사해 볼 여지가 있는지 없는지 먼저 살펴볼 것입니다."

하오문주 채명지가 단호하게 말했다.

그것만으로 마음에 들었는지 사랑탑주가 고개를 끄덕였다.

"그것이면 됩니다. 문주님의 눈을 믿습니다."

사랑탑주가 다시 사람 좋은 아저씨처럼 자애롭게 웃어 보였다.

사랑탑주의 은밀한 부탁이 있고, 하오문주 채명지는 살각주 보곡성과 살각 사람들의 움직임을 유심히 살폈다.

하지만 이제까지 그들은 사랑탑대전에 집중하며 별다른 모습을 보이지 않고 있었다.

구태여 이상한 점을 찾고자 한다면.

'다른 때와 달리 너무 많은 인원이 참가했어.'

사랑탑대전에 사파의 여러 세력에서 많은 인원이 참여했기에 처음에는 눈치채지 못했다.

하지만 며칠이 지나고 인원이 줄어들었을 때, 하오문주는 남아 있는 살각의 인원이 다른 일곱 세력에 비해 너무 많다는 걸 알아차렸다.

고작해야 문주나 그 후계자, 그리고 떠오르는 신진 고수 하나, 둘 정도 내보낸 다른 세력과 달리, 살각은 살각주 보곡성과 후계자인 낭영검 소명 그리고 다섯 명의 비선들까지 총 일곱 명이 남아 있었던 것이다.

'암살문에서 굳이 명성과 서열에 집착한다고? 명성을 높여 얻을 수 있는 이득이라고 해 봤자 고작 의뢰비를 올리는 것뿐이야. 그럴 바에는 차라리 알려지지 않는 편이 나아. 살각도 그걸 알기 때문에 이전의 사랑탑대전에는 후계자인 낭영검 소명 외에는 누구도 내보내지 않았었는데…….'

사랑탑주의 부탁 때문일까.

하오문주는 평소라면 신경 쓰지 않고 지나쳤을 일이 계속 마음에 걸렸다.

'이제 곧 알게 되겠지. 조금이라도 이상한 점이 있다면, 저 아이가 눈치챌 테니까.'

하오문주의 눈이 사랑탑 앞에 마련된 연무장을 향했다.

이제 남은 인원도 몇 없어서 대부분의 대전이 연무장에서 치러졌다.

오늘 연무장에 오른 이들은 하오문의 후계자인 대붕 군조와 살각의 후계자인 낭영검 소명이었다.

하오문의 주요 사업은 암살이 아니라 정보업이지만, 그림자에 숨어 은밀하게 활동한다는 점에서 하오문과 살각은 자주 비교가 되었다.

그런 차에 두 문파의 후계자이자 사파칠봉으로 이름 높은 후기지수들이 연무장에 오르자, 수많은 사파 무인들이 둘의 대결에 주목했다.

큰 키, 유난히 흰 얼굴과 붉은색 머리가 눈에 띄는 청년이 먼저 말을 걸었다.

"이야, 우리 둘이 붙는 건 정말 오랜만인데."

군조가 친근하게 말을 걸자, 얼음 같던 낭영검 소명의 미간이 작게 움찔거렸다.

군조와 소명은 이전에도 두 번 대결해 본 적이 있었는데, 두 번 모두 군조의 승리였다.

그래서일까.

소명의 눈빛에 불꽃이 튄 듯한 것은.

"방심하지 마라, 이번엔 다를 테니까."

소명이 싸늘하게 경고했다.

"그건 두고 보면 알 일이고."

군조 역시 코웃음을 치며 비소를 날렸다.

그 순간.

쉐에에에엑---!

소명의 검이 군조의 앞머리를 스치며 결전이 시작되었다.

챙! 챙챙!

군조는 양손에 한 자 정도의 너무 짧지 않은 단검 두 개를 들고 소명의 검을 막았다.

소명은 가볍고 빠른 움직임으로 끊임없이 움직이며 군조의 뒤를 노렸고, 군조는 유연하고 효율적인 움직임으로 소명의 공격을 막고 빈틈을 공략했다.

챙챙! 챙!

소명의 검과 군조의 검이 부딪히며 불꽃이 일었다.

'움직임은 막상막하.'

퍼―억!

군조가 소명의 검을 밀어내고, 긴 다리로 소명의 가슴을 박찼다.

쉐에에엑―!

소명이 그대로 몸을 한 바퀴 돌려 군조의 턱을 노렸다.

가벼운 몸놀림에 탄성이 붙으며 속도가 더 빨라졌다.

눈 깜짝할 사이에 턱 밑을 찌르는 칼날을 보며, 군조가 황급히 움직였다.

채―앵!

군조가 양 검을 교차하여 소명의 검을 막았다.

불꽃이 군조의 눈앞을 가렸다.

'지금이다!'

소명의 눈빛이 번뜩이고.

숨겨 두었던 소명의 그림자가 움직였다.

쉐에에에엑―!

퍼―억!

"비겁한 노림수도 그대로고."

"……!"

소명의 눈이 찢어질 듯 커졌다.

소명이 낭영검이라 불리는 진짜 이유는, 이리의 이처럼 날카롭고 매끈하게 굽은 검에 숨겨 둔 그림자가 있었기 때문이

라. 소명은 제가 숨겨 두었던 비수를 발로 차 낸 군조를 보며 경악을 금치 못했다.

하지만 소명의 숨겨 둔 비수는 투구벌레의 뿔처럼 날이 벌어진 단검이었으니, 부지불식간에 제 간장을 향해 들어오는 검을 차 낸 군조의 다리도 정상은 아니었다.

군조의 복사뼈에서 피가 흘러내렸다.

비장의 수를 들킨 소명과 발을 다친 군조.

두 사람 모두 치명적이기는 마찬가지였지만, 그중에서도 빠른 몸놀림이 모든 무공의 바탕인 상황에서 발을 다친 군조가 더 큰 타격을 입은 듯했다.

"……."

"……."

군조와 소명이 서로를 노려보았다.

그때, 갑자기 군조가 씨익 개구진 웃음을 보였다.

"패배를 인정하지."

"뭐?"

군조가 스스로 패배를 인정하고 나서자, 소명이 제 비장의 수가 막혔을 때보다 더 크게 놀라며 군조를 보았다.

"이렇게 패배를 인정하고 도망치겠다고?"

"응, 난 아픈 건 딱 질색이라서."

"이 비겁한 겁쟁이 새끼!"

소명이 크게 반발하려 했지만, 그 전에 군조가 먼저 등을 돌렸다.

"우우우우우---!"

소명의 말처럼 군조가 싸움을 피하는 듯한 모습으로 대전이 싱겁게 끝나 버리자 많은 사파 무인들이 야유를 보냈다.

하지만 이미 군조 본인이 패배를 깔끔하게 인정해 버렸으니, 소명이나 구경하는 이들이 반발해 봐야 소용없었다.

소명이 연무장 위에서 군조를 죽일 듯 노려보았다.

그런 소명의 시선과 사람들의 야유를 뒤로하고 사랑탑 안으로 들어온 군조의 얼굴도 그렇게 편하진 않았다.

하오문주가 차갑게 얼어붙은 군조의 얼굴을 쓰다듬었다.

"잘했다. 고맙구나, 자존심 이전에 대의를 선택해 주어서."

하오문주의 위로에 군조가 어쩔 수 없다는 듯 표정을 풀었다.

군조에겐 이전이나 지금이나, 제 자존심이나 목숨보다 하오문주가 더 중요했다.

"확실히 이상해요, 어머니. 놈의 심리 상태나 전략, 몸놀림 어떤 것도 성장하지 않았는데, 내공만 비약적으로 늘었어요. 다른 때였다면 그대로 놈에게 돌아갔어야 했는데, 단검에 실린 내공이 제 예상을, 아니 놈의 수준을 뛰어넘었어요."

군조가 제 발목에 난 상처에 눈길을 주며 말했다.

확실히 이상했다.

사람도, 무공도 그대로인데 내공만 늘었다는 건.

그것도 후계자인 소명만이 아니라 살각 전체가 말이다.
군조의 말에 하오문주의 눈빛이 이채를 발했다.
"공짜 의뢰는 싫지만, 조사해야 할 이유를 찾았으니 탑주의 부탁을 들어드려야겠구나. 이제부터 살각의 모든 행적을 조사하겠다!"
"충."
하오문주의 명에 군조가 먼저 부복했다.
그날 하오문 전체가 은밀하게 움직이기 시작했다.

신 제국 황도.
"저것이 이번 흑룡수인가?"
"호오, 자네도 이제 가는가?"
광마제는 갑자기 제 옆에 나타난 검마제의 존재에 짐짓 놀란 듯 물었다.
하지만 검마제는 그런 어설픈 연기 따위를 상대해 줄 정도로 농담을 잘하는 인물이 아니었다.
"흑표범 가면이라. 무맥과 같군."
"허허, 어째 그걸 손에 쥐는 녀석들은 충성심이 높아."
"세뇌가 원활하다고 해야겠지."
"허허허, 저거나 그거나."

비꼬는 듯한 검마제의 말에도 광마제는 아무렇지 않았다.

광마제는 광룡귀면대를 이끌고 배에 오르는 흑의 흑면의 사내를 보며 흐뭇하게 웃었다.

지난날, 제물의 손에 아끼던 수하를 잃고 겨우 다시 만들었다.

사람을 믿지 않는 광마제는 수하의 충성심도 믿지 않았으니.

그는 기어이 충성심마저 제 손으로 만들고서야 비로소 움직이기 시작한 것이다.

"마룡삭, 마룡아에 이어서 흑룡수라…… 광신기 중 둘이나 잃으면 꽤 뼈아프겠군."

"음? 아니야. 이번에는 그렇게 어설프지 않으니 걱정하지 않아도 되네. 허허허."

광마제의 웃음소리에 검마제가 눈살을 찌푸렸다.

검마제는 비꼬는 듯한 것이 아니라 정말 비꼰 것이었다.

그는 평소 주군인 역천마제에게 존경심을 보이지 않는 광마제를 싫어했기 때문이다.

하지만 그가 광마제를 싫어하는 것은 개인적인 감정일 뿐, 역천마제를 위해서는 광마제가 임무에 실패하지 않아야 했다.

"걱정? 난 당신을 걱정하지 않는다. 다만, 주군의 일을 망쳐서는 곤란하니까 말해 주는 것이다. 당신이 만든 제물, 그것이 현경을 바라보고 있다."

검마제는 광마제의 제물, 진화와 마주친 적이 있었다.
겨우 약관도 되지 못한 나이에 감히 저와 검을 맞대던 괴물 같은 놈이었다.
만약 자신이 아니었다면, 그곳에서 환마제는 물론 혼현마제까지 모두 죽임을 당했을 것이었다.
그 말인즉슨, 놈의 무위가 혼현마제를 넘어섰다는 뜻이다.
이번에 광마제의 수하들이 상대해야 할 자가 그 제물이라는 이야기에, 검마제는 개인적인 감정을 뒤로하고 경고를 해주기로 했다.
"준비 제대로 해라. 당신 수하가 이전의 무맥과 같은 수준이라면 무맥과 같은 꼴을 면치 못할 것이다."
"허허허, 그런 거라면 정말로 쓸데없는 소리로군. 이번엔 놈을 데려오려고 보내는 것이 아니라, 놈의 수준을 제대로 알아보기 위해 보내는 것뿐이니까."
검마제의 경고를 듣는 둥 마는 둥, 광마제는 흑룡수와 광룡귀면대를 태운 배가 떠나는 것을 보며 히죽 웃었다.
"놈이 또 소중한 것을 만들었더군. 그걸 부순다면 바닥까지 드러내며 난리를 치겠지? 그놈 성질머리도 보통이 아니니까. 허허허허!"
광마제는 고약한 장난을 치기 전 아이처럼 신나 보였다.
검마제가 그런 광마제의 모습을 혐오스러운 눈길로 보았다.

"흥, 계속 여유 만만할 수 있을지 두고 보지."

검마제는 악담 같은 경고를 남기고 볼일 다 봤다는 듯 싸늘하게 떠났다.

광마제는 그런 검마제가 귀엽다는 듯 힐끗 눈길을 주며 미소를 지었다.

남해 검문의 성벽.

정의맹에서 '귀천성이 신 제국을 잡고, 남해 검문으로 세력을 결집하고 있다.'는 소식을 준 뒤, 남해 검문의 경계는 어떤 때보다 삼엄해졌다.

남해 검문의 제자들이 성벽에 고루 분포된 가운데, 희멸문과 마주한 서문과 북문 쪽에 청룡단과 적호단, 창궁무애단이 집중되었다.

"저기!"

"저 새끼들, 고혈방 깃발이군!"

"해왕문 깃발도 보인다!"

희멸문에 귀천성 소속 다른 문파의 깃발이 하나둘 오르자, 남해 검문 전체에 긴장감이 고조되었다.

그때.

댕- 댕- 댕- 댕--!

남해 검문에 적습을 알리는 시끄럽게 종소리가 울렸다.

희멸문의 문이 열린 것은 아니었다.

당황한 정의맹 무사들이 검을 빼 들고 적을 찾는 사이, 남해 검문 제자들은 빠르게 성벽을 내려갔다.

"무슨 일입니까!"

적호단주가 남해 검문 장문인 해천검 계용백에게 물었다.

그러자 해천검 계용백이 사납게 웃으면서 답했다.

"적은 적인데, 해적일세."

해천검 계용백이 어리둥절한 적호단주를 남기고 빠르게 남문으로 향했다.

해적의 공격은 근 반년 만의 일이라 이전에 이곳에 와 있던 청룡단이나 창궁무애단도 어리둥절하긴 마찬가지였다.

하지만 전투는 이미 벌어졌고, 지체할 시간은 없었다.

"성벽은 청룡단과 창궁무애단이 맡지. 우린 남해 검문을 도우러 가겠네."

"지원이 필요하면 요청하시게."

"지랄. 성벽을 비웠다가 저놈들이 쳐들어오면 어쩌려고? 최대한 티 나지 않게 빠졌다가 후다닥 해치우고 오지!"

적호단주가 서둘러 적호단을 이끌고 뛰어 내려갔다.

그때까지 성벽에 선 청룡단원들은 미동도 없이 희멸문만 노려보고 섰다.

"제길! 저 새끼들이 제발 몰라야 할 텐데!"

남궁경이 욕지거리를 뱉으며 말했다.

해적과의 전투 중에 희멸문이 이곳의 위기를 알아채고 공격하면 정말 곤란한 상황이었다.

남궁경과 청룡단주는 물론, 남해 검문을 돕기 위해 내려가는 적호단주도 그것을 알기에 발걸음이 급할 수밖에 없었다.

하지만 적호단주와 적호단이 남문에 도착했을 때.

적호단주는 언젠가 한번 보았던 것과 비슷한 광경을 보며 저도 모르게 그때와 비슷한 말을 뱉었다.

"……이번엔 마라탕이 아니고, 청탕인가?"

적호단주의 말에 적호단 조장들이 뜨악한 얼굴로 그를 보았다.

그때, 진화가 웃으며 그들에게 왔다.

"해적들은 이미 끝났으니, 하시던 일 계속하시면 됩니다."

"이건 뭐, 뭐가 있었나 싶네요. 계속 이런 적들이면, 걱정 안 해도 되겠는데요."

"나무아미타불 관세음보살. 당분간 낚시는 안 해도 될 듯합니다!"

진화와 함께 남궁구와 현오를 비롯한 십 조원들이 의기양양하게 웃거나 팔근육을 자랑했다.

그런 적호단 십 조의 뒤로, 해천검 계용백과 남해 검문 사람들이 터덜터덜 걸어 나왔다.

그들은 마치 대낮에 못 볼 것을 본 사람처럼 창백하게 질

려 있었다.

*

당혜군과 나하연이 남문 성벽에서 바다를 보고 있었다.

보기만 해도 가슴이 탁 트일 듯한 짙푸른 바다를 보면서 당혜군의 표정이 그리 좋지 못했다.

"너희들이랑 있으면서 나까지 싸잡혀서 사고뭉치가 된 기분이야."

"아니다. 소외감 느끼지 마라. 너도 훌륭한 사고뭉치다."

"……내가 사고뭉치가 된 원인의 팔 할은 네년일 거다."

안 하느니만 못한 위로를 하고 의기양양한 나하연을 보며, 당해군이 까드득 이를 갈았다.

남해 검문의 남문은 바다를 통하는 문이라, 남문 쪽에는 절벽과 짧은 모래사장 그리고 바다밖에 없었다.

귀천성이 배를 타지 않는 이상, 이쪽으로 올 가능성은 없다는 말이었다.

적호단주는 소수 정예라 부르며 사고뭉치라고 생각하는 진화와 적호단 십 조를 남문에 격리, 아니 배치시켰다.

당혜군과 나하연이 투덕거리는 사이, 당혜군의 시야로 낯선 무언가가 들어왔다.

"저 미친놈들은 왜 대낮에 저렇게 발가벗고 있지?"

"음? 어디?"

당혜군의 말을 따라 바다를 본 나하연이 고개를 갸웃거렸다.

하지만 당혜군의 말을 의심하진 않았다.

사천당문 직계들은 어려서 무공 수련을 하기 이전에 안력 수련부터 하기로 유명했기 때문이다.

나하연이 영 감을 못 잡고 있자 당혜군이 가볍게 손가락을 튀겼다.

"아아악!"

남문 옆 성벽 아래, 아담한 모래사장에 누워 있던 누군가가 비명을 지르며 벌떡 일어났다.

아이처럼 작은 키에 옷도 없이 벌거벗은 채 날카로운 검을 들고 있는 모습.

벌떡 일어난 자의 옆으로 그와 비슷한 이들이 당황한 듯 웅성거리다, 결국 검을 들고 남문을 향해 달려오기 시작했다.

"아!"

나하연은 그제야 탄성을 뱉었다.

하지만 나하연보다 더 격한 반응이 옆에서 튀어나왔다.

"해, 해적이다--!"

"해적이다!"

당혜군과 나하연의 옆에 서 있던 남해 검문 제자들이 소리를 지르고, 이 상황에 잘 훈련된 사람들처럼 빠르게 계단을

내려갔다.

“놈들이 들어온다! 성문을 막아라!”

“문을 닫을까요?”

“안 돼! 배로 도망친 어민들이 들어올지 모른다! 해적들만 처리해야 한다!”

제자의 물음에 남해검문의 장로가 단호하게 답했다.

남궁세가가 양주를 지키는 것처럼 남해 검문의 본분도 남해를 지키는 것이라. 어떤 경우에도 어민들을 보호하는 것이 남해 검문의 법이었다.

남해 검문의 장로가 급하게 제자들을 이끌고 성문으로 갔다.

하지만 그들이 잠시 잊은 것이 있었으니.

지금 성문에는 적호단에서 허우대 좋은 팽가 형제를 장식용으로 세워 두었다는 사실이다.

“으아아악!”

“타, 타스케…… 아악–!”

퍽! 퍼억! 빽!

시원하게 박이 깨지는 소리가 이렇게 끔찍할 수도 있구나 하는 생각이 절로 들었다.

팽가 형제가 주먹을 휘두를 때마다 끔찍한 소리와 함께 해적들의 머리가 폭발하듯 깨졌다.

붉은 피가 분수처럼 퍼져 나가고, 하얀 뼈와 뇌수가 피와 쉬여 이리저리 흩어졌다.

어쩌면 앞으로도 수박은 먹지 못할 것 같았다.

"치, 칙쇼!"

퍼–억!

팽수의 등 근육이 성난 호랑이처럼 포효하는 동시에 그의 주먹이 달려드는 해적의 머리 왼쪽을 때리고, 해적의 머리 오른쪽에서 피가 터져 나왔다.

"……."

남해 검문 장로와 그의 제자들이 그 자리에 우뚝 서서 얼어붙었다.

그때.

촤아아아아––––!

멀리서 바위틈에 숨어 있던 해적들의 나룻배가 성문 쪽으로 접근했다.

배에서는 아직 성문의 상황을 파악하지 못하고 사슬을 던졌다.

"쿠사리오 나게로! 토오쿠에 나게로!"

"하이!"

촤라라라라–!

아마도 해적들은 네댓 개는 성문 쪽에 던져 문을 닫는 것을 막으려 했고, 나머지는 성문 안으로 던져 배를 고정하려 했을 것이다.

하지만 안타깝게도 그들의 사슬은 모조리 팽가 형제의 손에 잡혔다.

"형님, 위!"

"알았다!"

팽신의 말과 함께 손을 뻗은 팽수가 머리 위를 지나던 사슬 하나까지 잡아챘다.

그리고,

"당겨-!"

남궁구의 말과 함께 적호단 십 조원들이 성벽에서 뛰어내렸다.

진화까지 내려오는 것을 확인한 팽가 형제가 힘을 주기 시작했다.

우두둑……!

근육을 쥐어짜는 건지, 사슬을 쥐어짜는 건지.

팽가 형제의 팔이 터질 듯 부풀어 오르고 그들의 전신에서 붉은 기사가 피어오르자, 범상치 않은 소리와 함께 해적들의 나룻배가 도무지 배라고 생각할 수 없는 속도로 끌려들어왔다.

"나닛!"

"아, 아레와…… 으아악!

이제야 적호단원들을 본 해적들이 놀라 고함과 비명을 질렀다.

하지만 이미 탄력이 붙은 팽가 형제는 나룻배를 거의 물에서 낚아 올리듯 끌어내었다.

휘이익--!

퍼--억! 파팟--!

"토비오리오-!"

"으아아악-!"

첨-벙! 첨벙, 첨벙!

벌거벗은 몸에 투구를 쓴 해적이 소리를 지르는 것과 동시에 해적들이 바다에 뛰어내렸다.

파팟-! 파아아아앗-!

콰—앙!

팽가 형제에게 끌려오며 성벽과 바위, 배끼리 부딪히던 나룻배들이 그대로 산산조각이 났다.

첨-벙! 펑! 펑!

부서진 배 조각들과 함께 사슬이 바다에 빠지며 높게 물이 튀어 올랐다.

그때.

하얗게 튄 물보라 사이로 눈부시게 아름다운 인영이 나타났다.

"메, 메가미……?"

잠깐 죽음의 여신으로 착각할 만큼 아름다운 얼굴에 해적들이 저도 모르게 시선을 빼앗겼다.

죽음의 여신이 그들을 향해 미소를 짓는 동시에 바다보다 깊은 눈에서 벼락이 번뜩였다.

"카미……나리?"

파파파파파파팟------!

벼락이 바다로 떨어지는 순간.

바닷물은 끓는 기름 솥처럼 파닥거리기 시작했다.

파파파파팟-!

"으아아아악!"

끈질긴 해적 몇이 물에서 튀어 올라왔지만, 소용없었다.

퍼-억!

"컥!"

쉐에에엑!

"으아악!"

현오의 염주가 해적의 머리를 관통하며 떨어뜨리고, 남궁구와 남궁교명이 해적들의 몸과 목을 분리시켜 물에 다시 처박았기 때문이다.

파파파파파팟---!

"……."

새파란 뇌전이 사라지자마자, 거짓말처럼 조용한 침묵이 찾아왔다.

"……."

"……아니……."

얼어붙은 남해 검문의 장로와 그 제자들의 옆으로, 급하게 내려왔던 남해 검문 장문인 해천검과 제자들이 입을 떠억 벌리고 말을 잇지 못하고 있었다.

"진화야---!"

남궁진혜의 우렁찬 목소리가 얼어붙은 침묵을 깨었다.

해적들의 공격으로 인한 소요가 잠잠해지고.

남해 검문에는 기묘한 분위기가 흘렀다.

해적들의 주검을 바다에 던져 넣으면서도 누구 하나 승리를 기뻐하지 않는…… 특히 남해 검문 제자들은 이전과 달리 슬금슬금 적호단의 눈치를 살피기까지 했다.

"크흠……!"

지금까지 해적들의 문제로 정의맹에 비협조적이었던 남해 검문 장문인이 민망한 듯 헛기침을 했다.

이 자리의 누구도 그의 속마음에 관심이 없는 것이 다행이라면 다행이랄까.

제왕무적단주 남궁경은 호들갑스럽게 꽃 같은 아들이 무사한지 확인했을 뿐이고, 청룡단주와 적호단주는 희멸문이 꿈틀거리지 않았음에 안도했을 따름이었다.

그나마 해적에 관심이 있는 사람은 진화뿐이었다.

"해적들이 남해 검문을 공격하는 일이 잦은 것입니까?"

진화의 물음에 남해 검문 장문인이 다시 한번 헛기침을 하

고 고개를 저었다.

"큼! 아니오. 오히려 집요할 정도로 우리의 눈을 피해 마을로 숨어들던 놈들이오."

"그렇다면 해적들이 남해 검문을 공격한 것은 이례적인 것이로군요."

"그놈들도 제 놈들 목숨 아까운 줄은 아는데……."

"만약, 누군가 놈들에게 목숨값을 주었다면요?"

진화의 물음에 남해 검문 장문인은 물론 남궁경과 청룡단주, 적호단주가 굳어 버렸다.

이제 모두의 시선이 남해 검문 장문인을 향했다.

"……은자만 준다면 지옥에서 부처도 죽일 놈들이오."

"이 시점에서 놈들에게 은자까지 쥐여 주면서 남해 검문을 공격해 달라고 할 놈들은 귀천성밖에 없습니다."

남해 검문 장문인과 진화의 말에 남궁경과 청룡단주, 적호단주도 동의했다.

게다가 귀천성이 해적들을 부려 정의맹과 남해 검문을 붙잡아 두고 있었다는 건…….

남해 검문과 적호단이 해적들을 상대하는 동안, 창궁무애단과 청룡단이 귀천성을 감시하고 있었던 것이 아니라, 사실은 귀천성이 깃발을 걸어 놓고 창궁무애단과 청룡단을 붙잡고 있었다는 의미였으니.

"젠장! 완전히 농락당했군! 혹시 들킬까 봐 눈도 깜짝하지 않고 깃발만 쳐다보고 있었는데…… 그 새끼들이 정승같이 서 있는 우리를 보면서 얼마나 비웃었겠어! 으아아! 이 쓰불놈의 새끼들 눈깔을 뽑아 쌍가락지로 만들어 버릴 테다!"

남궁경의 눈이 불을 뿜는 것과 동시에 입에서 거친 욕지거리가 튀어나왔다.

"이 빌어먹을 새끼들이 깃발을 걸어 놓고 무슨 짓거리를 했는지가 문제로군!"

"청룡단원들로 정찰단을 꾸리겠습니다."

"그놈들만으로는 안 돼. 우리 적호단 추격조와 함께 움직여라."

청룡단주와 적호단주가 자리를 박차고 일어섰다.

그들의 눈에도 분노의 불길이 화르르 타오르고 있었다.

"현오와 남궁구를 보내겠습니다."

진화가 개코 현오와 부엉이귀 남궁구를 정찰단에 포함시켰다.

남해 검문 장문인 해천검 계용백은 입도 벙끗하지 못했다.

사패천.

쉐에에엑--!

파팟!

"우아아아아--!"

철로 된 접선이 벌처럼 지나가며 상대의 목과 가슴을 베었다.

분수처럼 피를 흘리는 목을 잡고 쓰러지는 상대에게 재빨리 의원이 달려가고, 살각주 보곡성은 그들을 남겨 두고 유유히 연무장에서 내려갔다.

"살각주 보곡성 님 승-!"

우렁찬 승리 선언이 없더라도 살각주의 승리가 확실했지만, 상대가 사파 무림에서 제법 이름이 높은 복양박가의 가주였기에 환호가 컸다.

이것으로 살각주 보곡성은 정점을 향해 단 한 계단만 남겨 두었다.

하오문이 부지런히 움직이며 살각의 뒤를 캐는 것을 아는지 모르는지, 살각주 보곡성과 후계자 소명 그리고 살각의 비선들은 결사대전에 집중했다.

후계자 소명은 사천패룡 강무련을 만나 떨어졌고, 살각 비선들 역시 신살대 대주 초전후와 사패천 교룡대주, 수로채 채주 등을 만나 떨어졌다.

하지만 그들은 사람들의 예상 이상의 결과를 만들었고, 남은 대전 동안 착실하게 살각주를 따라다니며 사람들의 눈도장을 찍었다.

흑면 흑의를 입은 살각 사람들의 등장은 어디서나 사람들의 주목을 끌었고, 사람들의 입방아에 오르는 만큼 그들의 명성도 높아졌다.

"대체 무슨 의도인지 너무 확실해서 문제군."

"살각이 명성을 높이고 있습니다. 남궁세가처럼 사패천 일곱 기둥 최고의 자리라도 노리는 걸까요?"

"암살자와 여론몰이라니, 여러모로 안 어울리죠."

사랑탑주와 소천주 강무련, 하오문주가 연무장에서 벗어나는 살각 사람들을 보며 한마디씩 나누었다.

그들 모두 살각의 행보가 수상하다는 데에 뜻을 모은 상태였다.

"다른 사람들에게도 알려서 대비를 하는 게 좋지 않을까요?"

"혹시 누가 살각주와 손을 잡았을지 모를 일이죠. 괜한 분란만 만들 수 있습니다. 그건, 천주님부터 용서치 않을 겁니다."

소천주 강무련은 사패천에 불안 요소를 남겨 두기 싫어했지만 물러설 수밖에 없었다.

하오문주의 말이 일리가 있었기 때문이다.

"어쨌든 무슨 꿍꿍이인지 오늘 안에 결판이 나겠군. 차라리 일곱 기둥의 최고 자리를 노리는 거라면 다행이련만……."

휴식을 위해 사패천을 나가는 살각주와 일행을 눈을 좇으며, 사랑탑주가 가늘게 눈매를 좁혔다.

해가 뉘엿뉘엿 저물어 갈 무렵.

오늘 결사대전의 마지막 싸움도 거의 끝나 가고 있었다.

쉐에에엑---!

퍽! 퍽!

살각주의 철 접선 네 쌍이 이리저리 어지럽게 날아다니고, 홍렬문주 폭렬권 적신혜는 철 접선을 맨주먹으로 내리쳤다.

퍼억!

"어딜-!"

쉐에엑!

하나의 철 접선이 홍렬문주의 격권에 맞아 떨어졌다.

하지만 어디서 날아드는지 모를 철 접선 세 쌍이 홍렬문주의 팔과 얼굴, 목에 붉은 실선을 남겼다.

"젠장!"

홍렬문주가 울분에 찬 듯 소리를 질렀다.

홍렬문주는 아무리 빨리 눈알을 굴려도 도무지 철 접선의 움직임을 읽을 수 없으니, 그것이 답답하여 성질이 난 것이다.

살각주의 철 접선은 마치 의지라도 있는 듯 나비처럼 자유롭고 빠르게 움직였다.

그리고 살각주는 차분하고 냉정한 눈으로 철 접선의 날갯짓 하나하나까지 읽고 조종하고 있었다.

성질이 뻗쳐 제 분노도 어찌할 줄 모르는 자와 끝까지 상대의 틈을 지켜보고 냉정을 유지하는 자.

두 사람의 차이가 점점 벌어지기 시작했다.

"이 쥐새끼 같은 새끼! 으아아아---!"

퍼----억!

홍렬문주의 두 주먹에 기사가 회오리바람처럼 요동쳤다.

홍렬문주가 철 접선을 무시하고 살각주를 노리기 시작했다.

퍼어억-!

거대한 체구에서 뿜어져 나오는 힘과 홍렬문 격권의 위력은, 폭렬권이라는 별호답게 주먹을 막아 내는 살각주의 몸 전체를 뒤로 밀어냈다.

하지만 그뿐이었다.

"어, 어떻게……!"

홍렬문주가 믿을 수 없다는 눈으로 살각주를 보았다.

그들의 대전을 지켜보고 있던 사랑탑주와 하오문주, 강무련이 자리에서 벌떡 일어섰다.

대전을 구경하던 모든 이들이 놀란 광경이었지만, 특히 홍렬문주 본인과 살각주를 유심하게 보고 있던 세 사람은 경악을 금치 못한 상황이었다.

살각주 보곡성이 암살자의 가벼운 몸으로 홍렬문주가 전신의 기운을 실은 격권을 단지 세 걸음 밀려나는 것으로 맞섰다는 것은.

그리고 그 순간 살각주의 눈이 피처럼 붉게 빛났다는 것

은.

"커-헉!"

홍렬문주가 피를 토하며 쓰러졌다.

그의 등 뒤에 철 접선 세 쌍이 노을을 받아 날개를 붉게 반짝이고 있었다.

"오오오-!"

사파 무인들의 놀라는 소리가 크게 울렸다.

연무장에 홍렬문주의 피가 번지고, 의원들이 급히 그를 치료하려 철 접선에 손을 갖다 대었다.

"뽑지 마-!"

하오문주가 소리치기 전에, 의원의 손이 먼저 움직였다.

파바팟-!

철 접선에 어떤 장치가 되어 있었던 것인지, 홍렬문주의 몸에 깊이 박혀 있던 철 접선이 뽑혀 나오면서 피가 분수처럼 뿜어져 나왔다.

의원들이 급히 그곳을 지혈하려 했지만, 이미 홍렬문주의 몸에서 나온 피가 연무장을 적시고도 남을 양이었다.

"당신……!"

의원에게 미리 말을 했더라면 홍렬문주가 죽지 않았을 것이라. 급하게 사랑탑을 달려 나온 하오문주 채명지가 매서운 눈으로 살각주를 노려보았다.

하지만 살각주는 하오문주의 시선을 무시한 채 똑바로 고개를 들어 사랑탑을 보았다.

“사, 살각주 보곡성 승!”

심판을 보던 흑살대주 추서량은 당황한 기색이 역력했지만, 결사대전을 마무리하는 것을 잊지 않았다.

“최종 승전에 오른 승자는 선택을 하시오!”

사랑탑대전의 규칙에 따라 자신의 조에서 최종 승자가 된 이는 서열을 올릴 것인지, 정점에 도전할 것인지 선택지가 주어졌다.

살각주 보곡성에게도 선택의 기회가 주어졌다.

그에 살각주 보곡성이 사랑탑에 시선을 고정한 채 얇은 입술이 더 가늘게 미소를 지었다.

“내 선택은 도전이오! 나는 사패천주 한구혈에게 도전하겠다!”

“……!”

살각주 보곡성의 선언에 사패천 전체가 숨이 멎은 듯한 침묵이 돌았다.

살각주의 선택에 모든 이들이 경악을 금치 못했다.

파란(波瀾).

살각주의 선언이 있고 사패천에는 그야말로 파란이 일었

다.

부딪치고 깨지는 파란에는 어려움이나 시련의 의미를 포함하고 있다.

그런 의미에서 살각주의 선언은 파란 그 자체였다.

"무슨 생각인지 모르겠군."

사랑탑주가 무겁게 한숨을 쉬었다.

갑자기 도전이라니.

아무리 내공이 늘고 무공에 진전을 보았다고 해도, 상대가 사패천주였다.

어려움이나 시련 정도라 아니라 필패가 예상되는 결사대전을 뭐 하러 한단 말인가.

사랑탑주는 물론 소패주 강무련과 하오문주도 살각주 보곡성의 의도를 짐작하지 못했다.

"살각주의 경지가 지금까지 보여 준 대로는 아닐 겁니다."

"그렇다고 해도 너무 무모한 도전이죠."

"목숨을 걸 정도라면 그자도 뭔가 승산을 찾았다는 건데…… 하오문에서는 뭔가 찾았습니까?"

"없어요."

강무련의 물음에 하오문주가 굳은 얼굴로 고개를 저었다.

홍렬문주가 죽었다.

일의 심각성을 인지한 하오문주도 필사적으로 살각의 뒤를 쫓았으나 결정적인 증거는 찾지 못했다.

"수상한 점도 못 찾았습니까?"

"수상한 점이라…… 허!"

말끝을 흐린 하오문주가 기가 찬다는 듯 코웃음을 쳤다.

"수상한 점은 한둘이 아니죠. 살각 사람들의 내공이 비약적으로 늘었는데, 주변으로 아무 이야기가 없다는 게 말이 될 것 같아요? 영약을 구했다면 심마니 쪽으로, 뭔가 큰돈이 생겼다면 상인들 쪽으로, 외부 손님이 있었다면 살각 주변으로 사람들의 말이라는 게 있어야 정상인데, 너무 아무것도 없어요! 심지어 요 근래 살각 암살자들이 외부 활동을 했다는 말도 없더군요."

하오문주의 말에 사랑탑주와 강무련이 심각한 표정을 지었다.

그녀의 말대로 수상한 구석이 한두 군데가 아니었다.

"수상한 부분은 넘쳐 나는데, 증거가 없어요. 증거가 없다는 것조차 수상하고요!"

하오문주 채명지가 싸늘하게 말했다.

미미하게 붉어진 얼굴이 그녀답지 않게 흥분한 듯도 보였다.

사랑탑주가 그런 하오문주를 조용히 쳐다보다가 물었다.

"하오문주께선 따로 의심하고 계신 곳이 있나 보군요."

사랑탑주의 질문이 핵심을 찔렀는지, 하오문주가 선뜻 답을 못 하고 입을 꾹 다물었다.

잠시 입술을 움찔거리던 하오문주가 결국 한숨을 쉬고 입을 열었다.

"지금 군조가 살각 건물을 지었던 목수를 찾고 있습니다. 대부분 암살문이 그러하듯, 일꾼들이며 목수며 살아 있는 자들이 없더군요. 하지만 오래전에 설계에만 참여하고 빠진 이가 있다 하여 수소문 중이에요."

"갑자기 건물까지 조사하는 이유는요?"

"……그자가 귀천성과의 접점은 없는지 알아보려고요."

"귀천성!"

사랑탑주와 강무련이 크게 놀란 듯 눈을 크게 떴다.

그때.

"다음 말은 제가 하는 것이 좋겠군요."

"홍량대부!"

홍량대부 초산하가 탑주의 집무실로 들어왔다.

"더 늦기 전에 이야기를 나눠야 할 듯하여 찾아왔습니다."

홍량대부 초산하의 등장에 모두가 놀란 얼굴로 그를 보았다.

초대받지 않은 손님임에도 불구하고 여유 있는 태도로 자리에 앉은 홍량대부는, 탑주와 강무련, 하오문의 앞에 붉은 구슬 하나를 내놓았다.

"이, 이건……!"

"사기가 예사롭지 않군요. 이것이 무엇입니까?"

"후후후, 역시 탑주님은 느껴지시는가 보군요. 혈정이라는 것입니다. 한수림의 일로 정의맹에 가서 협업을 하면서, 몇몇 귀천성의 기물을 볼 기회가 있었습니다. 그중에 하나지요."

"귀천성의 기물이라…… 갑자기 이것을 내보인 이유가 따로 있는 겁니까? 혹시, 홍랑대부께서도 저와 같은 생각을 하셨던 겁니까?"

사랑탑주가 혈정을 보며 눈을 빛내면서도 동시에 경계의 눈초리로 홍랑대부와 하오문주를 번갈아 보았다.

사랑탑주는 이 일을 하오문주에게 맡겼을 정도로 그녀를 신뢰했고, 홍랑대부 또한 자신만큼이나 사패천주와 오래되었다는 건 알고 있었다.

그렇기 때문에 화를 내지 않고 이 일이 새어 나간 경위에 대해 은근히 돌려 물은 것이다.

그러자 홍랑대부가 묘하게 웃으며 눈을 번뜩였다.

"신양초가가 쫓고 있는 건 살각이 아니라 귀천성이었습니다. 역천대법을 펼치는 비지에 만년독수와 수만 동이의 피를 담고 옮기는 설계가 그리 쉽고 흔한 것은 아닐 것이니. 정의맹과 십이좌회와 함께 그런 공사에 참여한 인부나 목수를 쫓던 중에 하오문과 마주친 게지요."

"같은 목수를 쫓게 되었으니까요."

하오문주가 말을 보태었다.

그리고 홍랑대부가 다시 혈정을 들어 보였다.

"하오문주에게 대강의 사정을 듣고 생각을 해 보았지요. 살각과 귀천성이라니, 둘 사이에 접점이 생길 만한 일이 무엇이 있을까…… 이전의 소리마제가 그러했듯, 귀천성에는 역천대법과 이 혈정, 암림혈귀갑이라는 귀물을 통해 암살자를 단번에 경지 너머로 인도할 수 있는 방법이 있더군요. 살각주가 탐낼 이유가 충분하지 않습니까? 후후후."

"암림혈귀갑!"

하오문주의 얼굴이 새하얗게 질렸다.

"허! 역시 놈들이 다른 마음을 품은 것이 확실하군요! 당장 놈들을 전부 잡아들여야 합니다!"

강무련이 흥분하며 분노를 드러냈다.

하지만 강무련의 말에 사랑탑주와 하오문주, 홍랑대부까지 누구도 쉽게 동의할 수 없었다.

애초에 살각이 배신할 동기와 정황증거를 연결했을 뿐이었다.

실제로 목수가 살각 내부에 역천비지가 있다고 증언을 한 것도 아니고, 결정적인 증거는 어디에도 없었다.

결국 살각을 막을 수 있는 명분은 어디에도 없었던 것이다.

"당장 살각을 친다고 하면, 천주님부터 반대하실 것이오."

사랑탑주 마모섬이 고개를 저었다.

"내가 아는 천주님이라면 설령 살각과 귀천성이 손을 잡은 것을 안다고 해도 살각의 도전을 거부하지 않을 거요."

"후후, 천주님이라면 그럴 겁니다."

사랑탑주의 말에 홍랑대부가 고개를 끄덕였다.

하오문주와 강무련도 '아니라'고 하진 못했다.

"일단 살각의 배신 가능성은 천주님께 보고드리겠소. 결과는 다르지 않겠지만……."

사랑탑주 마모섬이 한숨을 쉬며 말했다.

사패천주의 무모함이나 호전성에 대해서는 포기할 건 빨리 포기하는 편이 나았다.

"미리 막을 수 없다면 대비라도 해야지. 살각이 귀천성에 붙은 거라면, 굳이 이번 결사대전에 참여한 이유는 뭐겠소?"

사랑탑주가 세 사람에게 물었다.

그러자 안색이 창백하게 질려 있던 하오문주가 조심스럽게 입을 열었다.

"살각주는 현재 천주님께 도전을 한 상태죠. 혹여 놈이 벌써 암림혈귀갑을 얻은 것이라면…… 천주님을 이기고 사패천 전체를 집어삼킬 승산을 찾았다고 생각했을 겁니다."

하오문주가 심각한 얼굴로 말했다.

"정말 승산이 있는 겁니까?"

강무련이 의아한 듯 물었다.

그의 의아함에는 '살각주가 아무리 기물의 힘을 빌려 봤자 사패천주에게 닿을 순 없다.'는 생각이 바탕에 깔려 있었다.

하지만 하오문주의 생각은 달랐다.

"암살자의 손에 들어간 암림혈귀갑의 위력에 대해 누구보다 제가 잘 알고 있다고 생각해요. 이전의 소리마제가 죽임을 당한 건, 암살자로서의 장점을 버리고 남궁세가에 정면으로 들어갔기 때문이에요. 그것도 남궁경과 남궁가주, 남궁세가 일장로의 합격이었다고 하죠."

하오문주의 대답에 분위기가 얼어붙었다.

"이런. 천주님께서 대결에서 지신다면, 사패천 전체가 귀천성의 밑으로 들어가게 될지도 모르겠군요. 후후후후."

"놈들도 그걸 노리는 것인가……."

홍랑대부 초산하의 눈빛이 차갑게 번뜩이고, 사랑탑주는 여전히 뭔가 석연치 않은 듯 생각에 빠졌다.

무거운 침묵이 흘렀다.

하지만 잠시 후, 갑갑함을 견디다 못한 강무련이 침묵을 깼다.

"정 그러면 일단 결사대전을 이뤄지지 못하게 사부님을 묶어 두고 살각을 처리하는 건 어떻습니까?"

"……."

"아, 뭔가 해결책을 찾아야 할 것 아닙니까! 놈들의 의도가 뭐든, 일단 그냥 치워 버리는 겁니다!"

"……후우."

홍랑대부 초산하와 사랑탑주, 하오문주가 강무련을 보고

한숨을 쉬었다.

왜 강무련이 사패천주의 제자가 되었는지 이제 이해가 되었다. 하지만 정말 유감스러운 것은, 사패천주를 묶어 둘 사람이 없다는 것이었다.

사패천 전체가 살각주의 도전에 대해 술렁이고 있었다.

사패천 별관에 있는 한수림의 귀에도 그 소문이 들어갔다.

"아부지가 결사대전을 한다고?"

한수림이 두 눈을 동그랗게 뜨고 물었다.

"예, 정말 큰일이지요? 살각주는 대체 무슨 생각을 하는지."

한수림의 유모가 걱정스럽다는 듯 한숨을 쉬었다.

어미도 없는 불쌍한 우리 도련님, 아버지까지 다치면 어쩌나.

유모가 안쓰럽다는 듯 한수림의 볼을 쓰다듬었다.

하지만 한수림의 반응은 그녀의 생각과 달랐다.

"보고 싶어!"

"네?"

"보고 싶다고! 나도! 아부지가 싸우는 거!"

"예에? 말도 안 돼요! 도련님이 그 위험한 걸 어떻게 봐요? 안 돼요!"

"그치만! 아부지도 늙었다고. 언제까지 잘 싸울지도 모르는데, 내가 미리미리 봐 둬야지!"

누가 들었다면 기함할 소리를 아무렇지 않게 하는 한수림이었다.

아니, 아무리 한수림이라도 사패천주가 들었다면 딱밤이 아니라 꿀밤을 날렸을 말이었다.

"도련님-!"

귀한 도련님에게 손을 댈 수 없는 유모는 기겁하며 소리를 질렀다.

"아아아, 몰래 가자. 나는 쪼끄매서 몰래 가서 보고 와도 모를 거야. 가자, 유모!"

"말도 안 되는 소리 마세요! 어딜 가신다고, 큰일 날 소리를!"

유모는 애교스럽게 조르는 한수림의 부탁을 단호하게 거절했다.

물론 그녀의 도련님에게는 이것으로도 부족했다.

"그날은 제가 도련님 옆에서 한시도 안 떨어지고 붙어 있을 거예요. 문 딱- 닫고 방에만 있을 거니까 그렇게 아세요!"

"아, 너무해!"

"하나도 안 너무해요!"

한수림과 유모가 눈썹을 역팔자로 하고 불퉁하게 입술을 내민 뒤 서로 등을 돌려 앉았다.

쉐에에에엑---!

펑-! 펑!

"으아아악!"

"도, 도망쳐…… 커헉!"

문을 막아 선 중년인의 등으로 시커먼 갈고리가 와서 박혔다. 그리고 무지막지하게 중년인을 끌어당겼다.

"아, 안 돼! 아아악!"

파팟-!

얼마나 힘을 주고 있었던 건지.

중년인이 잡고 있던 문설주가 뜯겨 나올 정도였다.

"아, 안 돼……. 안 돼……!"

등에 박힌 갈고리가 중년인의 가슴 쪽으로 나와 있는 상황에서도 중년인은 바닥을 기어갈 정도로 필사적이었다.

하지만 그때.

꽈드득!

인정사정없는 발이 중년인의 등을 짓밟았다.

"커억!"

중년인이 충격으로 피를 토했다.

그런 중년인의 머리 위로 비정할 정도로 냉정한 목소리가 들렸다.

"귀찮게 만드는군."

그것이 끝이었다.

파팟-! 팟--!

"컥……!"

등에 박힌 갈고리가 그대로 뜯겨 나가며, 중년인은 단발의 비명도 남기지 못했다.

중년인의 등을 밟고 사정없이 갈고리를 수거한 인영이 고개를 들었다.

흑의에 흉측한 귀면을 쓴 다른 무리와 달리, 인영은 흑색 갑주에 아무것도 그려지지 않은 흑면을 쓰고 있었다.

그가 문 쪽으로 시선을 두었다.

"쫓아라."

"충."

인영의 목소리와 함께 흑의에 흉측한 귀면을 쓴 일련의 무리가 문밖으로 쏘아져 나갔다.

무심한 시선이 다시 죽은 중년인을 향했다가 조용히 걸어 나갔다.

"보해문은 끝이군. 남은 곳은?"

"주애조가가 남았습니다."

"가지. 오늘 안으로 정리를 끝낸다."

"충."

인영의 말과 함께 대낮에 보해문을 쑥대밭으로 만든 흑의에 귀면을 쓴 무리가 일제히 떠날 준비를 마쳤다.

마지막으로 보해문을 둘러본 인영이 빠르게 몸을 날리고, 흑의 귀면을 쓴 무리가 그 뒤를 따랐다.

"저기!"

"……음? 저기가 왜?"

"왜긴, 이 미친놈아! 해질녘에 저렇게 무시무시한 가면 쓴 놈들이 애들을 쫓고 있으면 뭐겠냐!"

쉐에에에엑-----!

남궁구가 어리둥절한 얼굴로 저를 보는 현오에게 욕지거리를 뱉고는 검기를 날렸다.

퍼-엉!

청년 하나와 어린 소년 하나.

그들의 뒤를 쫓는 듯하던 흑의 귀면을 쓴 이들이 남궁구의 검기를 막았다.

"……어쭈? 보통 산적이 아닌데?"

남궁구의 눈이 대번에 사납게 굳었다.

그때, 공격을 받은 흑의 귀면인들이 숲으로 모습을 감췄다.

남궁구가 그들의 뒤를 쫓으려 했지만, 하필 그 순간 남궁구의 곁으로 적호단원들이 모여들었다.

"무슨 일이야?"

"그게……."

남궁구가 뭐라 답을 하기 전, 청년과 소년이 남궁구를 잡고 매달렸다.

"살려 주십시오!"

"도와주세요!"

"어? 어?"

당황한 남궁구가 소년과 청년을 보았다.

다짜고짜 남궁구를 붙잡은 이들의 목에는 어느새 검이 겨눠져 있었는데, 그것을 본 소년의 눈에 눈물이 차올랐다.

"아, 아니, 그게 아니라……!"

소년의 눈에 눈물이 고이는 것을 본 적호단원들이 당황한 얼굴로 얼른 검을 내렸다.

하지만 이미 공포와 두려움, 서러움에 질릴 대로 질려 버린 소년은 울음을 터뜨리고 말았다.

"으허어어어엉! 살려 주세요―――!"

"아, 아니, 그게…… 우리가 죽이려고 그런 게 아니라……."

소년의 서러운 울음에 적호단원들이 어쩔 줄을 모르며 변명을 늘어놓았다.

결국 어찌어찌 소년과 함께 온 청년이 자신들의 정체를 밝히고, 남궁구가 정의맹 소속이라는 것을 밝히면서 당황스러운 촌극을 끝낼 수 있었다.

소년과 청년은 보해문의 유이한 생존자였다.

그들은 아버지인 문주가 목숨을 걸고 입구를 막아서고, 둘밖에 알지 못하는 비밀 통로로 움직인 덕분에 도망칠 수 있었다.

그마저도 사실 남궁구가 아니었다면 죽임을 당할 뻔했지만 말이다.

"크흐흑. ……윤호가 결국…… 크흑흑! 이 어린것들을 두고, 윤호야! 크허허헝!"

남해 검문의 장문인 해천문 계용백이 청년과 소년을 끌어안고 울음을 터뜨린 덕분에, 진화와 남궁경, 적호단주, 청룡단주는 그들의 신분을 더 의심하지 않았다.

"흑의에 귀면이라니……."

"광룡귀면대가 분명합니다."

"그 새끼들, 다 죽은 게 아니었구먼."

남궁경과 청룡단주, 적호단주가 흑의 귀면인들의 정체를 예상할 때, 진화는 조용히 입을 다물었다.

각오를 하고 있었기 때문일까.

진화는 생각보다 덤덤했다.

'광마제도 이곳에 제 역천비록이 있다는 걸 안 건가? 아니면…… 나 때문에?'

진화의 눈이 울고 있는 소년과 청년을 향했다.

일가와 일문을 모조리 잃고 울고 있는 이들.

이제 와서 그들의 불행이 자신 때문이라 죄책감을 갖는 것은 아니었다.

광마제가 만든 불행이었다.

진화 저 때문이 아니라 광마제와 귀천성 때문인 것이다.

"보해문이라면 남해 검문과 긴밀하게 연결된 곳으로 알고 있습니다, 관도를 통하는 곳에 위치한."

"크흐흑. ……맞습니다."

"그런 곳이 또 있습니까?"

"예? 그런 곳이라면…… 두 군데 더 있습니다. 산해문과 주애조가."

"두 곳으로 연통을 보내 보십시오. 변고는 없는지, 위험은 없는지. 광룡귀면대가 온 것이라면, 두 문파도 당했을 가능성이 있습니다."

"아, 알겠습니다."

진화의 말에 남해 검문의 장로가 놀란 얼굴로 서둘러 나갔다.

남궁경과 청룡단주, 적호단주가 궁금한 눈으로 진화를 보고 있었다.

진화도 그들의 시선을 알았지만, 그 전에.

"그곳에 온 자들에 대해 세세하게 말해 줄 수 있겠습니까?"

"크흐흑. ……네?"

"흑의에 귀면을 쓴 자들. 그자들 중 특별히 갑주를 입은 자는 없었습니까?"

진화의 물음에 청년과 소년의 눈이 커졌다.

"이, 있었습니다!"

"키가 크고, 갈고리가 달린 사슬을 들었어요! 그걸로…… 그걸로 전부…… 흐어어엉!"

다시 울음이 터진 소년이 청년의 품에 안겼다.

청년은 소년보다 차분한 투로 진화에게 말을 이었다.

"다른 문파도 들렀다 온 듯했습니다. 다짜고짜 공격했는데, 도무지 막을 수 없었습니다. 갈고리가 달린 사슬로 모든 것을 부쉈지만, 그중에서도 그자는…… 검은 철로 된 장갑을 끼고 부수지 못하는 것이 없었습니다."

'흑룡수!'

청년의 말에 진화는 그자의 정체를 단번에 알아차렸다.

이전 생에 광룡귀면대를 이끌고 잠삼현을 쑥대밭으로 만들었던 자였다.

'흑룡수…… 무맥! 기어이 네놈이 이곳으로 왔구나!'

진화의 눈에서 푸른 불꽃이 튀어 올랐다.

'외부와 연결된 모든 것을 끊어놓는다. 그래, 네놈의 수법이었지. 하지만 이번에는 다르다! 고립된 것이 어느 쪽인지, 죽음으로 가려 보자꾸나!'

눈동자에 번개를 번뜩이며 화사하게 웃는 진화의 모습에,

진화의 앞에 있던 청년이 놀란 얼굴로 시선을 떼지 못했다.

"마지막이구나."

깜깜한 동굴.

한쪽에는 시뻘건 불이 펄펄 끓고 있는 가마가 있었다.

자애로운 목소리로 말을 건넨 인영이 그 가마에서 뭔가를 조심스럽게 꺼냈다.

까만 가면과 장갑이었다.

인영은 가마에서 꺼낸 그것들을 까만 독수에 던졌다.

쏴아아아!

뿌연 연기가 피어오르며 동굴 안이 독기로 가득했다.

꿀렁꿀렁꿀렁.

까만 가면과 장갑이 거품을 물고 독수 밑바닥까지 가라앉고, 잠시 후.

우웅—! 팟! 팟! 파—앗!

사방에 있던 붉은 혈정들이 부서지며 그대로 독수 안으로 흘러 들어갔다.

만년 독수와 혈정.

귀천성이 만들어 낸 모든 죽음과 악의, 집념의 산물들이 점점 뭔가에 빨려 들어갔다.

쓰으으읍. 쓰읍…….

마침내 만년 독수와 혈정이 녹아든 그것이 바닥을 드러내고, 안에는 까만 가면과 장갑만이 남았다.

가면과 장갑은 여전히 검었지만, 빛에 따라 붉고 푸른 오만 가지 색을 뿜고 있었다.

다만 어떤 색을 띠던 가슴이 서늘할 정도로 차갑고 날카로워서, 차르르 철편들이 움직일 때마다 마치 흑룡의 비늘이 꿈틀대는 것 같았다.

"허허허, 이제 다 되었구나!"

진심으로 기쁜 듯 목소리에서 흥분이 느껴졌다.

인영은 먼저 가면을 꺼내 한쪽으로 가져갔다.

가면이 번뜩이는 아래로 침상에 누워 있는 사내가 비쳤다.

사내의 모습이 비치는 위로 인영, 광기를 품고 있는 광마제의 눈이 겹쳐졌다.

"이제 일어날 시간이다."

광마제가 사내의 얼굴 위로 가면을 갖다 대었다.

쉬이이이이―――!

뭔가 타들어 가는 듯한 소리가 들렸다.

동시에 가면이 살아 있는 생물처럼 꿈틀거리며 사내의 얼굴로 파고들었다.

덜컹! 덜컹―덜컹!

"……!"

비명도, 신음도 없이.

사내는 전신을 비틀고 부들부들 떨었다.

광마제가 희열에 찬 눈으로 고통에 몸부림치는 사내를 지켜보았다.

잠시 후.

사내가 두 눈을 번쩍 뜨고 곧바로 일어나 앉았다.

광마제가 기대감과 광기로 번들거리는 눈빛으로 사내를 보며, 손가락으로 아직 남아 있는 장갑을 가리켰다.

사내는 광마제의 손가락을 따라 장갑을 향해 다가갔다.

그리고 조심스럽게 손을 끼웠다.

쉬이이이이———!

역시나 가면이 씌워졌을 때처럼 살이 타들어 가는 냄새와 장갑이 사내의 손으로 파고들었다.

"……으득……."

사내가 이를 악물고 고통을 견뎠다.

얼굴의 핏줄이 터질 정도의 고통은, 장갑이 본래 사내의 몸에서 비늘이 돋은 듯 일부만 남기고 흡수되고 나서야 겨우 끝이 났다.

차르르……. 꾸욱.

검게 물든 듯한 손.

두 손을 폈다가 주먹을 쥐어 본 사내의 눈동자가 가늘게 떨렸다.

“이름은 무엇으로 하겠느냐?”

광마제의 목소리에 사내가 급하게 뒤를 돌아 부복했다.

그리고 망설이지 않고 말했다.

“무맥(無脈)이라 하겠습니다.”

“허허허, 너희들은 늘 그 이름을 가지려 하는구나. 다시 태어난 것을 환영한다, 무맥. 하하하하하하!”

광마제가 광소를 터뜨리고, 스스로의 이름을 무맥이라 정한 사내의 눈은 감격에 젖은 듯 일렁였다.

무맥(無脈).

광마제가 중원을 종횡할 때도, 결전을 치르고 정파에 철퇴를 가할 때도, 그리고 큰 부상을 입고 영면에 들었을 때도 그의 곁을 지킨 사람은 모두 무맥이었다.

세 개의 광신기 중에서 마룡삭과 마룡아의 소유자로, 광룡귀면대를 이끌며 주군의 뒤를 지켰던 가장 충성스러운 수하, 그의 이름이 무맥이었다.

그래서일까.

광마제의 충성스러운 수하들은 모두 무맥의 마룡삭과 마룡아는 물론 무맥의 자리, 역할, 하다못해 무맥의 이름까지도 가지고 싶어 했다.

마치 그것이 광마제에 대한 충성심의 증거인 것처럼.

그래서 광마제도 마지막까지 세뇌를 확인할 때 이름을 물었다.

"무맥, 나를 위해 해 줘야 할 일이 있구나."

광마제의 말이 떨어지기 무섭게 무맥이 고개를 숙였다.

척척척척척.

흑의에 귀면을 쓴 일련의 무리가 성으로 들어왔다.

그들의 선두에는 광마제의 삼 대 광신기 중 하나인 흑룡수를 낀 무맥이 있었다.

"하하하, 어서 오십시오!"

희멸문주 백수옥선 여승천이 밝게 웃으며 광룡귀면대에 다가갔다.

하지만 그의 속내는 완전히 달랐다.

희멸문주는 갖가지 흉측한 귀면을 쓴 광룡귀면대원들보다 무심한 듯 아무것도 그려지지 않은 검은 가면만 쓴 무맥이 훨씬 소름 끼쳤다.

그가 눈을 움직일 때마다 검은 가면이 마치 뱀의 비늘처럼 촤르르르- 움직이며 빛을 번들거렸기 때문이다.

"다들 있나?"

"물론이오. 사흘 전부터 고혈방과 해왕문이 왔고, 서패문, 성심당도 바로 어제 도착했소!"

"……."

흑룡수를 한 무맥이 희멸문주를 보았다.

그리고 무심한 가면 안에서 피식- 비웃음 소리가 들린 듯 했다.

"그런 떨거지를 묻는 게 아니다. 남해 검문에 잡아야 할 사냥감이 다 있냐고 물은 거다."

"무, 무슨……!"

흑룡수 무맥의 말에 희멸문주가 당황해서 뭐라 말을 하기 전에.

탕-!

"이봐! 말이면 단 줄 알아?"

뒤에서 광룡귀면대를 기다리고 있던 사람들 중 성심당 당주가 화가 난 듯 발을 굴렀다.

"씨발, 진짜 무맥도 아니면서 있는 척은!"

"……."

차르르르…….

흑룡수 무맥의 갑주가 성심당 당주를 향했다.

커다란 덩치에 어울리는 무지막지한 큰 근육을 자랑하는 사내는 무맥의 시선에 되레 목소리를 높였다.

"꼴에 광룡귀면대라고 어깨에 힘만 잔뜩 들어서는! 네가 광마제야? 씨발, 광마제도 아니고 고작 햇병아리 새끼 맞으러 이렇게 나와 있는 것도 내장이 쏠리는구먼! 뭐? 꼬라보면 어쩔 건데!"

성심당 당주는 흑룡수 무맥을 향해 불만을 터뜨렸다.
그때였다.
쉐에에에엑----!
흑룡수 무맥의 주먹이 검은 용처럼 날아가 성심당주의 배에 박힌 것은.
"커억!"
"다, 당주님-!"
성심당 무인들이 놀라 당주를 불렀다.
하지만 그 전에, 흑룡수 무맥이 팔을 휘두르며 흑룡에 물린 성심당주의 배가 뜯겼다.
파-핫!
성심당주의 말처럼, 그의 피와 허연 내장이 쏟아져 내렸다.
"당주님!"
"이, 이게 무슨 짓이오!"
성심당 무인들은 물론 주변의 모두가 경악을 금치 못했다.
"이놈들-!"
채-앵!
성심당 무인들이 검을 빼 들었다.
그와 동시에.
퍽. 퍽. 퍽. 퍽. 퍽.
광룡귀면대의 갈고리가 그들의 등과 배, 온몸을 뚫고 박혀 들었다.

쉐에에에엑---!

이 선에 있던 광룡귀면대원들이 사슬을 타고 올라 갈고리에 박혀 꼼짝도 못 하는 성심당 무인들의 목을 베었다.

팟-! 파파팟--!

수십 명의 성심당 사람들이 순식간에 죽었다.

희멸문의 본관 앞은 순식간에 피가 작은 내를 이루며 흐르고 피비린내가 사방에 진동을 했다.

희멸문주는 물론 다른 문파 사람들도 엉거주춤한 모습 그대로 얼어붙었다.

흑룡수 무맥이 그들을 천천히 돌아보며 말했다.

"광마제가 아니라 광마제 님이다. 존칭 똑바로 하도록."

"……."

순식간에 일어난 살육을 본 뒤, 흑룡수 무맥의 말에 대꾸하는 사람은 아무도 없었다.

흑룡수 무맥과 광룡귀면대가 본관 안으로 들어갈 때까지 그들은 그 자리에서 발을 떼지 못했다.

잠시 후.

희멸문에 있던 깃발이 일제히 내려갔다.

그리고 광마제를 상징하는 광룡귀면대의 깃발이 모든 자리에 올라갔다.

사패문의 문이 활짝 열렸다.

오늘은 사패문으로 올 수 있는 거의 모든 사파 무인들이 왔다고 해도 과언이 아닐 정도로 많은 이들이 몰려들었다.

연무장 주변이 발 디딜 틈도 없이 사람으로 가득했다.

"물러나! 물러나라니까!"

"아, 씨펄! 그만 좀 밀어-!"

"이 미친 새끼들이! 구경하다 뒈지고 싶어? 천주님 주먹에 빗맞아서 대대손손 앉은뱅이로 영광스럽게 살 거야? 뒤로 물러나라고!"

흑살대와 홍랑대가 나서서 사람들을 뒤로 물리고서야 겨우 일 장 정도 거리가 나왔지만, 그들의 눈엔 여전히 불안하기만 했다.

"한 석 장은 물러나게 해야지."

"저치들이 물러날까? 그냥 둬. 몇 놈 죽고 나면 알아서 뒤로 물러서겠지."

흑살대주와 홍랑대주의 말을 들은 이들이 슬금슬금 뒤로 물러났다.

그렇게 연무장 주변이 정리되고 나자, 북소리가 울렸다.

결사대전이 시작된다는 걸 알리는 소리였다.

천천히 살각주 보곡성이 걸어 나왔다.

창백하리만큼 하얀 얼굴에 날카로운 이목구비, 흑의 무복 위로 화려한 검은색 도포를 걸치고 나오는 보곡성의 모습은 살선(殺仙)이라는 별호가 딱 어울리는 모습이었다.

사라락…….

한 걸음 한 걸음 천천히 걷는 모습만으로도, 사파 무인들은 살선의 도포를 밟지 않는 곳까지 물러섰다.

까맣게 모여 있는 사람들에 비해 보곡성의 주변은 기묘할 정도로 적막했다.

살각주 살선 보곡성이 연무장에 오르고 그의 후계자 소명과 비선들이 그 아래 자리를 잡자, 기묘한 적막감은 사패천 전체에 퍼졌다.

하지만.

"와, 와아아아아-! 천주님-!"

누군가의 외침과 함께 기묘한 적막이 대번에 사라졌다.

한쪽 끝에서 사패천주가 모습을 드러내고, 사파 무인들은 목이 터져라 환호를 질렀다.

사파 사람들에게 사패천주는 그러한 존재였다.

그들이 잔뜩 겁을 먹고 움츠러들었을 때에도 등장만으로 그들의 자존심을 일으켜 세워 주는, 사파 무인들의 자부심 그 자체라 할 수 있었다.

"와아아아아--!"

"천주님! 다 죽여 버리십시오-!"

"힘내십시오!"

일방적인 응원과 지지가 사패천주에게 쏟아졌다.

척.

연무장에 오르기 전, 사패천주가 밑에 자리를 잡은 강무련에게 패천아랑도를 던졌다.

"진짜 안 가져가시게요?"

"뭘 저딴 놈한테."

강무련의 걱정 어린 말에 사패천주는 그저 어깨를 한번 으쓱해 보였다.

펄럭-!

걸치고만 있던 도포가 강무련을 향해 떨어졌다.

"와아아아아-----!"

진갑을 넘어 고희를 바라보는 나이임에도 불구하고 이 자리의 누구보다 크고 단단한 근육을 자랑하는 사패천주의 모습에 사방에서 환호가 쏟아졌다.

사파인들의 환호를 마음껏 즐긴 사패천주가 연무장으로 올랐다.

"아, 진짜. 곧 죽어도 멋진 척은……."

뒤에서 천주의 패천아랑도와 도포를 주워 든 강무련이 구시렁거렸지만, 자신에게 쏟아지는 환호에 젖은 사패천주의 귀에는 아무것도 들리지 않는 듯했다.

마침내 연무장에 사패천주 한구혈과 살각주 보곡성이 마

주 섰다.

사패천주는 오랜만의 도전자를 향해 씨익- 웃음을 보였다.

"네놈이 이렇게 용감할 거라곤 생각을 못 했는데 말이야."

"……."

명백하게 깔보는 듯한 말.

하지만 살각주 보곡성은 어떤 대답도 하지 않았다.

아니, 하지 못했다.

'미친……! 이게 천주의 기운이라고?'

사패천주가 연무장에 한 걸음, 한 걸음 가까워질수록 점점 살각주를 내리누르는 기운도 강해졌다.

그리고 마침내 마주 보게 된 사채천주는 거대한 산처럼 살각주를 내리눌렀다.

목을 조를 듯한 살기, 뼈를 부술 듯한 투기 그리고 절대적인 내공의 격차.

십이좌회에 이름을 올린 유일한 사파 무인으로서 사패천주는 처음부터 살각주에게 격차(隔差)를 보여 주었다.

살기에 특히 민감한 암살자로서 살각주의 이마와 등 뒤로 벌써부터 비처럼 땀이 쏟아졌다.

'등.'

땀 때문에 등 쪽 옷이 달라붙는 느낌에, 살각주가 조용히 입꼬리를 말아 올렸다.

"봐주지 않는다!"

"길고 짧은 건 대봐야 알지 않겠습니까."

"호오. 그런 생각을 못 하도록 아예 짧게 부러뜨려 주마!"

사패천주가 주먹을 휘두르는 것과 동시에 그의 두 주먹이 포효했다.

크아아아앙--!

포악한 기운이 공기를 찢는 소리가 마치 호랑이가 포효하는 소리 같았으니, 사패천주의 패천아룡권이 호랑이의 송곳니처럼 살각주를 향해 들어갔다.

퍼-----억!

퍽!

살각주가 암살자다운 몸놀림으로 사패천주의 패천아룡권을 피했다.

땅이 파이면서 돌과 흙이 튀었지만, 살각주의 시선이 그 너머 사패천주를 향했다.

허리를 굽혀 정면으로 오는 것을 피하며 어느새 손바닥에 올린 철 접선을 공중으로 날리고, 땅을 굴러 다음 주먹을 피하면서 사패천주의 뒤로 철 접선을 날렸다.

휘이이익-!

날듯 몸을 일으킨 살각주가 공중에서 몸을 회전했다.

쉐에에에엑-!

회오리바람에 이끌리듯 살각주가 공중에 날려 보낸 철 접선이 순식간에 사패천주를 향해 쏟아졌다.

쉐에에에엑――!

파파파파팟―――!

파―앗!

"우아아악!"

비명은 사방에서 터졌다.

파괴력이 세다고 느릴 거라 생각하는 건 오산이었다.

야생의 호랑이는 날아다니는 새도 잡는 민첩한 사냥꾼으로, 사패천주의 패천아룡권은 날아드는 철 접선을 남김없이 모조리 주먹으로 터뜨렸다.

철 접선의 파편이 사방으로 날아가며 구경하던 이들이 비명을 지르며 물러섰다.

그러나 곧 환호성이 터졌다.

살각주 보곡성이 입술을 깨물었다.

'이것으로도 안 된다면……!'

살각주 보곡성의 양손에 숨겨져 있던 단검이 나왔다.

빠르게, 누구보다 빠르게, 죽음을 인지하지 못할 정도로 빠르게 목을 찌른다.

숨겨 둔 한 수를 위해 살각주 보곡성의 눈에 살기가 번뜩이고.

동시에 그의 몸이 새하얀 빛에 둘러싸여 앞으로 쏘아졌다.

"아앗!"

비명이 터졌다.

번-쩍!

갑자기 눈앞에서 번뜩인 빛에 모두가 눈을 깜박인 후, 소리도 없이 조용히 뭔가 바닥으로 떨어졌다.

쿠---웅.

사람들이 일제히 연무장을 보았다.

"제법인데? 확실히 네 다리에서 나올 수 있는 힘이 아니군."

사패천주가 사나운 얼굴로 그에게 밀려 연무장에 떨어진 살각주 보곡성을 향해 말했다.

사패천주의 왼손은 살각주 보곡성의 부러진 단검 날을 잡고 있었고, 나머지 단검은 그의 어깨에 박혀 있었다.

"……."

사람들이 놀란 얼굴로 사패천주와 살각주를 보았다.

이제까지 사패천주의 몸에 검을 박은 사람은 살각주가 처음이었기 때문이다.

그래서일까.

사패천주의 분위기가 평소와 달랐다.

피가 튀면 튈수록, 저항이 거세면 거셀수록 즐거워하던 그가 아니던가.

그랬던 사패천주가 지독하게 냉정한 눈으로 살각주를 내려다보고 있었다.

"그게 주는 힘인가? 고작 이 정도가?"

그……것?

사패천주의 말에 모든 사람들이 살각주를 보았다.

동시에 쓰러진 줄 알았던 살각주의 몸이 공중으로 둥실둥실 떠올랐다.

아니, 살각주에게서 나온 무언가가 그를 공중으로 올린 것이었다.

"역시 당신은 대단하군. 하지만…… 고작 이게 끝일 리가!"

파-앗!

살각주의 검은 도포가 터져 나갔다.

그리고 살각주를 공중으로 들어 올린 그것이 모습을 드러냈다.

촤르르르르르---!

마치 수백 마리의 뱀이 뭉쳐 있는 듯, 뾰족한 창이 달린 검은 사슬들이 살각주의 등에서 꿈틀거렸다.

검붉은 기운이 넘실거리며, 수십 개는 살각주를 떠받치고 수십 개의 창끝은 사패천주를 향했다.

"암림혈귀갑이다! 살각이 배신했다-!"

강무련이 소리를 지르는 동시에.

챙! 챙챙! 챙-!

기다렸다는 듯 사방에 있던 흑살대와 홍랑대가 살각 사람

들을 향해 검을 들었다.

그때.

파파파파팟---!

암림혈귀갑의 무시무시한 창이 살각 사람들을 공격하려는 흑살대와 홍랑대의 앞에 박혀 들었다.

"결사대전의 신성함은 사패천주 당신이 정한 법이 아닌가?"

"……."

살각주의 말에 사패천 전체가 술렁거렸다.

모든 이들의 시선이 사패천주를 향했다.

"그렇지. 그러니까 네놈은 내가 이 연무장 안에서 끝장을 본다. 다른 놈들은…… 조까!"

사패천주의 대답과 함께 강무련이 사패천주에게 패천아랑도를 던졌다.

"놈들을 죽여라-!"

강무련의 명과 함께 흑살대와 홍랑대가 연무장에 올라가지 않은 살각 후계자 소명과 비선들을 향해 달려들었다.

남해 검문의 북문에서는 희멸문 성벽이 훤히 보였다.

그들의 깃발이 모조리 뒤바뀌는 것도 당연히 정의맹 무사들의 눈에 훤히 보였다.

"미친놈들. 그냥 소리를 질러서 알려 주지그래?"

"흐흐흐, 뭐라고? '야, 내가 왔다. 가면 쓴 미친 뱀 새끼들이 왔다—!' 이렇게?"

적호단원들이 광룡귀면대의 깃발을 보며 킬킬거렸다.

유쾌한 농담과 달리 그들의 눈빛엔 살기가 이글이글 타오르고 있었으니.

잔뜩 겁을 먹은 남해 검문 무사들이나 긴장하고 있는 창궁무애단과 달리, 이미 그들과 부딪혀 본 적이 있는 적호단과 청룡단은 광룡귀면대를 두려워하지 않았다.

"저 쌍노무 새끼들…… 시작하지."

남궁경이 남해 검문 장문인을 재촉했다.

그러자 장문인이 마지 못한 얼굴로 고개를 끄덕였다.

"여, 열거라."

"충."

성문이 열리기 시작했다.

남해 검문의 장문인은 여전히 성문이 열리는 모습을 보며 안절부절못했지만, 적호단과 청룡단, 창궁무애단을 이끄는 남궁경은 돌진만 기다리는 황소처럼 콧김을 뿜고 있었다.

"정의맹 본부를 방어하는 무단은 적호단이지요. 왜일 것 같습니까?"

"그, 글쎄요. 방어를 잘해서?"

"반쯤은 맞습니다."

"그……럼?"

"현 군사부에서 '공격이 최선의 방어 수단'이라 생각하기 때문입니다. 우리가 제일 공격적이거든요. 흐흐흐!"

불안해하는 남해 검문 장문인에게 적호단주가 자신만만하게 말했다.

그러자 옆에 있던 청룡단주가 코웃음을 쳤다.

"동의할 수 없군. 정의맹의 검은 명백하게 우리 청룡단이다."

청룡단주가 단호하게 말했다.

남해 검문 장문인은 약간 배신감 어린 눈으로 청룡단주를 보았다.

그때, 남궁경이 창궁무애단을 향해 말했다.

"기억해라, 무적진이다, 무적진."

"그렇게 말하니까 어렵잖습니까? 그냥 쉽게 돌격진이라고 이름 지으시지."

창궁무애단 단주가 구시렁거리는 소리를 들으며, 남해 검문 장문인은 이들을 말릴 수 없다는 걸 실감했다.

끼이이이이.

성문이 모두 열리고.

"가…… 야아!"

적호단주의 말이 있기도 전에 적호단 십 조가 앞으로 튀어

나갔다.

그들의 선두에는 당연히 진화가 있었다.

"저 쌍놈의 새끼들! 가! 저 새끼들 사고 치기 전에 따라잡아!"

적호단주가 다급하게 외쳤다.

"적호단보다 늦는 새끼들은 제왕무적단으로 끌고 가 주마!"

남궁경의 말에 창궁무애단원들이 이를 악물고 양쪽으로 흩어졌다.

'이전과 다르다. 여긴 최선의 방어, 최고의 복수를 원하는 자들만 있으니까.'

이전 생의 지옥 같던 잠삼현의 광경.

'똑같이 만들어 주마!'

진화의 눈에서 번쩍이는 것과 똑같은 번개가 진화의 검에서 뿜어져 나왔다.

퍼-----엉!

희멸문 성문이 사방으로 흩어졌다.

벼락 진震 태울 화火 : 혼돈의 시작

쉐에에에엑----!

"으아아아악-!"

"꺄아아--!"

비명이 머릿속을 온통 메아리쳤다.

"안 돼!"

"제발……!"

사람들의 간절한 바람이 심장을 때렸다.

아름다운 잠삼현.

남궁세가를 존경하고 사랑하는 사람들의 마음이 닿아, 온통 붉은색인 중원에서 유일하게 하늘을 닮은 듯 푸르른 곳.

남궁세가의 방계조차 되지 못한 저에게도 환하게 웃어 주고 고개를 숙여 주던 사람들.

언제나 밝은 사람들의 표정과 아이들의 웃음소리, 시끄러운 삶의 소리로 가득하던 곳이…… 빨갛게 죽어 있었다.

밥 냄새가 올라와야 할 담벼락 너머에 사람들의 시체가 널려 있고, 집집마다 걸어놓았던 푸른 천 조각은 새빨갛게 물들어 있었다.

아무렇게나 주렁주렁 널린 것은 과실이 아니라 사람들의 내장이었고, 부서지고 함몰된 얼굴엔 생전의 고통이 그대로 드러났다. 짐승조차 살육에 대한 거리낌이 없을지언데, 같은 인간을 향한 존엄이라곤 어디에도 없었다.

"아아아아아아악-----!"

진화는 자신의 낙원을 잃었다.

한 번도 편하게 숨 쉬고 웃어 본 적 없었지만, 지옥 같은 세상에서 유일하게 알고 있던 낙원을 잃어버렸다.

파파파파파팟------!

푸른 번개가 눈앞에 보이는 땅을 헤집고 나아갔다.

"크아아악--!"

진화의 번개는 성문을 부수고, 땅을 가르고, 그 위에 서 있던 모두를 집어삼켰다.

파지지지직--!

거대한 번개에서 퍼져 나간 뇌전들이 땅속에 빠졌던 이들

을 모두 관통하고 지나갔다.

퍼런 빛이 사람의 몸을 순식간에 태우고, 그들의 시간은 비명을 지르던 순간에서 멈춰 버렸다.

진화는 거리낄 것 없이 앞으로 나갔다.

진화의 눈에 비치는 건 여전히 붉은 잠삼현의 광경이라. 진화는 붉게 물든 소천로를 엎어 버리겠다는 듯 땅을 향해 뇌전을 휘둘렀다.

파파파파팟---!

콰광! 쾅! 콰-앙!

진화가 땅을 향해 뇌전을 뿜자, 땅이 무너지며 그 위에 세워 놓았던 겹겹의 성벽 또한 차례로 무너졌다.

"으아아아악--!"

"아악!"

"피해라! 뛰어내려!"

성벽 위에서 적호단을 노리던 희멸문을 비롯한 귀천성 무인들이 바닥으로 떨어져 내렸다.

그들을 향해 어김없이 진화의 뇌전이 관통했다.

번----쩍!

소천로는 남궁세가 영웅들을 맞이하던 길이었다.

"네놈들의 피는 흘리지 마라. 그렇게 더럽힐 땅이 아니니!"

천뢰제왕검법 현천섬뢰가 번쩍인 순간.

섬광은 수십 명의 귀천성 무인들의 목숨을 끊어 놓았다.

끈 떨어진 인형들이 일순간에 무너지듯, 그들 또한 명줄에 매달려 있던 인형들처럼 그렇게 무너졌다.

진화가 무너진 성벽과 시체를 넘어 희멸문 본관을 향해 검을 들었다.

그때.

휘이이이이익---!

팍! 팍! 팍! 팍! 팍!

촤롸라라라라라!

순식간에 날아든 사슬들이 진화를 가두듯 진화의 발을 빙 둘러 박히고, 진화의 검에도 감겨 들었다.

"……."

진화가 고개를 들었다.

희멸문 본관 지붕 위, 흑의 귀면을 쓴 광룡귀면대가 죽음의 사자들처럼 까맣게 내려앉아 있었다. 그들의 한가운데로 흑룡의 비늘처럼 차갑고 검은 가면과 장갑을 낀 사내가 눈에 들어왔다. 갑주까지 차려입은 사내는 진화의 검에 사슬을 걸고 위풍당당하게 진화를 내려다보고 있었다.

"흑룡수 무맥……."

진화가 사내의 이름을 낮게 읊조렸다.

진화의 말을 듣지 못한 것인지, 흑룡수 무맥이 진화의 말이 끝나기도 전에 말을 걸었다.

"주군의 제물이니 죽이진 않겠다. 반항하지 말고 순순히

잡히면 다칠 일도 없을 것이다."

그렇게 말하지 않아도 진화의 검을 잡고 마치 새장처럼 진화의 몸을 빙 두른 사슬에서 광룡귀면대의 의도가 느껴졌다.

진화는 제 주변을 둘러싼 사슬을 보며 피식- 웃고 말았다.

저도 모르게 웃음이 나왔다.

"내가 이 순간을 얼마나 기다렸는데…… 너희는 최선을 다해 발악해다오!"

흑룡수 무맥 때문에 다 하지 못했던 말을 마저 하면서, 진화가 환하게 웃었다.

촤아아아-!

진화가 저를 둘러싼 모든 사슬을 검에 걸었다.

그리고 이제까지 그의 속에서 웅크리고 있었던 분노를 토해 내듯 천뢰기를 토했다.

파지지지지지직-----!

콰광광----콰앙!

검푸른 뇌전이 사방에 번개를 뿌리며 사슬을 타고 광룡귀면대를 향했다.

순식간에 혼자서 앞으로 나가는 진화의 모습에 적호단 십조가 바쁘게 그 뒤를 따랐다.

"저 녀석……!"

적호단주가 화가 난 듯한 눈으로 진화를 보았다.

그때, 남궁진혜가 적호단의 앞으로 나섰다.

"진화야! 우리 진화 건드리면 죽여 버린다--!"

"야, 인마!"

남궁진혜는 적호단주의 부름이 들리지 않는 듯 앞으로 달려가더니 어느새 적호단 십 조를 따라잡았다.

"저 새끼들! ……젠장! 빨리 가자!"

적호단주가 욕지거리를 뱉었다. 하지만 그뿐이었다.

적호단주는 더 이상 진화와 적호단 십 조, 남궁진혜를 탓할 수 없었다.

눈도 귀도 닫은 듯이 오로지 진화만 보고 달리는 남궁진혜의 모습에서, 잊고 있었던 사실이 떠올랐기 때문이다.

'흥분해서 덤비다가 다치면 어쩌려고……!'

적호단주는 예전에 한번 남궁진혜에게 들었던 말을 떠올렸다.

술에 거나하게 취한 남궁진혜에게 적호단주가 물었었다.

"야, 너희는 왜 그렇게 강한 놈을 애지중지 못 해서 난리냐. 싸움판에 더 성장할 수 있다는 것도 몰라?"

그러자 남궁진혜가 처음으로 적호단주에게 살기를 뿜었다.

"쓰불! 누가! 누가 우리 진화더러 더 성장하길 바란대요? 그러다가 다치면!"

"무인이 싸움판에서 조금씩 다치면서 강해지는 거지!"

"그러니까! 우리 진화는 이제 그만 다쳐야 한다고요! 그 씨, 미친 씨불 새끼들이 그 어린애의 온몸을 난도질하고 닫았다가 또 난도질하고, 짐승처럼 헤집어서…… 우씨! 하여튼, 우리 진화 죽다가 겨우 살았는데! 지금도 우리 진화는 혈맥이 모자라서 대연심법도 못 익혀서 그 개떡 같은 독거신검이나 사부로 삼았는데…… 흐어어어엉! 불쌍한 내 동생-!"

남궁진혜는 여전히 진화가 창궁대연심법을 익히지 못해 의천신검을 사부로 삼은 것을 안타까워하고 있었다.

적호단주는 남궁진혜가 울음을 터뜨리며 주사를 부리기 시작하면서 그녀의 말을 끝까지 듣지 못했지만, 진화가 광마제의 제물로서 겪었던 일이 가히 평범치는 않았을 거라 추측할 수 있었다.

'귀천성 놈들이 제물이 어리다고 배려를 해 줬을 리도 없고. 눈앞에 생살을 가르고 헤집던 놈들이 나타났으니 눈깔이 뒤집히는 게 당연하지. 그래도 그렇지. 눈깔 뒤집어 놓고 싸우다가 다치면 어쩌려고, 젠장!'

적호단주는 내심 진화의 흥분을 이해하면서 혹시나 진화가 위험해지진 않을지 걱정했다.

그때.

콰광광-----쾅!

적호단주의 앞에 성문과 성벽이 부서졌다.

콰광-! 쾅! 쾅!

성문 뒤로 성벽들이 하나, 둘 무너지는 것을 보며, 적호단주는 물론 적호단 전체가 어안이 벙벙한 얼굴로 앞을 보았다.

"허! 미친놈…… 내가 누굴 걱정한 건지!"

적호단주가 저도 모르게 헛웃음을 지었다.

그 와중에서 적호단주와 적호단의 다리는 부지런히 진화와 적호단 십 조의 뒤를 쫓았다.

퍼-억!

퍼버버버벅-!

성스러운 금빛 광채를 뿜는 금강붕산권이 백팔 개의 주먹으로 쏟아지자, 붉은 무복을 입은 귀천성 어디 문파 소속 무인들의 머리가 두부처럼 부서졌다.

"야아--! 피 튀잖아! 깔끔하게 죽이라고!"

"팽 씨! 팽 씨! 돌--!"

남궁구가 고함을 지르자, 팽가 형제들이 달려와 그들 쪽으로 무너지는 성벽을 밖으로 밀었다.

쿠-----웅!

"지시 사항이 애매하군."

"팽 씨가 둘이잖아!"

팽수와 팽신이 불만을 터뜨렸다.

하지만 그들의 불만은 불만도 아니라는 듯, 옆에서 당혜군

이 끊임없이 불평불만을 터뜨리고 있었다.

"아오, 씨! 미친년아! 그걸 내 앞에서 깨면 나는 대체 어디로 침을 날리냐! 저기 발린 독이 얼마짜리인 줄 알아? 아아악! 내가 던진 다음에 깨라고-!"

"……시끄럽군."

"하하하하! 그 덕에 현오가 사람 머리 터뜨리는 소리는 안 들어도 되지 않는가."

당혜군의 불만에 제갈상이 당장 귀를 막고 싶은 듯 얼굴을 찌푸렸으나, 그 또한 죽은 듯 숨어 있다 튀어나오는 적을 향해 검을 휘둘러야 했기에 귀를 막을 순 없었다.

관서겸이 긍정적인 면을 보라며 말도 안 되는 소리를 지껄이는 바람에 하마터면 그리로 검을 휘두를 뻔했다.

"둘 다 죽여 버리고 싶군."

"오, 나도 마찬가지다! 나도 돌이 아니라 놈들의 대가리를 깨고 싶다!"

제갈상의 중얼거림을 들은 나하연이 크게 동의하며 현오를 부러운 눈으로 보았다.

진화가 막무가내로 앞을 나아가는 동안, 적호단 십 조는 그들끼리 상황을 정리하며 진화의 뒤를 쫓았다.

진화가 무너뜨린 성벽이 앞으로 떨어지면 팽가 형제가 뒤로 밀어서 넘어뜨리고, 남궁구와 남궁교명, 현오는 진화의 손에 죽지 않은 이들을 깔끔하게 정리했다.

나하연은 당혜군과 제갈성, 관서겸의 앞으로 오는 바위를 깔끔하게 쳐 냈고, 당혜군과 관서겸은 진화를 향해 날아가는 비수나 화살을 막아 내고, 제갈상은 비겁하게 일행의 뒤를 노리는 적들을 막았다.

진화가 신경 쓰거나 배려해 주지 않아도, 적호단 십 조는 오히려 진화를 도우면서 진화의 뒤를 쫓았다.

혼자 동떨어져 앞으로 나간 진화 때문에 하마터면 적들에게 둘러싸일 뻔했으나, 제갈상의 뒤로 남궁진혜의 거대하고 푸른 검강이 적호단과 십 조원들 사이를 이어 주고 있었다.

어느새 빠르게 쫓아온 적호단이 희멸문을 비롯한 귀천성 무인들과 본격적으로 전투를 시작했다.

퍼퍼퍼퍼퍽--!

퍼-억!

"죽어, 죽어! 이 빌어먹을 새끼들아!"

고혈방 무인의 가슴에 수습대의 파격추를 때려 박은 적호단주가 끝내 그의 얼굴을 뭉개 버렸다. 그런 적호단주의 옆으로 익숙하게 재수 없는 목소리가 들렸다.

"전투에서의 흥분은 좋지 않다."

청룡단이 때를 맞춰 희멸문의 옆을 치고 들어왔다.

적호단주의 본의는 아니었지만 적호단이 정면에서 크게 일을 벌여 준 덕에 적의 측면을 치려던 청룡단은 아무런 피

해 없이 희멸문으로 들어왔다.

쉐에에에엑—!

챙! 챙!

숫자로 따지자면 여전히 희멸문에 모인 귀천성 무인들의 수가 더 많았다.

하지만 그들은 정면에서 그들을 지켜 주던 성벽이 무너지고 앞과 옆에서 공격을 당하느라 정신이 없는 듯했다.

애초에 광룡귀면대가 그들을 억누른 상태에서 그대로 방치했기에 제대로 된 지휘체계가 없다는 것도 지금처럼 정신없이 밀리게 된 이유 중 하나였다.

상황은 귀천성에 점점 더 나빠졌다.

"창궁무애단, 무적진이다——!"

남궁경의 우렁찬 목소리와 함께 푸른 무복을 입은 창궁무애단이 희멸문의 후방을 공격해 들어왔기 때문이다.

뒤로 물러났던 귀천성 무인들이 그들에게 밀려서 적호단과 청룡단이 있는 곳까지 내려왔다.

"젠장! 그들은 대체 뭘 하기에!"

"쓰불, 닥쳐라—! 쓰레기는 문답무용!"

남궁경의 검이 희멸문주 백수옥선 여승천의 등을 때렸다.

퍼———억!

백수옥선 여승천이 온몸의 혈기를 내보낸 듯 붉은 기운을 양팔에 두르고 그것을 막았지만, 결국 뒤로 밀려나고 말았다.

살이 터져 나가 하얀 뼈를 드러낸 그의 두 팔은 진정한 의미의 백수(白手)가 된 듯했다.

“허! 남궁진혜의 검강이 어디서 나왔는지 알겠네. 남궁제일검이 아니라 남궁세가 문설주 아니냐?”

“…….”

적호단주의 비아냥거림에 청룡단주는 아무 말도 하지 않았다.

퍼—억! 퍼억!

남궁세가 문설주처럼 크고 두꺼웠지만 그래도 검강은 검강이었는지, 남궁경의 검이 무너진 성벽을 가르고 그 뒤에 숨어 있던 고혈방 무인들의 몸을…… 터뜨렸다.

“크흐흐흐흐!”

적호단주의 웃음소리가 들렸지만 청룡단주는 못 들은 척했다. 적호단과 청룡단, 창궁무애단이 순조롭게 귀천성 무인들과 전투를 이어 갔다.

성벽이 무너지면서 지휘체계도 제대로 없는 적들이 갈가리 찢어진 것이 주효했다. 다만 걸리는 것은, 아직 광룡귀면대를 보지 못했다는 것이었다.

“야, 안으로 들어가라.”

“뭐?”

“적호단은 우리 부단주 놈이 안으로 들어가서 나까지 못 들어가. 그러니까 청룡단이 부단주에게 지휘 맡기고 안으로

들어가 보라고!"

적호단주의 말에 청룡단주가 눈살을 찌푸리더니 고개를 끄덕였다.

"창궁무애단의 지원은……."

"진화야-! 내 아들 어디 있냐!"

청룡단주가 말을 끝내기도 전에 남궁경이 진화를 찾는 소리가 들렸다. 눈을 벌겋게 부라리고 사방을 희번덕거리는 모양에, 적호단주가 어깨를 으쓱했다.

약간 남궁경을 떠맡기는 모양새였지만, 어쩌겠는가.

광룡귀면대가 안쪽에 있다면, 남궁경과 같은 고수의 힘이 필요했다.

청룡단주가 한숨을 쉬며 남궁경을 불렀다.

하지만 그때.

청룡단주보다 먼저, 더 큰 소리로.

"진화야-----!"

비명과 같은 남궁진혜의 목소리가 울렸다.

"……!"

남궁경과 청룡단주가 누가 먼저라고 할 것 없이 안으로 달려 들어가고, 약속되었던 정예 단원들이 그들의 뒤를 따랐다.

콰광광------쾅-!

하늘에 범상치 않은 천둥소리와 함께 검은 번개가 번뜩였다.

자리를 뜰 수 없었던 적호단주는 걱정스러운 눈으로 그것을 보았다.

죽음까지 겪어 보았으니 끝의 허무를 알 것이라 생각한다면, 착각이다. 진화가 죽음의 끝에서 느끼는 것은 지독한 증오와 분노였다.

죽은 사람들에 대한 미안함과 그리움.

복수가 늦어진 것에 대한 후회.

광마제의 고통을 지켜보지 못한 미련.

그 모든 것을 덮을 만큼 진화는 자신을 원망하고 증오했다. 복수라는 것이 복수 대상의 죽음으로 끝이 나는 거라면, 진화는 분명 이전 생에도 복수에 성공했다.

가장 원망하고 증오했던 자신과 광마제를 죽였으니까.

하지만 그런 건 진화가 원한 복수가 아니었다.

진화는 이전의 생애 동안 제가 느꼈던 고통과 분노를 모두 돌려주고 싶었다.

진화가 자신을 증오하고 원망했던 시간조차도 광마제에게 고스란히 돌려주고 싶었다.

'내 모든 것이 부서졌던 시간만큼 너의 모든 것을 부숴 주리라!'

감히 상상하지도 못했던 새 삶을 받았다고 증오가 옅어질

것이라 생각했다면, 그 또한 착각이다.

파지지지지직---!

콰과광---콰왕!

하늘을 울리는 천둥소리와 한 번도 본 적 없던 까만 번개가 사슬을 타고 광룡귀면대의 몸을 꿰뚫었다.

"크아아아악!"

새까만 번개에 담긴 것은 진화의 증오와 악의였으니.

오랫동안 수많은 고통과 고문을 이겨 낸 뒤 원귀 가면을 썼을 광룡귀면대원들조차 온몸이 속에서부터 타들어 가는 고통에는 비명을 지르고 몸을 비틀었다.

채—앵!

흑룡수 무맥이 놀란 눈으로 진화를 보았다.

흑룡수를 끼고 있는데도 순간 손뿐만이 아닌 심장이 저릿한 뜨거움에 놀라서 사슬을 놓고 말았다.

"으아아아악!"

"크아악!"

쿵! 쿵!

사슬을 놓을 때를 놓친 수하들이 고통에 못 이겨 비명을 지르며 바닥으로 떨어졌다.

평소라면 고작 지붕에서 뛰어내린들 다칠 리 없었겠지만, 지금은…… 마치 고통을 끝내려 몸을 던진 듯 머리부터 바닥에 처박고 피를 흘리고 있었다.

'창천화룡(蒼天花龍)이라 하더니. 남궁의 천뢰제왕검법의 위력이 이 정도라고?'

흑룡수 무맥은 나약하게 떨어지는 수하들을 금방 잊은 채 진화의 무위에 집중했다.

진화는 바닥으로 떨어지는 이들에게 눈길을 주지 않았다.

바닥에 처박힌 자들 중에는 운이 좋아 단번에 죽은 이도 있고 여전히 고통 속에 꿈틀거리고 있는 이들도 있었지만, 싸울 수 없는 자들은 신경 쓸 필요가 없었다.

광룡귀면대 또한 쓰러진 동료들에게 흔들리는 족속이 아니었다.

진화는 지체할 것 없이 희멸문 본관 지붕으로 뛰어올라 검기를 날렸다.

쉐에에엑-!

챙! 챙!

광룡귀면대원들이 갈고리를 들어 검기를 막았다.

그사이, 진화는 그들의 코앞까지 다가왔다.

쉐에에엑-!

"……커헉!"

대낮에도 새파랗게 빛나는 검강이 소리도 없이 쇠로 된 갈고리와 함께 광룡귀면대원들의 몸을 갈랐다.

검은 원귀 가면 밖으로 붉은 피가 거품과 함께 흘러내리고, 이윽고 원귀 가면이 갈라졌다.

진화가 시리도록 차갑게 가라앉은 눈으로 그 모습을 보았다. 그리고 핏물과 시체가 지붕에서 흘러내리는 것을 뛰어넘어 앞으로 나갔다.

스윽! 스--윽!

쉐—액!

무공을 수련할 때, 대부분은 일정 경지를 넘어서면 내공 수련에 중점을 둔다.

하지만 이전 생에 전쟁을 겪으며 진화는 충분한 힘과 체력이란 있을 수 없다는 걸 깨달았다.

그래서 극한의 상황, 극적인 순간에도 정확하게 적의 급소를 벨 수 있는 힘과 기술을 수련하고 난 후에는, 오래도록 싸울 수 있도록 힘과 체력을 배분하고 최소한의 힘만으로 적을 죽일 수 있도록 수련했다.

더, 더 많은 적을 죽이기 위해서였다.

쉐에엑---!

서걱.

적을 죽이는 것 외에 어떤 낭비도 하지 않겠다는 듯 진화의 검은 소리도 없이 조용히 적을 죽여 나갔다.

"컥!"

"으악!"

깔끔하게 목만, 급소만 베지 않아도 된다.

단번에 죽지 않아도 상관없었다.

오히려 비스듬히 잘린 머리로, 팔다리가 날아간 채로 오랫동안 살아 있는 것이 더 고통스러울 것이다.

그러니 적의 비참한 죽음은 걱정하지 말고 앞으로 나아가면 된다.

스윽, 슥-!

진화는 앞에 있는 것이 무엇이든 거침없이 베고 나아갔다.

화경은 인간의 육체가 가지는 힘과 감각의 한계를 극복하게 했다.

그리고 현경은 시간과 공간의 제약마저 극복하게 했다.

쉐에에엑---!

실로 눈 깜짝할 사이였다.

지붕 위에 있던 광룡귀면대원들이 모두 뜨거운 핏물을 흘리며 쓰러지는 데 걸린 시간은.

광룡귀면대의 입장에서는 눈 깜짝할 사이에 제 앞에 나타나 검을 휘두르는 진화가 마치 공간 이동을 하는 듯 느껴졌을 것이었다.

그건 진화를 보고 있던 흑룡수 무맥도 마찬가지였다.

번-쩍.

'……!'

진화의 눈이 정확하게 광룡귀면대 사이에 숨은 흑룡수 무맥을 향했다.

눈동자가 푸른색으로 번뜩이는 순간, 흑룡수 무맥은 진화가 저를 향해 웃은 것 같다고 느꼈다.

그때.

섬전십삼검뢰 붕격우산이 산사태처럼 거세고 무지막지하게 그들을 향해 떨어졌다.

파파파파팟--!

챙-! 챙챙-!

"크아아아악!"

"……!"

흑룡수 무맥의 눈이 커졌다.

갈고리를 걸었던 광룡귀면대원은 새파란 빛무리 속에서 골격을 훤하게 드러낸 채 쓰러졌다.

채—앵!

무맥은 본능적으로 양팔을 들었던 것이 천만다행이었다.

퍼-억!

"큿!"

충격으로 뒤로 밀려난 무맥이 급하게 고개를 들었다.

어느새 지붕에서 내려온 진화가 중정에 있던 광룡귀면대원 수십 명을 쓰러뜨리고, 나머지에 둘러싸여 있었다.

파지지직---!

푸른 불꽃이 번쩍일 때마다 광룡귀면대원들이 쓰러졌다.

진화가 저를 향해 웃었다고 생각한 것은 흑룡수 무맥의 착각이 아니었다.

진화는 광룡귀면대원들에게 둘러싸인 와중에도 흑룡수 무맥에게 시선을 주고 있었다.

마치 '다음은 너다.'라고 말을 하는 듯.

저를 향해 번뜩이는 번개를 본 흑룡수 무맥의 등줄기로 식은땀이 쏟아졌다.

지독했다.

하나, 하나 휘두르는 모든 순간에 살의를 담아 낸 저 검이.

'주군의 제물.'

흑룡수 무맥은 흑룡수를 받고 새롭게 태어나 처음으로 두려움을 느꼈다.

과연 저것을 주군에게 가져갈 수 있을까 의문이 들기 시작했다. 아니, 사실 답은 이미 내려졌다.

'주군의 제물…… 하지만 무엇보다 중요한 건 주군과 대업이다!'

흑룡수 무맥의 눈에서 살기가 흘렀다.

그리고 곧장 모든 광룡귀면대를 불러 모았다.

삐이이이--!

흑룡수 무맥의 휘파람 소리에 희멸문 본관 안쪽에 숨어 있

던 광룡귀면대원들이 중정으로 모여들었다.

"저놈을 죽여라!"

주군에게 무엇보다 중요한 제물이었지만, 저는 물론 다른 누구도 저놈을 잡을 순 없을 것이다.

주군을 위해 자신들의 목숨은 얼마든지 바칠 수 있지만 저건…… 목숨을 바쳐서 얻을 수 있는 것이 아니다.

그게 흑룡수 무맥의 결론이었다.

'주군은 저놈을 잡을 수 없으면 그냥 놓아 버리라고 하셨지만, 이대로 살려 둔다면 필시 주군의 일에 방해가 될 것이다. 그러니 여기서 죽인다!'

흑룡수 무맥은 자신의 주군을 위해 그의 제물을 죽이기로 했다. 무맥의 결정에 따라 광룡귀면대가 시체를 발견한 까마귀 떼처럼 까맣게 진화를 향해 내려앉았다.

"진화야--!"

남궁경의 목소리가 중정을 넘었다.

그 순간.

콰광--! 쾅!

파지지지지직--!

"크아아아악---!"

광룡귀면대 사이로 푸른 번개가 사방으로 뿜어져 나왔다.

진화를 덮었던 이들이 모조리 나가떨어지고, 흑룡수 무맥은 진화의 왼손에 팔이 잡혀 있었다.

번개가 뿜어져 나오는 눈으로 무맥을 보며 진화가 미소를 지었다.

"……!"

그 무지막지한 광경에, 진화를 구하기 위해 급히 달려왔던 청룡단주나 적호단 십 조원들 모두 넋을 잃고 바라보았다.

퍽-! 퍽퍽!

진화는 갈고리로 제 몸을 엮고 단검을 찔러 들어오는 광룡귀면대원들을 보며 웃음을 흘렸다.

'죽을 자리로 찾아오는구나. 비명을 지르며 도망가는 꼴은 보지 못하겠지만, 뭐 어때. 잠삼현의 사람들보다 고통스럽게 죽여 주마!'

진화는 제 몸을 감는 사슬을 내버려 두었다.

그들이 눈을 깜빡이는 그 순간조차 진화에게는 기다림의 시간이었으니.

극한으로 집중력이 오른 시야로 단검을 든 자들과 사슬을 엮은 자들이 교차하는 그 순간을 포착하자마자, 진화는 망설이지 않고 뇌전으로 사슬을 터뜨렸다.

"크아아아악---!"

터져 나간 사슬 조각이 온몸에 박혀 비참하게 나가떨어지

는 광룡귀면대의 모습을 보며, 진화가 만족스러운 듯 한쪽 입꼬리를 올렸다.

그리고 순식간에 공기의 흐름에 따라 몸을 회전하며 저를 노리고 뻗어 오던 흑룡수 무맥의 팔을 잡았다.

"……!"

흑룡수 무맥의 눈빛이 경악으로 가득 찬 것이 마음에 들었다.

"고통스럽게 울부짖어라."

진화의 눈동자 안에서 다시 천둥번개가 내리쳤다.

파지지지직−−−−!

"크아아아아악−!"

흑룡수 무맥이 비명을 질렀다.

무맥은 온몸의 실핏줄이 검게 타들어 가는 와중에 이를 악물고 잡히지 않은 오른팔을 뻗었다.

퍼−−−억!

설마 흑룡수 무맥이 그 상태로 공격을 할 거라 생각하지 못했던 진화는 급히 무맥의 손을 놓고 몸을 틀어 주먹을 피했다.

그때.

"이놈의 새끼! 감히 내 아들을 쳐−!"

쉐에에에엑−−−!

흑룡수 무맥의 뒤통수로 거대한 기둥이 날아들었다.

그 광경을 보며 진화가 눈을 크게 떴다.

진화의 머릿속을 가득 채우던 잠삼현의 지옥이 순식간에 사라지고, 오로지 남궁경의 모습만 눈에 들어왔다.

"아버지!"

진화가 놀란 얼굴로 남궁경을 불렀다.

남궁경은 진화를 향해 씨익- 웃으며 흑룡수 무맥을 향해 기둥, 아니 검강을 휘둘렀다.

"뭐 하나, 남궁진화를 구해라!"

청룡단주가 멈춰 있는 적호단 십 조를 움직였다.

"어째, 우리가 도련님을 구하는 게 맞아?"

"저놈들을 구할 순 없잖아."

청룡단주가 남궁구의 말을 모르는 척하는 사이, 남궁교명이 남궁구의 말에 대꾸를 하며 검을 들고 광룡귀면대를 베었다.

퍽! 퍽! 퍽! 퍽!

그들을 향해 다가오던 광룡귀면대원들은 현오가 던지는 염주 알에 머리가 터져 나갔다.

"남궁 시주 손에 고통스럽게 죽느니, 이 몸이 불자의 자비로 한 방에 죽여 주겠소! 나무아미타불 관세음보살!"

"부처님은 망자의 외모에 대해서도 관대하신가 보군."

관서겸이 머리가 터져 나가며 죽은 시체를 보며 고개를 흔들었다.

"영혼은 멀쩡하겠지?"

"아마도."

"흥! 머리가 터지나 안 터지나 어차피 저놈들의 얼굴은 망했다!"

확신 없는 팽가 형제와 오로지 진화의 외모만 보고 청혼서를 넣었던 나하연이 앞으로 뛰쳐나갔다.

"이놈이고 저놈이고, 다 글러먹었어."

"오랜만에 말이 통하는군."

무모하게 뛰어든 이들을 보며 얼굴을 찌푸린 제갈상과 당혜군이 그들을 보호하기 위해 표창과 은화대침을 날렸다.

진화가 놀란 눈으로 주변을 돌아보았다.

흑룡수 무맥을 몰아붙이는 남궁경.

두려움 없이 광룡귀면대와 맞서 싸우는 동료들.

용감하게 싸우는 그들의 모습에서 절망감이라곤 찾아볼 수 없었다.

'이게 지금의 전쟁터로구나.'

아무런 희망 없이 죽을 날을 기다리며 싸우는 것이 아니라 당연히 승리할 것이라 믿으며 싸우는 그들의 모습에서, 진화는 잠삼현의 악몽에서 완전히 깨어났다.

'아버지, 청룡단주님, 남궁구…… 남궁교명.'

복수를 해야 하는 사람은 자신만이 아니었다.

비록 저들은 모르는, 몰라야 하는 복수겠지만.

진화는 광룡귀면대와 싸우고 있는 남궁세가 사람들의 모

습을 보며 저도 모르게 가슴에서 울컥 뜨거움이 올라왔다.

하지만 그렇게 여유로운 상황은 아니었다.

밖에는 아직 적호단과 청룡단, 창궁무애단이 수적 열세 속에서 귀천성 무인들과 싸우는 중이었고, 이곳 중정에도 광룡귀면대의 수가 압도적으로 많았기 때문이다.

게다가 진화 자신의 복수도 아직 끝나지 않았다.

'누구도 살려 보내지 않는다.'

진화가 입을 굳게 다물고 의지를 다졌다.

현경을 밟은 고수의 의지는 현실이 된다.

가볍게 휘두른 검에도 진화의 살의는 잔혹하게 광룡귀면대의 목숨을 빼앗았다.

청룡단주와 적호단 십 조의 시선이 진화에게 모여들었다.

자유롭게 걸음을 밟고 검을 휘두르는 모든 움직임이 바람이 부는 듯 자연스러운 동시에 남궁세가의 검법에 한 치도 어긋남이 없으니. 적을 죽여 가는 진화의 모습은 잔혹하다기보다 아름다워 보일 정도라, 한 사람의 무인으로서 도무지 눈을 뗄 수 없게 했다.

진화의 시선이 남궁경을 찾았다.

"크아아아앗---!"

퍼-억!

챙! 챙!

남궁경은 흑룡수 무맥을 쉴 틈 없이 몰아붙이고 있었다.
진화는 그런 남궁경의 모습을 황홀한 듯 바라보았다.
이전 생에선 흑면마룡 무맥과도 겨우 호각을 다투던 남궁경이, 지금은 흑룡수 무맥을 과감하게 몰아붙이고 있었다.
남궁경은 적호단주가 남궁세가의 기둥을 뽑아 왔냐고 놀리는 거대하고 두꺼운 검강을 뿜으며 남궁세가의 모든 검술을 섬세하고 정확하게 구현했다.
쉐에에에엑----!
창궁무애검법 청명일기의 날카로운 검도를 따라 무맥의 흑룡수가 매끄럽게 갈라졌다.
퍼억! 퍽!
무맥이 광룡귀형권으로 사납게 심장을 노리자, 천풍검법 산개여야로 검막을 휘둘렀다.
기력이 쇄하고 몸을 혹사하여 육체마저 약해진 남궁경이 아니라, 창천의 모든 검술을 통달한 남궁제일검 남궁경의 모습.
이전 생에 진화가 그토록 동경하고 애정하던 남궁경의 모습이었다.
다시 가슴속에서 울컥 뜨거움이 솟았다.
차오르는 감격만큼이나 이전 생에 이 모든 것을 없앴던 광마제를 향한 증오도 차올랐다.
"타아아아앗!"
진화가 사위를 향해 천풍검법 하해광풍을 휘둘렀다.

진화의 안계에는 공기 중에 안개처럼 퍼진 핏방울이 선연했다.

진화는 복받치는 감정을 끌어안은 채 땅에 검을 박아 넣고 온몸의 기운을 쏟아부었다.

천뢰제왕검법 무수전뢰--!

파파파파파파팟----!

마지막까지 검을 들었던 광룡귀면대원들의 온몸에 불꽃이 튀었다.

"크아아아악----!"

"아아악!"

비명을 지르며 온몸을 비틀던 그들의 머리 위로 마침내 천뢰우전까지 떨어지고.

그들은 마치 천벌을 받은 듯, 새하얀 백골까지 타들어 가며 공기 중으로 흩어졌다.

"크아아아아---!"

고함은 남궁경의 것이었다.

꺄아아아아----!

흑룡수 무맥의 온몸에서 뿜어져 나온 검은 기운이 사납게 입을 벌린 흑룡처럼 공기를 찢으며 남궁경을 덮쳤다.

남궁경은 기합 한 번과 함께 그 광경을 마주하며 한 발자

국도 물러서지 않았다.

오히려 남궁경의 검을 둘러싸고 있던 거대한 검강이 확장되며 그의 전신을 둘러쌌다.

스스로 푸른 불꽃이 된 남궁경이 흑룡의 입속으로 뛰어들었다.

"아버지!"

진화가 눈을 크게 뜨고 남궁경을 불렀다.

쉐에에에에엑---!

제왕무적검 제왕검형 불위(不危).

흑룡의 입 안에서 남궁경이 자유롭게 남궁세가의 창궁을 그려 냈다.

쩌억, 쩌어억.

조각조각 검은 기운을 뚫고 남궁의 푸른빛이 새어 나왔다.

"타아아아앗-!"

파—앗!

푸른 불꽃이 검은 흑룡을 터뜨리고.

흑룡을 뚫고 나온 남궁경이 흑룡수 무맥의 두 팔을 자르고 그의 목을 베었다.

"크아아악!"

쿵.

흑룡수 무맥의 목이 떨어졌다.

진화는 저도 모르게 정신없이 남궁경에게 달려갔다.

"아버지!"

"오오! 진화야! 내 아들-!"

남궁경이 환하게 웃으며 진화를 안아들었다.

"아버지……!"

남궁경의 옷깃을 붙든 진화의 손이 바르르 떨리고 있었다.

남궁경은 그제야 폭포처럼 눈물을 쏟아 내고 있는 진화의 얼굴을 발견했다.

"진화야?"

"아아…… 아버지……."

진화는 떨리는 손으로 남궁경의 옷깃을 잡고 뜨겁게 살아 숨 쉬는 남궁경의 체온을 느끼며 저도 모르게 울음을 쏟아 내고 말았다.

퍽! 퍽! 퍼—억!

"……하아. 하아……."

주먹이 부서져라 고혈방주의 얼굴에 박아 넣던 적호단주가 축 늘어진 고혈방주를 손에서 놓고 주변을 둘러보았다.

천하의 적호단주가 숨을 몰아쉴 정도니, 적호단원들이나

청룡단원들은 검에 의지해서 간신히 서 있는 수준이었다.

하지만 그들이 이겼다.

귀천성 무인들 중에 두 다리로 서 있는 이들은 아무도 없었다.

"아직 살아 있는 놈들을 처리해라. 적호단 일, 이, 삼 조는 따라오고. 청룡단도, 부단주는 남고 정예들만 따라나서라."

"예!"

특별히 정예라고 뽑아 놓은 것은 아니었지만, 서당 개 삼 년이면 풍월을 읊는다고 그래도 적호단에서 가장 오래된 단원들이 조장으로 있는 곳이 그나마 조금 여력이 남았다.

적호단주가 희멸문 본관으로 가자, 본관에 들어가기 전부터 광룡귀면대의 시체들이 눈에 띄었다.

그들도 결코 호락호락한 전투를 치른 건 아니었지만, 본관 앞의 시체들은 하나같이 기이한 형상으로 널브러져 있었다.

"왜 죽은 놈들 상태가 하나같이…… 아니, 말하지 마라. 누구 짓인지 나도 알 것 같으니까."

적호단주는 옆에서 설명해 주려는 듯한 일 조 조장 서장원의 친절을 단호하게 거절했다.

칼에 베여 죽은 놈에 꼭 머리만 터져 죽은 놈들, 곤죽이 되도록 쥐어 터진 놈들은 척 보아도 누구 짓인지 알 것 같았다.

"에이, 그것도 요즘은 좀 헷갈립니다. 전에는 칼로 난도질이 되어 있으면 남궁교명이고, 깔끔하게 급소만 베었으면 남궁구였는데, 제갈상 녀석이 그 조에 들어간 뒤로 영 성격이 나빠져서 요즘엔 셋이 거의 구분이 힘들어요. 팽가 형제도 늦은 사춘기에 들었는지 형체를 알아보기 힘들게 줘어 패서…… 아, 사춘기가 아니라 그냥 그런 걸 수도 있겠네요."

어린 후배들의 성장에 대해 논하던 서장원은 팽가 형제에 대해 이야기를 하다가 혼자 깜짝 놀라 적호단주를 보았다.

적호단주가 팽가 쌍둥이의 형제라는 것을 이제야 떠올린 자신도 놀라웠지만, 새삼 그동안 적호단주와 팽가 형제가 형제간의 의리는커녕 가족 간의 일상 대화조차 없었다는 것이 놀라웠다.

"동생들은, 주워 왔습니까?"

"주워 온 건 나고, 그놈들은 어미가 집 앞에 버리고 갔다."

"……."

뭔가 듣고 싶지 않았던 가슴 아픈 가족사를 들어 버린 기분이랄까.

적호단주가 피 떡이 된 시체들을 밟고 희멸문 본관으로 들어가자, 적호단 전체가 말없이 그 뒤를 따랐다.

청룡단원들은 양쪽 눈과 목구멍에 수십 개의 대침을 꽂은 채 죽은 시체를 애써 못 본 척하며 그들을 쫓아 들어갔다.

전신의 핏줄이 검게 도드라져 고통스럽게 죽은 시체들은 누구의 짓인지 묻기조차 무서웠다.

희멸문 중정.

오는 동안 살아 있는 광룡귀면대원을 한 명도 보지 못했던 적호단주가 안심한 듯 어슬렁거리며 안으로 들어왔다.

"이봐, 설마 다 끝난 거야? 끝났으면 끝났다고 말을…… 뭐냐?"

"……."

적호단주의 물음에도 청룡단주는 답이 없었다.

적호단주도 재차 묻지 않았다.

그뿐 아니라 따라 들어온 적호단과 청룡단 단원들도 눈앞의 광경에 할 말을 잃었다.

한때는 중원 전체를 공포로 몰아갔던 광룡의 미친개들, 그 광룡귀면대가 산산이 부서져 있었다.

전멸(全滅)이었다.

오면서 보았던 시체와 비슷한 꼴을 하고 있는 것들도 있었지만, 대부분은 검게 그을렸거나 얼어붙은 듯 굳은 채 죽은 시체였다. 그리고 그들을 그렇게 죽였을 법한 인물은 지금 시체로 둘러싸인 한가운데서 대성통곡을 하고 있었다.

"남궁경이 죽었나?"

"저기, 진화를 안고 실실 웃고 있는 미친 자가 남궁경이다."

적호단주의 물음에 청룡단주가 한심한 눈길로 남궁경을 가리키며 말했다.

"그럼, 남궁진혜가……."

"유감스럽게도 멀쩡하게 살아 있습니다."

대답을 하는 순간에도 남궁진혜는 질투심으로 불타는 눈을 하고 남궁경을 노려보고 있었다.

적호단주는 도무지 이해할 수 없었다.

"그럼, 이 많은 새끼들을 혼자 다 죽여 놓고 저건 왜 저렇게 펑펑 울고 있는 거냐?"

"……."

이번 물음에는 아무도 답을 하지 않았다.

어떻게 이렇게 많은 광룡귀면대를 죽일 수 있었는지, 진화가 보여 준 그 경지는 대체 뭐였는지, 그래 놓고 왜 저렇게 울고 있는 건지.

누구도 이해할 수 없었기 때문이다.

챙! 챙!

차라라라라--!

"큿!"

살각주의 신음을 들으며, 사패천주가 이를 드러내며 웃었다.

"크하하하! 이게 다이더냐! 좀 더 힘을 내 보거라! 힘을 내 봐! 크하하하하!"

"크읏……!"

살각주는 속으로 욕지거리가 쏟아졌지만 입 밖으로 뱉진 못했다.

신음은 어쩔 수 없다지만 약한 소리까지 뱉을 수 없었기 때문이다. 하지만 살각주의 노력에도 불구하고 그의 공격은 사패천주에게 닿지 못했다.

'괴물 같은 인간!'

채—앵!

"더 해보거라! 더 해봐!"

암림혈귀갑을 매달고 팔이 수십 개나 생긴 듯 사슬 달린 창으로 공격을 했지만.

카—앙!

"으잇–차!"

사패천주는 날아드는 창을 쳐 내거나 베어 내고.

차라라라––!

"크라랏–차!"

사슬로 사패천주의 패천아랑도를 칭칭 감으면, 사패천주는 사슬에 감긴 그대로 힘으로 끌고 들어왔다.

심지어 그는 자잘한 공격은 막을 생각조차 하지 않았다.

절대적인 힘의 차이.

'귀천성과 손을 잡고 암림혈귀갑까지 뒤집어썼음에도 안 된단 말인가!'

살각주는 늘 생각했다.

사랑탑대전이니 뭐니 대단한 듯이 떠들어 대지만, 그건 사패천주의 수작에 불과하다고.

비천한 도적놈들에 불과한 녹림과 수로채, 흑수파.

금덩어리만 밝히는 쥐새끼 같은 홍렬문.

꼬랑지 내린 개처럼 순순히 굴복한 하오문과 산양초가.

사패천의 일곱 기둥이니 어쩌니 하지만 결국 사패천주에게 진 패배자들에 불과했다.

오로지 살각만이 사패천주에게 패하지 않았다.

그러니 살각만이 온전히 사패천주의 자리를 노릴 자격이 있는 것이다.

그런 상황에 사랑탑대전이라니.

암살자에게 정면으로 싸우길 강요하는 것만큼 불공평한 것이 어디 있겠는가.

그래서 귀천성과 손을 잡았다.

사패천주에게 정면으로 도전할 수 있는 힘을 얻기 위해.

그런데…….

"대체 왜-----!"

챙! 챙! 챙! 챙!

살각주는 암림혈귀갑을 뒤집어쓰고도 무력함을 느끼는 자신에게 화가 치솟았다.

앞에서는 살선이라 칭송하면서 뒤로는 비겁하니 어쩌니

수군대는 인간들에게 크게 보여 주고 싶었는데, 결국 제자리 걸음이었다.

쉐에에에엑---!

채—앵!

살각주는 제 목덜미를 노리고 오는 사패천주의 도를 수십 개의 사슬을 겹쳐 겨우 막아 냈다.

몸이 뒤로 밀려나며 연무장에 처박혔다.

"크읏!"

살각주는 아직 쓰러지지 않았다. 하지만 여전히 사패천주를 죽일 뾰족한 수는 떠오르지 않았다.

살각주가 자포자기한 눈으로 주변을 돌아보았다.

살각주의 시선에 강무련과 군조 사이에서 필사적으로 싸우고 있는 제자 소명이 보였다.

'소명아!'

쉐에에에엑---!

퍼—억!

낭영검 소명이 군조의 검은 피했으나, 강무련의 우각살호권은 피하지 못하고 쓰러졌다. 소명의 입가로 선혈이 흘렀다. 하지만 곧 비틀거리며 몸을 일으켰다.

퍼-억!

"커억! 크흣!"

강무련의 주먹이 가차 없이 소명을 때렸다.

소명이 강무련의 우각살호권을 양팔을 겹쳐 막아 냈다.

하지만 머릿속에서 크게 울리는 소리와 아찔한 고통이, 아무래도 뼈가 부러진 듯했다.

암살자에게 두 발이 생명이라면, 양팔은 유일한 무기였다.

소명은 지금 싸울 수 있는 유일한 무기를 잃은 것이다.

소명의 시선이 살각주에게 향했다.

-시간은?

소명의 전음에 살각주의 눈이 커졌다.

그가 자포자기하려던 순간까지, 소명은 자신의 임무만을 생각하고 있었던 것이다.

제 뜻을 위해, 암살자도 무림에 군림할 수 있다는 것을 증명하고픈 제 포부를 위해 기꺼이 목숨을 내놓은 이들.

소명 외에 다섯 비선들도 계속해서 싸우고 있었다.

사랑탑주와 신살대주, 녹림주와 수로채주, 하오문주에 둘러싸여 필사적으로 버티고 있었다.

이제야 사방에서 싸우는 소리가 들렸다.

사패천에 숨어 들어온 살각의 암살자들이 사람들 속에 숨어서 암살자답게 흑살대와 홍랑대를 공격하고 있었다.

그때.

"크흐흐, 왜 이제 정신을 차렸나?"

살각주가 파드득 놀라 고개를 돌렸다.

그의 코앞에서 사패천주가 패천아랑도를 어깨 위에 올리

고 여유롭게 그를 내려다보고 있었다.

"으드득."

사패천주가 먹이를 가지고 노는 배부른 호랑이라면 자신은 그 손에서 비참하게 죽어 가는 먹잇감이라, 살각주 보곡성이 모멸감을 참아 내며 이를 갈았다.

그리고 사패천주를 노려보며 말했다.

"지금 이렇게 여유를 부린 것을 두고, 당신은 반드시 후회하게 될 것이다."

"호오, 이제 객기를 부려 볼 참이더냐?"

"객기? 살각 암살자들의 명예를 건 도전이었다! 아무리 당신이라도 그걸 비웃을 자격은 없어!"

살각주가 결국 분노를 드러내며 사패천주에게 노성을 토했다.

순간, 사패천주의 얼굴에 웃음기가 싸악 사라졌다.

"객기야."

낮게 가라앉은 목소리로 진지하게 하는 말이었다.

"제 실력으로 도전했어야지. 부당하다 생각했다면 그조차 당당하게 말하고 암습을 했었어야지."

틀린 말이 아니었다.

사패천주는 그것마저도 받아 줄 사람이었고, 실제로 하오문이 그렇게 도전했었다.

하여 살각주는 어떤 말로도 반박할 수 없었다.

"네놈은 내가 사패천을 만들 때도 쥐새끼처럼 어둠 속에 숨어만 있었던가? 산양초가, 녹림, 수로채, 하오문까지 치열하게 덤비다가 열나게 얻어터지는 와중에, 혼자 꽁꽁 숨어서 전력 보존 어쩌고 헛소리만 늘어놓았지. 가능성이라는 말로 네놈의 비겁함을 포장하면서."

"닥쳐라—! 조직의 수장으로서 옳은 결정을 내린 것이다!"

비수로 치명적인 부분만 골라 찌르는 듯한 사패천주의 말에 결국 살각주가 흥분해서 소리쳤다.

하지만 사패천주는 거기서 멈추지 않았다.

"조직의 수장이고 나발이고 네놈은 그냥 겁이 났던 거야. 네놈은 등 뒤에 그걸 업고서야 겨우 도전할 용기가 난 거지."

"난 암살자로서 정면으로 싸우기 위해 보다 나은 선택을 한 것뿐이다!"

"암살자가 정면 싸움에 약한 것이 아니라, 네놈이 약한 거다."

살각주의 반박에도 불구하고 사패천주가 능글능글 비웃음을 흘리며 비아냥거림을 멈추지 않았다.

태도는 불량했지만 사패천주의 논리는 날카롭게 살각주의 폐부를 찔렀다.

살각주는 이 불편한 대화를 더는 이어 가고 싶지 않았다.

"당신이야말로 늘 상대를 비하하고, 깔보고, 비웃지! 당신은 반드시 당신의 오만함을 후회하게 될 것이다!"

"흥! 그게 네놈의 바람인가? 과연 그럴 날이 올 것 같아?"
사패천주는 살각주의 말에 코웃음을 쳤다.
하지만 그것도 잠시.
살각주가 불길할 정도로 환하게 미소를 짓는 모습이 연기 같지 않았다.
"네놈이 무슨 짓을 꾸몄든…… 헛!"
사패천주가 본능적으로 패천아랑도를 휘둘렀다.
카─앙!
등 뒤에서 날아든 검기를 쳐 낸 사패천주는 곧장 검기가 날아든 곳으로 도기를 날리려다 멈칫하고 말았다.
검기를 날린 이가 생각도 못 했던 검마제여서가 아니었다.
"수림아─!"
사패천주가 경악과 절망에 찬 목소리로 한수림을 불렀다.
별채에 있어야 할 한수림이 검마제의 팔에 잡혀 있었다.
"아버지!"
한수림이 울음을 터뜨리며 사패천주를 불렀다.
사패천주의 얼굴이 경악과 분노, 절망으로 일그러졌다.
"이제 그 오만함이 후회가 되나?"
살각주가 사패천주의 등 뒤에서 그를 비웃었다.
"가지."
검마제가 살각주를 불렀다.
그리고 덤덤한 목소리로 사패천주에게 경고했다.

"쫓지 마라, 한구혈. 이 아이를 죽이고 싶지 않다면."
"크읏, 이 개자식아! 곱게 죽고 싶다면 내 아들 내려놔!"
"……개소리군."
당연히 들어주지 않을 요구였다.
물론 그렇다고 사패천주가 어찌할 도리도 없었다.
검마제의 곁으로 가며 살각주가 주변을 돌아보았다.
소명과 비선들은 물론 사람들 사이에 숨었던 수하들까지 모두, 살아 있는 이들은 보이지 않았다.
그들의 시체 옆에서 사랑탑주와 강무련을 비롯한 사패천의 무인들이 그를 노려보고 있을 뿐이었다.
"후우."
'너희들의 죽음을 헛되지 않게 하마. 암살공의 위대함을 전 중원에 새길 것이다!'
가볍게 한숨을 쉰 살각주가 속으로 굳게 각오를 다지며 돌아섰다.
"크아아아아아아——————!"
상처받은 짐승처럼 사패천주의 노성이 사패천 하늘에 울려 퍼졌다.

거센 파도 뒤엔 작은 파도가 그치지 않는다.

한바탕 울고 난 진화는 이제 창피함을 감당해야만 했다.

"아이고! 우리 아들, 어서 와라! 아빠 옆으로 와."

"잘 먹겠습니다."

진화가 울고 난 뒤로 남궁경이 이전보다 더 진화를 끼고도는 통에 다른 사람들은 나설 틈이 없다는 것이 다행이면 다행이랄까.

식사가 끝나면 진화는 도망치듯 몸을 날렸다.

오늘도 진화는 귀 끝을 붉히고 남궁경이 밥 위에 올려 주는 요리만 먹은 뒤 사람들을 피해 도망쳤다.

"역시 그때 뭔가 큰 깨달음이 있으셨던 걸까? 요즘 통 식사만 하고 혼자 사라지시네."

"광룡귀면대 놈들이 예전만 못한 건 아니었을까?"

"남해 문파들이 하룻밤 새 무너졌는데 그럴 리가 있냐. 그 많은 놈들을 무아지경으로 상대하고 나니 깨달음이 찾아온 게 분명하다니까!"

진화의 생각대로 그는 남해 검문에 있는 모든 무인들의 최대 관심사가 되었다.

다만 고통스럽게 죽어 간 광룡귀면대원의 시체들이 너무 충격적이었던 터라, 모두들 그 이야기만 하고 있었다.

"진짜 수련하나?"

"귀 끝이 붉은 거 못 봤어? 도망친 게 확실해!"

"그거야 사람들이 수군거리니까 그런 걸 수도 있잖나!"

진화의 성격을 아는 적호단 십 조도 처음에는 진화가 사람들의 수군거림을 피해 다닌다고 생각했으나 이제는 그들조차 조금 의심스러운 눈치였다.

"흐음. 중요한 건, 우리 도련님이 진짜 혼자 수련 중이라도 우리가 그걸 방해할 수 있냐는 거겠지."

"……나는 빠지지."

"나도다."

"나무아미타불 관세음보살. 소승도 아직 이승에 미련이 많아서 빠지겠소."

결국 정의맹에서 소식이 올 때까지 진화에게 진위를 확인하는 건 불가능했다.

많은 이들이 죽었고, 희멸문 근처에 서너 군데 깊은 구덩이를 파고 시체를 태웠다.

희멸문의 시체를 수습하는 데만 꼬박 사흘이 걸렸다.

광룡귀면대 흑룡수 무맥의 시신은 염을 해서 정의맹으로 보내기로 했다.

적호단과 청룡단에도 피해가 전무한 것은 아니라, 그들의 시신도 정성껏 염을 해서 정의맹으로 보낼 준비를 했다.

그런데 시신을 보내기도 전에 정의맹에서 급하게 전갈이 왔다.

"곧장 복귀하라는군."

"무슨 일이 생긴 건가?"

"글쎄. 일단 청해상단의 배편까지 보낸다는 것을 보면 급한 일이 생긴 듯하군. 준비하지."

정의맹에서 곧바로 두 무단의 복귀를 명하면서, 진화와 일행도 함께 움직여야 했다.

청해상단의 배편까지 미리 보낸다는 소식에 남궁진혜의 얼굴이 사색이 되었지만, 대부분의 사람들은 정의맹에서 이렇게 서두르는 이유에 대해 궁금해했다.

신 제국 조정.

이제 신 제국 조정에 혼현마제와 광마제가 자리를 차지하고 있는 것이 전혀 이상하지 않았다.

하지만 역천마제의 부름 없이 두 사람이 함께 있는 것은 확실히 흔치 않은 일이었다.

"전령이 늦는군."

"궁문을 통과했다니 곧 오겠지요."

광마제에 비해 혼현마제는 웃음을 비칠 정도로 여유로웠다.

남궁진화에게 눈과 팔을 잃은 후로 가장 즐거워 보일 정도였다.

잠시 후, 연락받은 대로 전령이 도착했다.

전령은 광마제와 혼현마제에게 각각 따로 전서를 전하고 자리를 떴다.

"……."

전서를 받아 든 광마제와 혼현마제의 눈이 커졌다.

그리고 곧 혼현마제의 눈이 광마제에게 향했다.

희멸문, 고혈방, 성심당, 광룡귀면대 전멸.

광마제의 전서에는 짧은 한 줄이 전부였다.

콰직.

광마제의 손에서 전서가 구겨졌다.

광룡귀면대의 전멸이라니.

그 말인즉, 그가 심혈을 기울여 탄생시킨 흑룡수조차 죽임을 당했다는 말이 아닌가.

광마제는 분노를 주체하지 못하고 전서를 쥔 손을 떨었다.

그 모습을 지켜보며 혼현마제는 자신의 전서를 마저 읽었다.

광마제의 것과 달리 혼현마제의 전서에는 희멸문 전투의 자세한 정보가 적혀 있었기 때문이다.

"창천일검 남궁경의 검에 양손과 목을 내주고 죽었다는군요. 그 아들 창천화룡, 그러니까 당신의 제물이 남은 광룡귀

면대를 전멸시켰다니, 허허, 쌓여 있는 원한이 제법인 모양입니다."

혼현마제의 말에 광마제의 눈이 커졌다.

'그 녀석이 광룡귀면대를 몰살시켰다고?'

혼현마제는 이전에도 광마제에게 '위험한 괴물을 만들었다.'며 경고를 한 적이 있었다.

그때 광마제는 눈과 팔을 잃고 온 혼현마제를 비웃듯 대수롭지 않게 그 일을 넘겨 버렸다.

그때의 일을 생각하며 혼현마제가 고소를 삼키지 못했다.

'그때의 일이 이렇게 되돌아올 줄이야. 후후후.'

광룡귀면대의 전멸과 흑룡수의 죽음은 분명 놀라운 일이었다.

창천일검의 무위가 흑룡수를 죽일 정도라는 것도 놀라웠지만, 약관도 넘기지 않은 남궁진화의 무위는 가늠조차 되지 않았다.

하지만 혼현마제 자신에게는 결코 나쁜 일이 아니었다.

아니, 지금 이렇게 광마제를 비웃을 수 있다는 것만으로도 혼현마제에게는 희소식이라 할 수 있었다.

"그래도 다행이군요. 광룡귀면대가 훌륭하게 제 역할을 해 주고 죽은 덕에, 검마제가 무사히 소리마제와 한수림을 데리고 국경을 넘었다니까. 사패천이 쫓고 있지만 뭐, 걱정하지 않아도 됩니다. 이럴 것을 대비해서 내가 미리 군을 움직여 뒀으니."

전서를 노려보고 있는 광마제를 향해 혼현마제가 의기양양하게 상황을 설명했다.

어쨌든 그의 계획과 안배대로 귀천성은 사패천주의 손에서 한수림을 빼 왔고 그들의 추격도 따돌렸으니.

실패한 사람은 광마제 혼자뿐이었다.

애지중지 만든 흑룡수와 광룡귀면대를 제 제물의 손에 모두 잃었으니, 그 속이 오죽할까.

'후후후후후! 묵은 체증이 날아가는 듯하군.'

혼현마제는 광마제를 향해 박장대소를 하고 싶은 것을 겨우 참았다.

그런 혼현마제의 시선을 읽었을까.

광마제가 서슬 퍼런 눈으로 혼현마제를 보았다.

"좋아하는군, 어리석게."

광마제의 일갈에 혼현마제의 얼굴이 와락 구겨졌다.

혼현마제가 매서운 눈빛으로 광마제를 노려보았다.

"무슨 말이지?"

"싸움에서 진 주제에 술수에서 이겼다고 좋아하다니. 그러니 네놈의 그릇이 거기까지인 게다."

"뭘 말하고 싶은 거지? 설마, 네놈 수하들이 약해빠져서 죽임을 당한 걸 내 탓이라도 할 셈인가?"

혼현마제의 바뀐 말투와 눈빛에서 명백하게 적의가 느껴

졌다.

광마제는 그런 혼현마제의 적의를 받고도 코웃음을 쳤다.

“약한 놈의 편을 들 생각은 없다. 세상도 그렇지. 그러니 네놈의 손에 무림이 쥐어지는 일은 결코 없을 것이다!”

“무슨 뜻이냐!”

“흥.”

광마제는 혼현마제의 물음에 대꾸도 하지 않고 차가운 비소만 남긴 채 대전을 나갔다.

“그래 봐야 실패한 건 네놈이다! 그렇게 자랑하던 수하들을 멍청하게 제 제물에게 전부 잃은 건 네놈이라고!”

혼현마제가 광마제의 등 뒤로 발악하듯 소리쳤다.

하지만 광마제는 뒤도 돌아보지 않고 대전을 나가 버렸다.

타―앙!

혼자 남은 혼현마제는 분을 참을 수 없는 듯 책상을 내리쳤다. 그리고 언제 흥분했냐는 듯 냉정해진 얼굴로 광마제가 나간 문 쪽을 노려보았다.

“빌어먹을 늙은이! 대체 뭘 알고 있는 거지? ……네놈이 뭘 알았든 이미 늦었다!”

혼현마제의 한쪽 눈알이 이전과는 다른 의미로 번들거렸다.

대전을 나오는 광마제는 오랜만에 생각지도 않은 인물과 마주쳤다.

혼현마제의 제자인 수오였다.

자신을 보고 멈칫하는 수오에게 잠시 시선을 둔 광마제가 아무 일 없다는 듯 자리를 떴다.

광마제가 지나가고, 수오는 약간 안심한 듯 한숨을 흘렸다.

일전에 혼현마제를 배신하며 광마제에 협력한 뒤로, 수오는 광마제와 가까워지기는커녕 광마제가 그 일을 언제 발설할까 걱정했다.

다행히 광마제는 수오를 소 닭 보듯 무심하게 대했지만 수오는 내내 불안했다.

그때, 수오의 귀로 광마제의 전음이 들렸다.

−혼현이 진실로 모르는 것 같더냐? 혼현이 왜 아무 일 없는 듯 널 계속 옆에 두고 있을까? 혼현은 왜 제물을 찾지 않을까?

'……!'

광마제의 전음에 수오의 눈이 커졌다.

수오가 놀라 광마제를 돌아보았지만, 광마제는 이미 본궁을 나가고 있었다.

수오의 시선이 황급히 광마제를 좇았다.

−궁금하다면 찾아오너라.

마제들의 약점은 늘 그들의 제물이었다.

제가 그러했던 것처럼 혼현마제 또한 별반 다를 게 있을까.

광마제는 제 등 뒤에서 흔들리고 있는 수오의 시선을 느끼

며 여유롭게 본궁을 빠져나갔다.

남해 검문에서 정의맹으로 복귀하자마자 진화 일행은 전혀 뜻밖의 소식을 듣게 되었다.

"한수림이 납치를 당했다고요?"

이전의 일로 진화 일행도 고 요망한 사패천 소공자와 꽤 친분도 쌓고 정도 생겼던 참이었다.

가뜩이나 권마제의 일로 출생에 의문이 생기면서 앞으로의 미래가 걱정되던 소공자가 아니던가.

그런데 또다시 귀천성의 손에 납치를 당했다니.

진화 일행이 놀라움 반 걱정 반으로 연유를 캐물었다.

"대체 어쩌다가요?"

"아니, 사패천에서 어떻게 소공자를 납치했다는 겁니까?"

남궁구와 남궁교명이 그 일에 대해 묻자, 적호단주가 인상을 쓰며 주먹을 들었다.

"그걸 너희가 알아서 뭐 하게?"

"아니, 뭐 굳이 어떻게 하겠다는 건 아니고요……."

남궁구가 말끝을 흐리는 동시에 진화 일행이 전부 한 걸음씩 뒤로 물러났다.

적호단주의 얼굴엔 설명할 수 없는 게 아니라 설명하기 귀찮다는 기색이 역력한 터라, 진화 일행은 뒤로 물러나면서도 불만들이 가득했다.

물론 적호단주가 주먹을 내릴 때까지 그걸 입 밖으로 내진 않았다.

"너희들을 이렇게 부른 것은 그 일로 너희 중 몇을 차출해야 하기 때문이다."

적호단주가 진화 일행을 둘러보며 말했다.

진화와 일행은 적호단 십 조에 소속되어 있었지만 위치는 조금 애매했다.

그들은 여전히 정의무학관 소속 관도생의 신분으로 적호단에는 임시로 적을 두었을 뿐이고, 개개인이 무위는 일반 적호단원들의 그것을 훨씬 상회했다.

게다가 관서겸을 제외하면 하나같이 정파의 내로라하는 명문 대파의 후기지수들이라, 특히 조장인 진화는 남궁세가의 직계인 동시에 제국의 황자로서 황실과 정의맹을 연결하는 구심점 역할까지 하고 있었다.

조장인 진화가 적호단주 자신은 물론 정의맹 전체에서도 손에 꼽힐 만큼 강한 고수라는 것은 굳이 생각하지 않았다.

결국 적호단의 임수 수행 중에도 진화와 함께 특별대처럼 움직이던 이들은, 이번에도 적호단과는 다른 임무를 받게 되었다.

"사패천에서 한수림 구출에 정의맹의 도움을 요청했다.

십이좌회의 협약에 따라 사패천주가 혼자 신 제국으로 쳐들어가지 못하는 대신, 정의맹은 사패천의 요청을 수락하기로 했다. 그런데 이게 공교롭게도 정의맹에서 진행할 임무와 때가 겹쳤다. 해서 적호단에서 소수 정예를 선별하기로 했고, 내 생각에는 한수림과 친분이 있는 너희 중 지원을 받는 것이 낫겠다고 판단했다. 지원할 사람 있나?"

적호단주가 진화와 적호단 십 조를 둘러보며 말했다.

"지원하지 않는 사람은 당연히 이번 정의맹 임무에 참여하게 될 것이다. 아, 남궁진화는 사패천의 특별한 요청이 있었다. 넌, 그냥 참가해."

적호단주의 말에 진화가 순순히 고개를 끄덕였다.

그러자 나머지 일행의 반응은 둘로 갈렸다.

"우리 도련님이 간다면, 나도 가야지."

"저도 참여합니다."

"허허, 그럼 소승도……."

"아, 넌 안 된다. 이유는 알지?"

"……나무아미타불 관세음보살."

남궁구와 남궁교명까지는 괜찮았으나, 현오의 지원은 단호하게 거부당했다.

현오는 답지 않게 침울한 얼굴로 뒤로 물러섰으나, 누구도 그가 한수림을 돕지 못해 침울한 것이라고 생각하지 않았다.

적호단주는 물론 진화 일행은 현오가 소림 밖으로 나돌 기회를 놓쳐서 안타까워하는 것이라 확신했다.

"소공자를 돕지 않는다면 정정당당하지 못한 방법으로 이긴 것이 되니, 저도 참여하겠습니다."

"이 바보야, 소공자가 어떻게 되어도 네가 이긴 건 아니라고!"

나하연이 정정당당을 외치며 앞으로 나서고, 당혜군은 이러니저러니 불평을 하면서도 나하연의 옆으로 섰다.

"우리도 함께하겠습니다."

"의리."

팽가 형제가 임무에 자원하고, 제갈상과 관서겸은 서로를 한 번 본 뒤 고개를 저었다.

"소공자를 돕고 싶지만, 저희는 이번에 정의맹 임무에 참여하고 싶습니다."

제갈상은 후계들이 사라진 제갈세가에서 촉망받는 인재였고, 관서겸은 앞으로 자신의 문파를 이끌며 정의맹에 협력하게 될 것이라, 그들은 특별한 임무보다 정의맹 전체 임무에 참여하기로 결정했다.

모두 각자의 입장에 따라 결정을 내렸고, 적호단주는 그들의 의견을 받아들였다.

결국 한수림을 구하는 임무에는 진화와 남궁구, 남궁교명, 팽가 형제와 나하연, 당혜군이 참여하게 되었다.

며칠 뒤, 각자 임무를 준비하기 위해 헤어지기 전.

"전부 같은 날짜에 일을 벌인다고? 그래서 정의맹 전체 임무는 뭔데?"

남궁구가 가벼운 마음으로 제갈상과 관서겸에게 물었다.

그런데 제갈상과 관서겸의 반응이 평소와 달랐다.

특히 제갈상이 의미심장한 얼굴로 씨-익 웃어 보였다.

"역천마제가 신 제국의 황제로 등극하는 등극식이 있다는군. 그날에 맞춰서 정의맹과 사패천에서 대대적인 깽판을 놓기로 했네. 그놈들 꽤나 열 받겠지?"

"최선의 방어는 공격이지."

제갈상과 관서겸이 신이 난 기색을 숨기지 않았다.

왜 아니 그렇겠는가.

남의 잔칫날에 깽판을 놓는 거라는데.

"그거 정말 재밌겠군."

"부럽다."

팽가 형제가 노골적으로 제갈상과 관서겸을 부러워했다.

남궁교명과 당혜군도 말은 하지 않았지만 팽가 형제와 같은 눈빛으로 제갈상과 관서겸을 보고 있었다.

그때, 남궁구가 진지한 얼굴로 물었다.

"전부 같은 날짜에 일을 벌이는 거면 우리도 포함되는 거 아닌가? 그러면 우리는, 너희가 깽판 쳐 놓은 잔칫집에 쳐들어가야 하는 건가?"

"……."

일순 모두가 조용해졌다.

이름하여, 이안환안(以眼還眼).

눈에는 눈, 이에는 이.

귀천성에게 타격을 돌려주기 위한 정의맹과 사패천의 움직임이 시작되었다.

지난 전쟁 이후, 정사가 대대적인 전투를 함께 계획하고 움직인 것은 처음 있는 일이었다.

"받은 대로 돌려줘야겠지? 귀천성이 남해 검문을 대대적으로 공격하는 척 사패천에서 한수림을 납치한 것과 같이, 우리도 정의맹과 사패천에서 대대적으로 공격을 하는 동안 신 제국에 있는 한수림을 구해 온다."

간결한 설명에 열 명의 눈이 동시에 끔뻑거렸다.

사패천에서는 사패천주가 나설 수 없는 대신 소천주인 강무련과 사파칠봉이라 불리는 대붕 군조, 홍련 초서비, 소호 이천평 그리고 소녹군 황청산이 왔고, 정의맹에서는 남궁진화와 남궁구, 남궁교명, 팽가 형제와 나하연, 당혜군이 나섰다.

하나같이 정의맹과 사패천에서 손에 꼽히는 후기지수들이었고, 실력만 보자면 후기지수라고 말하는 것도 민망할 정도로 명성 높은 고수들이었다.

하지만 그들 모두 전혀 상황을 이해한 눈빛이 아니었다.

툭. 툭.

누군가의 손에 등이 떠밀린 강무련과 진화가 앞으로 튀어 나왔다.

두 사람 다 당황한 기색이 역력했지만, 결국 일행을 대표해서 입을 열 수밖에 없었다.

"임무가 힘들다는 건 알겠습니다. 그런데……."

"형님께선 예까지 무슨 일이십니까?"

강무련과 진화의 물음을 끝으로, 모두 강렬한 시선으로 앞에 선 인물을 보았다.

"하하하하! 예까지 무슨 일은. 복장을 보면 모르겠느냐? 이번 임무의 인솔자는 내가 맡았으니 그렇지. 정의맹 부군사로 있는 남궁진휘일세. 이번 임무대의 대장은 본인이 맡았으니, 모두 그렇게 알고 잘 따라 주도록."

화통하게 웃으며 이야기하는 남궁진휘의 말에 모두 경악을 금치 못했다.

누구도 정의맹 부군사가 직접 나설 것이라곤 상상도 못 했기 때문이다.

특히 진화의 눈이 세차게 흔들렸다.

정신을 차리고 보니 국경을 넘고 있었다……고 해야 할까.

진화 일행과 사패천 후기지수들은 벌써 신 제국으로 들어섰다는 사실에 얼떨떨한 표정을 감추지 못했다.

그들이 한 일이라곤, 갑작스러운 남궁진휘의 등장과 곧바로 시작된 인솔을 따라 정신없이 배에 오른 것밖에 없었다.

"믿을 수가 없군."

"이래도 되는 거예요?"

지금까지 장강으로 연결된 작은 물줄기를 따라 느긋하게 배를 타고 내려온 것뿐이었다.

그런데 벌써 신 제국이라니.

보통 적진에 잠입한다고 하면, 험하고 외진 산길을 타고 귀천성 무인들과 신 제국 군인들의 눈을 피해 은신까지 해야 하는 고된 여정을 생각하지 않는가.

나름 잡혔을 때를 대비한 각오까지 해 두었던 일행에게 남궁진휘의 인솔은 그냥 뱃놀이나 다름이 없었다.

특히 사패천 후기지수들은 너무 아무 일 없이 편안하게 진행되는 여정에, 나중에는 남궁진휘를 향해 의심의 눈초리를 보내기까지 했다.

"우릴 팔아넘기는 건 아니겠지?"

"누가 산적 놈 아니랄까 봐, 꼭 저 같은 생각만 하네. 남궁세가 소가주가 뭐가 모자라서 우릴 파냐?"

"뭐야, 새끼야?"

"뭐! 뭐! 내가 틀린 말 했냐?"

녹림 후계인 소녹군 황청산과 흑수파 후계인 소호 이천평이 서로에게 가슴을 내밀고 티격태격했다.

남궁구를 비롯한 진화 일행은 그 모습을 느긋하게 구경 중이었다.

"아웅다웅할 때 '웅'이 혹시 곰 웅(熊) 자일까?"

"아닐 텐데?"

"그걸 진지하게 답하는 것도 '아닐 텐데'? 재미없는 놈."

"뭐야?"

남궁교명이 고개를 들고 남궁구를 노려보았다.

그들은 다른 사람들이 이천평과 황청산을 보던 것과 같은 시선으로 자신들을 보고 있다는 걸 알지 못했다.

"이놈들이나 저놈들이나."

당혜군이 입술을 삐죽이며 하는 말에 나하연과 초서비가 혀를 차며 동의했다.

세 사람은 지난번 일로 안면이 있는 데다, 무림에서도 흔치 않은 여고수로서 나름 친분을 쌓은 듯했다.

그렇게 진화 일행은 '이렇게 아무 일이 없어도 되나' 싶을 정도로 평화롭게 신 제국에 잠입했다.

정의맹에서 출발한 지 사흘쯤 되었을까.

신 제국에 들어섰다고 말한 지 얼마 되지 않아 배가 강 한가운데에서 멈추었다.

그리고 남궁진휘가 일행을 불러 모았다.

"자, 지금부터 배를 옮겨 타야 하네. 앞으로는 상단의 배들도 검문에 들어간다고 하니, 작은 고깃배를 타고 숨어서 들어가야겠네."

"아! 역시……."

"바로 옮겨 가겠습니다."

남궁진휘의 말에 일행이 순순히 고개를 끄덕였다.

진화야 애초에 남궁진휘가 강물에 뛰어들라고 해도 군말없이 뛰어들 기세였지만, 사패천의 이천평과 황청산은 오히려 이제야 의심의 눈초리를 거두는 듯했다.

'그래, 차라리 이게 말이 되지.'

마침 일행이 있던 배로 작은 고깃배가 다가오는 것이 보였다.

휘이익-!

강무련이 훌쩍 뛰어올라 작은 고깃배에 안착하자, 그 뒤를 따라 사패천 소속 일행이 고깃배로 넘어갔다.

그 뒤를 진화와 팽가 형제, 당혜군, 나하연이 차례로 날아올랐다.

작은 고깃배의 선원들이 놀란 눈으로 그들을 보았다.

입을 헤-벌리고 놀란 선원들의 모습에 남궁구와 남궁교명이 싱긋이 웃어 보였다.

그리고 그들도 막 배를 넘어가려고 할 때.

"와, 남 공자님은 이번에 저 여자들 데리고 수도에 가면 돈 좀 땡기겠는데요!"

'……!'

휙! 휙!

남궁구와 남궁교명의 고개가 일제히 돌아갔다.

그곳엔 남궁진휘가 태연한 얼굴로 큰 배의 선장과 대화를 주고받고 있었다.

"하하하, 그래 보이는가? 요즘 수도에선 여자들보다 힘센 장정들이 더 인기라던데?"

"오! 남 공자님도 그 소식을 들었나 보군요. 뭘 또 준비하는지 요새는 인부들을 많이 찾더라고요. 저치들 정도면 값 좀 받겠어요? 흐흐흐."

남궁진휘와 이야기를 나누던 큰 배의 선장이 작은 배에 옮겨 탄 일행을 의미심장한 눈으로 보았다.

남궁구와 남궁교명이 놀란 눈으로 남궁진휘와 선장 그리고 일행을 번갈아 보았다.

그때, 큰 배의 선원들이 남궁구와 남궁교명의 등을 떠밀었다.

"아, 빨리 가요! 배 움직이잖아!"

"잠시만, 대충 넘겨들을 수 없는 말을 들은 것 같은데……!"

"아, 잠깐. 저게 무슨 말인지 물어봐야 하오!"

"에헤이-! 잠깐은 무슨. 싸게싸게 건너가요!"

선원들은 막무가내로 남궁구와 남궁교명의 등을 떠밀었다.

당황으로 굳어 있던 남궁구와 남궁교명이 작은 고깃배로 넘어갔다.

고깃배에 옮겨 탄 이들도 남궁진휘와 선장의 대화를 들은 것인지, 강무련과 사패천 후기지수들이 눈을 부릅뜨고 남궁진휘를 보고 있었다.

남궁구를 비롯한 정의맹 후기지수들도 당황스러운 건 마찬가지였다.

"쓰불! 내가 뭐랬소! 분명히 우릴 팔아넘기는 거라고!"

처음 인신매매설을 꺼냈던 소녹군 황청산이 버럭 소리를 질렀다.

"소천주, 늦지 않았습니다. 이제라도 저 새끼들을 다 죽여 버리…… 헉!"

황청산과 함께 들고 일어서려던 이천평이 끝까지 말을 잇지 못하고 뒤를 돌아봤다.

갑자기 등줄기로 서늘한 한기가 느껴졌기 때문이다.

그곳엔 진화가 은은한 미소를 지으며 그들을 보고 있었다.

"형님께서 숨어 가야 한다 하셨으니, 이만 조용히 하고 들어가지."

진화의 눈동자 속에서 번개가 치고, 그것을 본 이천평이 침을 꼴깍 삼켰다.

창천화룡 남궁진화의 위명에 대해서는 이천평도 들은 바가 있었다.

겉모습은 천상의 선녀가 따로 없는데 성정과 손 속은 지옥 신장 같으니, 남해 검문에서 남궁진화가 경지를 넘어선 무위로 광룡귀면대를 전원 몰살시켰다는 이야기가 무림에 파다하게 퍼졌다.

같이 팔려 갈지도 모르는 입장에서 정파 후기지수들이 가만히 있었던 데에는 다 이유가 있었던 듯했다.

하지만 이대로 물러날 순 없었다.

'이렇게 물러나면 멋이 없잖아! 어, 어쩌지?'

이천평이 자존심과 목숨 사이에서 갈등했다.

그때, 보다 못한 강무련이 한숨을 쉬며 나섰다.

"후우, 정의맹 부군사께서 뭔가 생각이 있으신 거겠지. 적진에서 소란 피우지 말고 조용히 숨어 있자고."

"소, 소천주께서 그리 말씀하신다면……."

이천평이 억지로 참는 듯 물러섰지만, 모두가 강무련이 그의 목숨을 구해 줬음을 알았다.

진화의 눈이 부지런하게 남궁진휘를 좇았다.

남궁진휘가 금의생일 때에 몇 번 함께 전투를 치르긴 했지만 그건 사실 진화가 일방적으로 끼어든 것이라, 이렇게 정식 임무를 함께하는 것은 처음이었다.

그래서일까.

진화는 지금 남궁진휘의 모습이 실로 의외였다.

"하하, 수고했네. 넉넉하게 담았네."

"아유, 뭘 그렇게까지. 흐흐흐, 남 공자님도 수고하셨습니다."

남궁진휘와 선원이 돈주머니를 주고받으며 음흉하게 대화를 이어 갔다.

작은 고깃배에서 내린 진화 일행의 앞에는 덩그러니 마차 두 대가 서 있었다.

모든 것이 막힘없이 일사천리라, 진화는 남궁진휘가 언제 이 모든 것을 다 준비했는지 놀라울 뿐이었다.

"이번에 처음 보는 사이라면서, 뭐가 저렇게 친한 거야? 자꾸 의심되게."

"소가주님은 정의무학관 졸업 후에 실전은 처음 아닌가?"

"그러니까. 진짜로 몰래 상단을 꾸렸다고 해도 저렇게 자연스럽지 않겠다."

"솔직히 사패천 측에서 의심하는 것도 이해가 되는군."

남궁구와 남궁교명이 수상쩍은 눈빛으로 남궁진휘를 관찰했다.

그도 그럴 것이, 일행 앞에 놓인 마차의 모양새가 몹시 의

심스럽기 짝이 없었기 때문이다.

"하나는 마차가 맞는데, 다른 하나는…… 이건 마차가 아니라 수레라고 해야 하지 않나?"

일행 앞에 놓인 마차는 총 두 대였다.

마차의 정의가 말이 끄는 바퀴 달린 기구라는 의미에서는 말이다.

하지만 일반적인 상식에 비춰 봤을 때, 말이 끄는 '짐수레'냐 혹은 말이 끄는 '지붕과 창, 문이 달린 고급스러운 가마인가' 하는 것은 무척 다른 이야기였다.

강무련의 말에 모두가 동의했다.

일반적인 상식으로 하나는 마차가 확실했는데, 하나는 짐수레, 그것도 나무로 감옥 같은 살까지 해 놓은 짐수레였다.

"나 예전에 여기에 소 태우고 가는 거 봤다."

"목적지가 도살장이었지."

"우리가 사람 팔 때 이런 데에 실어 나르는데, 내가 이걸 탈 줄이야."

"우리를 팔려는 게 확실하다니까."

자신들이 어느 쪽 마차를 탈지 운명을 직감한 팽가 형제와 황청산. 이천평이 망연자실한 얼굴로 짐수레를 보았다.

정말 억울한 것이, 일부러 그런 듯 두 대의 마차 앞에 일행이 두 분류로 나뉘어 있었다.

무림의 꽃이라 불리는 당혜군과 초서비, 나하연의 앞에 당연한 듯 고급스러운 마차가 서 있고, 좋은 말로 건장하고 사내다운, 다른 말로 우락부락하고 험상궂은 팽가 형제와 황청산, 이천평 그리고 강무련의 앞에는 자연스럽게 짐수레가 있었던 것이다.

임무를 위해 허름한 옷을 찾아 입은 것이 치명적이었던 듯, 강무련의 눈빛이 크게 흔들렸다.

안타깝게도 진화는 물론이고 남궁구와 남궁교명은 똑같이 허름한 옷을 입혀 놔도 귀티가 철철 흘렀다.

일행 사이로 어색한 분위기가 흘렀다.

그때, 남궁진휘가 웃는 얼굴로 일행에게 다가왔다.

"하하하, 지금까지 일이 술술 풀려서 참 다행일세. 뭣들 하는가, 마차에 타지 않고?"

확인 사살을 하듯 앞의 짐수레를 콕 집어 가리키는 남궁진휘의 모습에 한쪽에서 강무련이 깊게 한숨을 쉬었다.

하지만 짐수레에 안 타고 버티자니 남궁진화가 검집에 손을 가져가고 있었다.

이제는 당연한 듯 협박하는 진화의 모습에 팽가 형제가 먼저 순순히 짐수레에 올랐다.

그 뒤로 마치 스스로 '나 험상궂소.' 인정하는 듯 황청산과 이천평, 강무련이 줄줄이 짐수레에 올랐다.

"이게 뭐라고 웃긴 거야."

"자아 성찰을 이렇게 하는군."

"풉."

당혜군과 나하연, 초서비가 어쩐지 처량한 남자들의 뒷모습을 보며 웃음을 참았다.

짐수레가 다 찬 것을 보며 당혜군이 먼저 마차 문을 열었다.

그리고 마차에 올라타려는 순간.

척.

남궁진휘의 팔이 당혜군의 앞을 막았다.

"아, 자네들도 저쪽이네."

"네?"

당혜군의 물음에, 남궁진휘가 씨익 웃으면서 짐수레를 가리켰다.

"짐수레가 저렇게 널널 해서야 쓰나. 마차를 타는 어여쁜 귀인은 하나면 충분하지."

"……!"

남궁진휘의 말에 당혜군과 나하연, 초서비의 얼굴이 충격으로 물들었다.

하지만 굳이 여기서 딱 하나뿐인 어여쁜 귀인을 꼽으라면…….

잠시 후, 당혜군과 나하연, 초서비가 매우 굴욕적인 표정으로 짐수레에 올랐다.

먼저 타고 있던 강무련과 일행은 웃음을 참으며 그녀들과 눈을 마주치지 않기 위해 최선을 다했다.

"자네들은 저쪽. 호위들이 안에 타면 이상하잖아?"

남궁진휘가 남궁구와 남궁교명에게 마부 좌석을 권했다.

앞선 일행의 굴욕을 보았던 남궁구와 남궁교명은 그들의 역할을 순순히 받아들였다.

길 안내하는 사람 하나 없이도, 남궁진휘는 망설임 없이 일행을 이끌었다.

마차로 굽이굽이 산길을 가길 네 시진.

그리고 넓은 관도를 따라 한 시진을 가자, 비로소 신 제국의 수도인 성도가 보였다.

일국의 수도답게 성도의 관문은 매우 크고, 소문대로 삼엄하게 검문을 진행 중이었다.

"아하, 수고하십니다. 우리는…… 저거."

남궁진휘가 긴장한 기색 하나 없이 천연덕스럽게 인사를 하며 병사들에게 돈주머니를 건넸다.

그러면서 짐수레를 가리키는 눈짓이 숨 쉬듯 자연스러웠다.

"오…… 흠, 형씨도 제법인데? 안에는?"

"주인댁 영애, 이번에 크게 볼거리가 있다 하여 같이 오셨네."

슬쩍 진화의 옆태를 보여 주며 눈을 찡긋거린 남궁진휘의

모습에, 병사들도 웃으면서 물러섰다.

"구경 잘하고. 들어가 보쇼."

"예, 그럼 수고하십시오."

능청스러운 인사와 함께, 마침내 진화 일행이 신 제국의 수도 성도 안으로 들어왔다.

사람 사는 곳은 다 비슷비슷한 것이, 성도 저자도 낙양 저자와 마찬가지로 온갖 사람들로 붐볐다.

"골라! 골라! 물 건너 넘어온 자기라고!"

"나, 저거 하나 주세요!"

"이봐, 거기 좀 비켜 봐."

"나리들, 한잔하고 가세요!"

물건을 파는 사람, 물건을 사는 사람.

그냥 구경을 나온 사람.

대낮부터 주루의 호객을 하는 사람.

삶의 활기로 넘치는 모습 또한 한 제국의 도시와 다를 바 없어 보였다.

하지만 저자를 조금 더 지나자.

쨍그랑--!

"그거 이리 내놔--!"

"안 돼요! 그걸 다 가져가면 우린 뭐 먹고살아요!"

"시끄러워!"

퍼-억!

"아악! 아이고, 사람 죽네! 살려 주세요! 살려 주세요!"

"으아아아앙-!"

왈패들이 막무가내로 장사하던 여인과 아이를 때리는데, 말리는 사람은커녕 지켜보는 사람 하나 없었다.

사람들은 보고도 못 본 척, 들리는 것도 안 들리는 척, 비명을 지르는 여인과 아이의 울음을 외면했다.

그들뿐 아니라 유리걸식하는 사람들이나 여기저기 널브러져 있는 사람들도 곳곳에 눈에 띄었다. 어디나 있는 사람들이었지만, 그 수가 진화 일행의 상상을 뛰어넘었다.

"대체……!"

"관병은커녕 주변 사람들까지 익숙하게 외면하는군. 하루이틀 일이 아니야."

"신 제국 사정이 좋지 않다더니, 굶주리고 헐벗은 이들이 너무 많군요."

"그냥 왈패가 아니라고 귀천성 새끼들이야. 검에 표식이 있었어."

"흠……."

짐수레에 있던 일행의 표정이 좋지 못했다.

그건 마차를 몰고 가는 남궁구와 남궁교명도 마찬가지였다.

진화는 창밖으로 보이는 광경과 소리를 들으며, 남궁진휘를 보았다.

남궁진휘는 창밖에는 시선도 두지 않고 굳은 얼굴로 정면만 보고 있었다.

"다들 시선 처리를 할 자신이 없거든 고개를 숙이시게."

얼음처럼 차가운 남궁진휘의 말이 일행의 귀에 꽂혔다.

"세상 모든 것을 구할 수는 없는 법일세. 눈앞의 정의를 위해 대사를 그르쳐서도 안 되고. 우리에겐 해야 할 일이 있다는 걸 명심하고 신중하게 처신하길 바라네."

남궁진휘의 경고 같은 조언에 일행이 일제히 고개를 숙였다.

그래, 분명 신중하게 처신하라 했었다. 그런데…….

며칠 뒤, 약속의 날.

진화 일행은 갑자기 벌어진 아수라장 앞에서 당황한 기색이 역력했다.

챙--! 챙챙--!

"전부 죽여라!"

"와아아아아---!"

"네 이놈들! 이 역적들-!"

분명 저들은 다 같은 편이었고, 다 같은 역적들이었는데.

역천마제의 등극식에 숨어든 진화 일행은 서로 편을 나누고 칼을 겨눈 이들을 보며 이게 무슨 상황인지 파악조차 하지 못했다.

"이, 이제 어떻게 합니까?"

당황한 강무련과 일행이 모두 남궁진휘만을 보았다.

그런 일행에게 남궁진휘가 환하게 웃으며 말했다.

"이런 상황을 '이게 웬 떡이냐!' 하는 거겠지. 가자고!"

"자, 잠깐!"

"이게 무슨 상황인데요!"

일행의 다급한 목소리에도 불구하고 남궁진휘가 몹시 경솔한 모습으로 아수라장 한복판에 뛰어들었다.

그 뒤 곧바로 진화마저 몸을 날리자, 일행은 하는 수 없이 그들의 뒤를 따라 아수라장으로 뛰어들었다.

"아니, 신중하자며!"

다음 권으로 이어집니다

ROK
MEDIA
로크미디어